Elizabeth Goudge
Ein Schiff aus Licht

Evangelische
Verlagsanstalt
Berlin

Elizabeth Goudge

Ein Schiff aus Licht

Weihnachtsgeschichten

Auswahl und Herausgabe:
Jörg Hildebrandt

ISBN 3-374-00784-8

Mit freundlicher Genehmigung des Verlages Herder,
Freiburg im Breisgau

Nur zum Vertrieb und Versand in der DDR und im sozialistischen Ausland
Evangelische Verlagsanstalt GmbH Berlin 1989
2. Auflage
Lizenz 420.205-110-89. LSV 6520. H 5699
Schutzumschlag und Einband (unter Verwendung einer
Zeichnung von Jettie Longejans: Werner Sroka
Printed in the German Democratic Republic
Druck: Graphischer Betrieb Jütte, Leipzig
00580

Vorwort

Im Dunkel des tiefen Winters taucht Weihnachten wie ein leuchtendes Schiff auf der Heimkehr am Horizont auf. Die Vorbereitungen für seine Ankunft sind getroffen, es wird erwartet; aber während es sich langsam dem Ufer nähert, fühlen wir tiefe Erleichterung: Das große Schiff ist nicht gestrandet – wir sind während seiner Abwesenheit der Zerstörung entgangen.

Die Glocken der irdischen Stadt läuten es ein, wenn das Schiff anlegt. Seine uralte Gestalt gehört der Legende an; denn es kommt von weit her, jenseits von Raum und Zeit. Seltsam, wie es bei seiner Ankunft wahrhaftig einem Schiff aus Licht gleicht; doch der Glanz ist sanft und regt wie Kerzenlicht zum Nachdenken an, und wir fragen uns, warum es uns ein solch starkes Gefühl der Verheißung geben sollte. Dann erinnern wir uns, daß es in uns selbst geankert hat, in unseren Herzen, daß wir immer, wenn auch nur geheim, voller Angst sind und daß Verheißung in kleinmütige Herzen nur zögernd einziehen kann. Der gleiche Lichtstrahl, der den löwenmutigen Paulus für einige Augenblicke zur Erde warf, würde uns für immer in die Ewigkeit schleudern – und vielleicht wollten wir dort noch nicht einziehen. Lieber würden wir Weihnachten um Weihnachten behutsam dessen versichert, daß das Land jenseits von Raum und Zeit, von dem unser Schiff kam, keine Angst einflößt.

Immer schon gab es ein Lichterfest. Die Herzen unserer Ahnen waren stärker als unsere, so glauben wir. Den erfahrenen Tieren gleich, stellten sie sich Katastrophen und Tod, wie sie kamen. Doch sie fürchteten sich vor der unheimlichen Dunkelheit des tiefen Winters. Was würde geschehen, wenn die Sonne morgen nicht wieder aufginge, wenn der Frühling niemals zurückkehrte? Wenn sie nie wieder die Vögel in der Morgendämmerung hören oder die Feldblumen sich im Winde neigen sehen würden? Und deshalb entzündeten unsere Vorväter große nächtliche Feuer auf den Bergen, um den Sonnengott zu ermutigen. Er wurde immer schwächer. Sie konnten ihn nicht sterben lassen. Sie konnten nicht ohne das Licht der Welt leben. Sie streckten die Hände nach ihm aus, und es wurde ihnen verheißen, wonach sie sich sehnten. Sie sollten keine Furcht haben. Der Frühling würde zurückkehren, die Vögel würden wieder singen, und die Erde brächte ihre Früchte hervor.

Und so ist Weihnachten noch immer das Fest des Lichtes, so vieler Lichter. Einstmals waren es das Jul-Scheit, der brennende Branntwein beim Weihnachtsspiel und die Flammen um den Christmas-Pudding. Dann kamen die flackernden Wachskerzen am Weihnachtsbaum. Heute hat man elektrische Kerzen, weniger gefährlich, aber auch weniger schön, und die flammenden Lichter in der Regent Street sind ziemlich grell. Aber es macht nichts aus; denn wozu sie auch dienen, sie sind noch immer Widerspiegelungen des Lichtes, das zu Beginn aller Dinge über den Wassern aufschien, das in der Fülle der Zeit zum Ruhme Israels erstrahlte – ein Licht, das die Heiden erleuchtete und das am Ende aller Tage, inmitten des Zusammenbruchs und des Erlöschens aller irdischen Lichter, noch die letzten Schrecknisse, in die wir uns selbst stürzten, mit seinem Trost überstrahlen wird.

Das Schiff hat Schätze geladen; wir wissen nicht, welcher Art die Geschenke sind. Es sei denn, wir empfänden inmitten des Weihnachtstrubels eine Gelassenheit, die uns sonst fremd ist. Oder wir staunten darüber, daß eine unerklärliche Freude in uns Einzug hält, ein Singen in der Seele, eine neue Fähigkeit zur Großmut, zur Einsicht, zur Ausdauer oder was sonst die Bedürfnisse sein mögen, die wir manchmal auf unseren Wunschzettel schreiben und ohne große Hoffnung Gott präsentieren – selbst wenn wir

«Hoffnung» ans Ende der Liste gesetzt haben. Es ist merkwürdig, daß die Liste irdischer Wünsche, die wir auf Bitte unserer Nächsten zusammenstellen, voll Erwartung überreicht wird, es möge irgend etwas davon eintreffen. Aber bei jener anderen Liste sind wir erstaunt, wenn wir erhalten, was wir erbeten haben. Doch die Geschenke unter dem angezündeten Weihnachtsbaum sind nichts weiter als Symbole für diese anderen Gaben. Ohne sie gäbe es Weihnachten nicht. Wir denken voll Liebe an das Kind in der Krippe – einstmals sichtbares Geschenk an uns –, und das Wunder seiner Schönheit und Unschuld läßt uns beinahe vergessen, daß es jenes Kind ist, das uns «in den Verstrickungen unseres gottfernen Lebens ansieht und uns annimmt». Es bringt uns das verborgene Geschenk des «Gott mit uns», den eigentlichen Sinn unseres Daseins, seit der Anbruch des Lichtes erstmals Leben in die Welt brachte.

«Du wirst mir ein Licht entzünden», sagt der Psalmist, «du wirst meine Finsternis in Licht verwandeln.»

Elizabeth Goudge

Der Lohn des Glaubens

Vor vielen Jahren lebte ein kleiner Knabe namens Pierre in einem Dorf der französischen Alpen, wo im Winter die Nächte lang und bitter kalt sind und große Lichter am Himmel stehen und die Tage kurz sind und kristallklar und auf dem Schnee blaue Schatten liegen und die Stille der Fichtenwälder von Kälte klirrt. Pierre war acht Jahre alt und stand nicht eben hoch im Ansehen im Dorf, und nicht besser erging es seinem kleinen Hund, mit Namen Mathieu. Der liebenswürdige Charakter der beiden hätte einen besseren Ruf verdient, aber der Mangel an Zuneigung von seiten der Dorfbewohner kam daher, daß die zwei so schmutzig waren. Es war nicht ihre Schuld, denn sie hatten beide in frühester Jugend ihre Eltern verloren, und niemand hatte ihnen je das beigebracht, was zur Reinlichkeit gehört, und ihre Unschuld machte sie nicht reiner.

Pierre verdiente sich sein Brot und Mathieus Knochen durch Arbeit im Dorfwirtshaus, wo er sich in der Tat sehr nützlich machte, denn er war stark und zäh trotz seiner kleinen Statur. Er holte Wasser vom Brunnen, hackte Holz, hütete das Vieh, fütterte die Hühner und sorgte dafür, daß das Wirtshaus zur Sperrstunde leer wurde. Er und Mathieu zusammen hatten sich eine ausgezeichnete Technik mit angeheiterten Gästen zurechtgelegt, die nicht nach Hause gehen wollten. Mathieu schoß ihnen zwischen die Beine und brachte ihr Gleichgewicht ins Schwanken, und bevor sie es wiedererlangt hatten, packte Pierre sie beim Bart und beförderte sie so hinaus. Es gab Leute im Dorf, die sagten, daß der Wirt wirklich etwas hätte unternehmen sollen in bezug auf das unmanierliche Aussehen von Pierre und Mathieu, weil sie ihm so nützlich waren; und in seinen besten Augenblicken dachte er selbst ebenso, doch er war ein Witwer mit sechs kleinen Kindern, überarbeitet, arm und selten nüchtern, und so hatte er, alles in allem genommen, tatsächlich keine Zeit. Nicht, daß Pierre und Mathieu etwa deshalb unglücklich gewesen wären, weil man sie im Dorf schief ansah. Oh, ganz und gar nicht. Man hätte kein glücklicheres Paar im ganzen schönen Land Frankreich finden können als sie.

Wären sie rein gewesen, so hätte man sie sogar recht hübsch nennen können. Pierre hatte dichtes, flachsblondes Haar, helle blaue Augen, ein herzförmiges Gesicht; und sein vergnügtes Grinsen, bei dem sich sein Mund von einem Ohr zum andern verzog, wirkte unwiderstehlich auf jedermanns Lachmuskeln. Im Sommer lief er barfuß und hatte nichts am Leibe als ein schmutziges, zerrissenes Kattunhemd und anstelle einer Hose ein kurzes Kleidungsstück undefinierbarer Natur; im Winter dagegen trug er ein Paar vom Wirt abgelegter, mit roten Flicken besetzter langer Hosen, die in Holzschuhen steckten, und einen ebenfalls von seinem Arbeitgeber stammenden Rock, der einmal flaschengrün gewesen sein mochte, jetzt aber in allen Farben schillerte. Da diese Kleidungsstücke daran waren, ihm vom Leibe zu fallen, befestigte sie des Wirts ältestes Töchterchen mit Bindfaden unter den Knien und über den Ellbogen. Mathieu war mit einem zottigen, kohlrabenschwarzen Fell bekleidet, was sich sehr günstig auswirkte, da man den Schmutz darauf nicht sehen konnte. Pierre hatte Mathieu aus dem Bach gerettet, in den ihn jemand in seinen ersten Lebenstagen gestoßen hatte, in der herzlichen Überzeugung, daß die Welt nicht viel an ihm verlieren würde, und seit dieser Zeit verehrte ihn der kleine schwarze Köter abgöttisch. Alle Tiere liebten Pierre, und ganz besonders Maria, die Kuh des Wirts, seine drei Ziegen, Kaspar, Melchior und Balthasar, und der Esel Joseph, die alle im Winter in der Schafhütte auf dem Berghang über dem Dorf untergebracht waren und in Pierres Obhut standen. Er melkte die sanfte, dunkeläugige Maria und die drei spitzbärtigen Ziegen, und wenn der Wirt in die nächste Stadt zum Markt reiten wollte, striegelte und sattelte er Joseph, ermutigte ihn zum Tragen der schweren Lasten und tröstete ihn, wenn er matt und müde, mit wehen Füßen und wundem Rükken nach Hause kam. Wenn die Tiere krank waren, pflegte er sie zärtlich und wäre jederzeit bereit gewesen, sein Leben für das ihre hinzugeben. Er hatte ihnen ihre Namen gegeben, und es war nicht im mindesten seine Absicht gewesen, unehrerbietig zu sein, als er sie nach der heiligen Maria, dem heiligen Joseph und den drei Weisen aus dem Morgenland benannte (obgleich die Ziegen tatsächlich Damen waren), und da er es gut gemeint hatte, so zürnte ihm auch der Herr Pfarrer nicht, wenn er auch nicht gerade erfreut darüber war.

Er konnte dies um so weniger, als er selbst daran mitschuldig war. Der Herr Pfarrer hatte eine Schwäche für Pierre und Mathieu, und an Sonntagen, wenn das Wirtshaus geschlossen war, sah er es gern, wenn sie zu ihm kamen und den ganzen Tag bei ihm verbrachten. Er gab ihnen ein so gutes Essen, wie es seine eigene Armut erlaubte, damit sie sich einmal ihre Mägen richtig füllen könnten, lehrte sie die Gebote der christlichen Religion, erzählte ihnen biblische Geschichten, und hie und da, meistens vor den großen, kirchlichen Festen, badete er sie. Das Waschen und die Katechismuslehre hatten keine dauernde Wirkung, das Essen, obwohl mit Begeisterung verschlungen, änderte nichts an ihrem äußeren Erscheinen: sie blieben so mager wie zuvor. Jedoch die biblischen Geschichten hafteten – wenigstens bei Pierre, bei Mathieu war das schwer zu sagen. Pierre lebte mit den Personen aus den Geschichten des alten Pfarrers wie mit vertrauten Freunden. Er sprach den ganzen Tag mit ihnen. Nach Gesprächsbrocken zu urteilen, die der Herr Pfarrer dann und wann auffing, halfen die Engel Pierre beim Holzhakken, die Hirten halfen ihm, die Tiere zu betreuen, Joseph trug mit ihm das Wasser vom Brunnen, und die Muttergottes sagte ihm, was er zu tun hatte, wenn die Tiere krank waren. Trotzdem dachte der Pfarrer, es sei ein bißchen zuviel des Guten, daß Pierre die Kuh nach der Muttergottes benannte, aber freilich – die sanfte, dunkeläugige Kuh hatte mehr von einer Mutter an sich, als Pierre je sonst erlebt hatte... Und das Jesuskind? Ja, das half Pierre nicht bei dieser oder jener Arbeit, es war einfach immer da und half überall.

In der dunklen, modrig riechenden alten Dorfkirche stand eine Statue der Muttergottes mit dem Kind in den Armen. Diese Statue war allen Dorfbewohnern sehr teuer. Sie stand seit undenklichen Zeiten da, und die Leute dachten, sie könne Wunder wirken; sie liebten sie so sehr, daß sie nicht weit davon waren, zu glauben, beide, die Mutter und das Kind, seien lebendig. Diese sahen so ungemein wirklich aus, weil das Holz, aus dem sie geschnitzt waren, bemalt war, so daß sie liebliche rote Wangen und Lippen hatten, und das Kind hatte goldblonde Locken und blaue Augen und seine Mutter dunkle Augen. Einige Frauen aus dem Dorf hatten auf das Essen verzichtet, um Stückchen Seide und Atlas zu kaufen und daraus schöne Kleider für beide zu nähen, und an Festtagen trugen sie goldene Kronen, und das Kind hatte ein Paar kleiner goldener Schühlein. Es war leicht, sie in diese schönen Dinge zu kleiden, denn sie hatten bewegliche Glieder wie Puppen, und das Jesuskind konnte man aus den Armen seiner Mutter herausnehmen. Zu Weihnachten wurde es in eine kleine hölzerne, mit duftendem Heu gefüllte Krippe gelegt, dann stand seine Mutter neben ihm, und darüber errichteten sie einen Baldachin aus Fichtenzweigen, und brennende Kerzen leuchteten wie Sterne am nächtlichen Himmel ringsherum.

In diesem Winter, als Pierre acht Jahre alt war, fiel gerade vor Weihnachten sehr viel Schnee. Seit Menschengedenken hatte es nicht so viel Schnee gegeben. Es schneite immerfort weiter, und am Morgen des 24. Dezember, dem

Vorabend des Christtages, mußte Pierre feststellen, daß er nicht zu dem Stall oben auf dem Berg gelangen konnte. Er versuchte es immer wieder, aber es war einfach unmöglich. Seine Verzweiflung kannte keine Grenzen, denn eine der Ziegen war krank, und zu denken, daß seine geliebten Tiere gerade zu Weihnachten, wo er ihnen doch immer irgendwelche kleine Extraleckerbissen zukommen ließ, allein und ohne Pflege bleiben sollten, war entsetzlich. Auch Mathieu war traurig, denn obwohl er keine persönliche Zuneigung zu Maria, Kaspar, Melchior, Balthasar und Joseph empfand, so war doch Pierres Kummer sein Kummer und zerriß ihm das Herz. Es war ein jammervolles Paar, das da am Nachmittag des Heiligen Abends im Pfarrhaus erschien, um das Weihnachtsbad über sich ergehen zu lassen. Die Erwartung des Bades bedrückte sie immer, aber heute machte die traurige Lage der Tiere die Aussicht auf Reinigung noch unerfreulicher als sonst.

«Kinder, was bedeutet das?» fragte der alte Pfarrer, als er die schwere Eichentür öffnete, die auf den steingepflasterten Gang hinausführte, und die zwei nassen, kummerbeladenen, nasetröpfelnden, kleinen Gestalten in seine warme, vom Feuerschein erhellte Küche führte, die ihm auch als Wohnraum diente. Es war ein ärmliches, kleines Haus, bestehend aus nur zwei Räumen; die Ausstattung wies nichts anderes auf als einen Kessel, eine Pfanne und einen großen Waschbottich, dazu ein Bücherregal, ein Tisch, eine Wanduhr und eine Holzbank. Eine Leiter führte unters Dach zu dem Schlafraum des Pfarrers, dort standen ein hartes Bett und eine Eichentruhe, und an der Wand hing ein Kruzifix. Jedoch für Pierre, der im Wirtshaus auf einem Haufen Lumpen schlief und nichts besaß, war das Pfarrhaus der Inbegriff üppiger Behaglichkeit.

«Erzählt mir, Kinder!» befahl der Pfarrer. «Der liebe Gott tröste euch, Kinder. Was ist geschehen?»

Pierre wischte sich die Augen mit seinem zerfransten Rockärmel, die Nase mit seinem Handrücken und die Hand an Mathieus Fell und schüttete dem alten Freund sein Herz aus. Er schloß mit den Worten: «Herr Pfarrer, muß ich gewaschen werden, wo ich so traurig bin?»

«Natürlich mußt du gewaschen werden», erwiderte der Pfarrer lebhaft. «Traurig oder nicht traurig, du kannst am Geburtsfest unseres Herrn nicht buchstäblich steif vor Schmutz in die Kirche gehen. Der liebe Gott hat es gern, wenn kleine Buben rein sind – und Hunde auch. Knüpf die Knoten in den Bindfäden da auf, während ich das Bad bereitmache. Und was die Tiere betrifft, Kind, die überlasse der Sorge des lieben Gottes. Du hast dein möglichstes getan, um zu ihnen zu kommen, und es ist dir nicht gelungen, und wenn der Mensch sein möglichstes getan hat und nicht mehr tun kann, dann macht der liebe Gott selber die Arbeit fertig. Setz dich, Kind, und zieh dir die Schuhe aus!»

Pierre setzte sich vor dem Feuer auf den Fußboden und zerrte verdrossen an seinen Holzschuhen. Er haßte das Waschen. Er konnte nicht den geringsten Sinn darin entdecken. Heute in einer Woche würde er wieder genauso schmutzig sein, und wenn der liebe Gott kleine Buben nicht gerne schmutzig sah, warum hatte er dann den Schmutz geschaffen? Mathieu konnte nicht mehr Sinn und Zweck in der Sache finden. Er winselte jämmerlich und zitterte, als hätte er Fieber.

Doch der alte Pfarrer kehrte sich nicht an Winseln und Murren. Er war weißhaarig und gebrechlich, von Alter und Rheumatismus gebogen wie ein Reif, und den großen Bottich vor das Feuer zu ziehen und mit warmem Wasser zu füllen war eine schwere Arbeit für ihn, aber er schürzte die Soutane und machte sich daran. Pierre war ihm sehr ans Herz gewachsen, und es gab nichts auf der Welt, was er nicht getan hätte, um sein Seelenheil zu sichern. Er hatte ein wenig Angst, Pierres Vertraulichkeit mit den Engeln könne sich zu einer Geringschätzung entwickeln, wie sie oft aus Vertraulichkeit erwächst, und darum war er sehr darauf bedacht, Pierre Ehrerbietung zu lehren. Es war nicht ehrerbietig, schmutzig der Messe beizuwohnen. «Nun, mein Sohn!» sagte er streng.

Mit fest zugekniffenen Augen, aus denen sich dicke Tränen hervorzwängten, zusammengebissenen Zähnen und geballten Fäusten erduldete Pierre die Marter, die darin bestand, daß der Pfarrer ihn vom Kopf bis zu den Zehen schrubbte. Dann wurde er in eine alte Decke gepackt, und Mathieu war an der Reihe, im selben Wasser, denn es war bis jetzt erst dunkelgrau gefärbt. Nach Beendigung der Prozedur wurde er vor das Feuer gesetzt, damit er sich selbst das Wasser aus dem Pelz schüttle, und nun kamen Pierres Kleider dran, aber in frischem Wasser, denn nach Mathieu hatte das erste Wasser die Farbe von Tinte. Schließlich wurden die Kleider zum Trocknen ausgebreitet, und alles war vorbei. Pierre war ganz munter geworden und rosig und lachte vergnügt, Mathieu wedelte glücklich mit dem Schwanz, und die drei saßen zusammen auf der alten, schwarzbraunen Holzbank und aßen Roggenbrot und gebratene Äpfel und tranken schwarzen Kaffee dazu, und der alte Pfarrer erzählte ihnen, wie einmal, vor langer, langer Zeit, als es ganz still war auf der Welt und die Nacht in der Mitte ihrer Bahn, Gott, der Allmächtige, von seinem Königsthron im Himmel herabgestiegen und auf die Erde gekommen sei. Pierre lauschte und kaute und lehnte seinen Kopf an des alten Pfarrers Schulter und fühlte sich schläfrig und glücklich zugleich und dachte nicht mehr an die Tiere.

Draußen aber, in der bitterkalten Finsternis, als der Schnee um ihn wirbelte, fielen sie ihm wieder ein. Als er auf dem schmalen Pfad, den man aus dem Schnee herausgeschaufelt hatte, die Dorfstraße hinaufstapfte, Mathieu in den Armen und immer noch die Decke des alten Pfarrers auf den Schultern über seinen Kleidern, damit er sich nicht erkälte, da hatte er plötzlich das Gefühl, die Zuversicht des alten Mannes, der liebe Gott werde sich um die Tiere kümmern, sei vielleicht etwas gar zu groß gewesen. Gott mußte wohl zu Weihnachten viel zu tun haben auf der riesengroßen Welt, die er gemacht hatte, und so packte ihn eine entsetzliche Angst, er könne seine Tiere oben auf dem Berg vergessen haben. Ein Lichtstreifen schien unter der Kirchentür, denn am Weihnachtsabend blieben die Kerzen brennen, damit die Dorfbewohner ein und aus gehen und vor der Krippe ihre Gebete verrichten konnten. So dachte Pierre, er könne hineingehen und mit dem Christkind über die Sache reden. Der liebe Gott kam ihm immer eher groß und schreckhaft vor, aber das Christkind war ein Kind wie er und würde seine Sorgen um die Tiere verstehen.

Die düstere alte Kirche sah in dem Licht der Kerzen wunderlieblich aus. Bei Tageslicht konnte man sehen, wie abgenutzt alles war, man konnte sehen, daß die Wandbehänge geflickt waren, die hölzernen Tafelbilder, die die Kreuzwegstationen darstellten, gesprungen und fleckig von der Feuchtigkeit, aber das sanfte Kerzenlicht verhüllte alles Häßliche und brachte alles Schöne zum Vorschein. Man sah keine Flecken, keine Sprünge, nichts Geflicktes, man sah nur den weichen Glanz der Farben und das Funkeln des Goldes durch die sanfte Umwölkung des Weihrauchs. Pierre dachte, die Kirche sehe aus wie der Himmel. Er lief zur Krippe und kniete nieder, und Mathieu mußte sich neben ihn setzen, aufrecht auf seinen zwei Hinterfüßen, die Vorderpfoten ehrerbietig über der Brust gekreuzt. Mathieu liebte diese Stellung nicht, und sein Herr und Meister mußte ihn darin erhalten, indem er ihn mit der rechten Hand an den Hautfalten seines Nakkens festhielt. So, mit der einen Hand Mathieu haltend, betrachtete Pierre entzückt die kleine Krippe, die von einem grünen, innen ganz mit roten Beeren ausgeschmückten Baldachin von Tannenreisern überwölbt war, das rosige, lächelnde Christkind, angetan mit seinem besten Hemd, einem weißen gestickten, seinen goldenen Schühlein und seiner goldenen Krone, und die Muttergottes, die auch ihr bestes Kleid anhatte, ein rotes, mit echten Spitzen besetztes Atlaskleid, eine goldene Krone auf dem Haupt und um den Hals eine Kette aus blauen und grünen Perlen. Die Frauen aus dem Dorf hatten all diese reizenden

Dinge angefertigt, die Spitzen geklöppelt und die Perlen aufgefädelt, und wenn auch all diese Pracht nicht ganz in einen Stall hineinpaßte, was tat das schon? Worauf es ankam, das war die Liebe, die sie gegeben, und die Liebe, die sie mit so viel lächelnder Güte angenommen hatte.

Pierre lächelte und neigte den Kopf zur Muttergottes und ihrem Kind, bedeckte dann sein Gesicht mit den Fingern der linken Hand, so daß er durchschauen konnte – seine rechte war immer noch damit beschäftigt, Mathieu in seiner frommen Stellung zu erhalten –, und sprach ein Vaterunser und ein Ave-Maria. Hierauf brachte er sein Anliegen wegen der Tiere vor. Mathieu gab leichte Schnauftöne von sich, so daß Pierre dachte, er bete auch, aber vielleicht hatte nur der feste Griff, in dem sich seine Nackenfalten schon so lange Zeit befanden, eine ungünstige Wirkung auf seine Luftröhre. Das Jesuskind lächelte gütig mit seinem rosigen Gesichtlein, und obgleich es nichts sagte, legte sich um Pierre ein Gefühl von Liebe und Verständnis, das ihn noch mehr wärmte als die Decke des Pfarrers. Dann kam ihm plötzlich ein erleuchtender Gedanke. Warum sollte sich nicht das Jesuskind selbst der Tiere annehmen? Es war so klein und leicht, daß es ohne weiteres imstande sein würde, über die tiefen Schneewehen zu laufen, in die die schweren Menschen sofort einsanken. Ganz sicher würde es das gerne tun. Schließlich waren ja die Tiere so freundlich und gastlich zu ihm gewesen und hatten mit ihm ihren Stall und ihr Heu geteilt, als es kein Zuhause hatte, und so war es nicht mehr als recht, wenn es ihnen jetzt etwas Gutes tat.

Pierre sah das Jesuskind fragend an und war ganz davon überzeugt, daß es zustimmend nickte. Nur eine Schwierigkeit war da: Das Kind hatte sehr wenig an, nur dieses ganz unzureichende Nachthemd. Pierre ließ Mathieu los, nahm die Decke von seinen Schultern und sah sie an. Sie war sehr alt und abgenützt. Er packte sie fest mit einer Hand und riß mit der anderen kräftig daran, und ein sehr gut passendes Stück löste sich von dem Rest.

Jetzt nahm er das Jesuskind aus der Krippe und hüllte es darein. Den Rest der Decke schlug er um Mathieu, denn es war kalt in der Kirche, und trug ihm auf, da zu warten, bis er zurückkäme. Er fürchtete nämlich, daß die Muttergottes sich ohne ihren kleinen Buben einsam fühlen würde, und meinte, die Gesellschaft von Mathieu könnte für sie in den ersten Augenblicken der Trennung ein Trost sein.

Hierauf trug er, ohne die wärmende Decke um seine eigenen Schultern, das Jesuskind hinaus in die Nacht. Er gedachte es, soweit er nur konnte, den Berg hinauf zu tragen, denn er erinnerte sich daran, daß der Herr Pfarrer gesagt hatte, wenn der Mensch sein Äußerstes getan habe, dann führe der liebe Gott die Arbeit zu Ende. Es hatte aufgehört zu schneien, während er in der Kirche war, der Mond und die Sterne gaben ein wenig Licht. Er ging wieder die Dorfstraße hinunter und dann den Berghang hinauf. Er kämpfte sich weiter, er keuchte und war schon ganz starr vor Kälte, aber erst als er schon bis zu den Achselhöhlen im weichen Schnee steckte und nicht mehr weiterkonnte, gab er auf, wickelte das Jesuskind noch fester in das Stück von der Decke und setzte es in den Schnee mit dem Gesicht zur Schafhütte gewendet. Dann machte er kehrt und stapfte wieder hinunter dem Dorfe zu. Er schaute sich nicht um, um zu sehen, ob das Jesuskind selber weitergehe, denn er hatte so ein Gefühl, als ob sich das nicht gehöre. Er kannte nicht die Bedeutung des Wortes: «Du sollst nicht versuchen den Herrn, deinen Gott», aber er wußte, daß man dem lieben Gott vertrauen müsse. Wieder im Dorf angelangt, öffnete er die Kirchentür und pfiff Mathieu, der, stark behindert durch die Decke, auf ihn zugesprungen kam. Pierre warf einen entschuldigenden Blick auf die Gottesmutter, aber obgleich sie etwas verlassen aussah, lächelte sie doch ganz zufrieden, als dächte sie, der kleine Pierre habe unter den gegebenen Umständen schon das Richtige getan. So nahm er Mathieu in die Arme und lief nach Hause.

Dort legte er sich auf seinen Lumpenhaufen neben der glühenden Torfasche, und obwohl er bis auf die Haut durchnäßt war von seinem Kampf mit dem Schnee und nichts zum Zudecken hatte außer Mathieu und dem Rest der Decke, schlief er herrlich die ganze Nacht und holte sich keinen Schnupfen. Er träumte, ein wunderschöner großer Engel käme zu ihm, knie neben ihm nieder und decke ihn und Mathieu mit seinem großen, weichen Flügel zu, der so warm war wie eine mit Gänsefedern gefüllte Steppdecke.

Der alte Pfarrer tat unterdessen kaum ein Auge zu. Er lag auf seinem Bett, in seinen Mantel gewickelt, denn es war bitter kalt, den Rosenkranz in den Händen, und war tief bekümmert. Er war noch zu allerletzt am späten Abend in die Kirche gegangen, um die Kerzen zu löschen und die Türe zu schließen, und hatte entdeckt, daß das Jesuskind aus der Krippe verschwunden war. Er konnte nur denken, daß irgendein schlechter Mensch es seiner goldenen Krone und der goldenen Schuhe wegen gestohlen habe. Er war mit seiner Laterne auf die Dorfstraße hinausgegangen und hatte nach Fußspuren gesucht. Es war kein Schnee gefallen, seit Pierre den Berg hinauf- und wieder hinuntergegangen war, und er sah ganz deutlich die zwei neben- und übereinander laufenden Spuren kleiner Füße. Was für ein böser Bub mochte das wohl gewesen sein! Mit der Laterne dicht am Boden folgte er den Spuren, die vom Dorf wegführten, und kämpfte sich, soweit er konnte, den Berg hinauf. Schließlich blieb er in einer tiefen Schneewehe bis an die Hüften hoffnungslos stecken, gerade dort, wo die Fußspuren des Jungen endeten und wieder zurückliefen ... Doch andere kleine Fußstapfen gingen weiter, wie von einem Paar winzig kleiner Schuhe von Puppengröße ... Wie er so ganz erstaunt schaute, kam gerade der Mond hinter einer Wolke hervor, und ihm schien, als sei jeder kleine Stapfen von Licht erfüllt ... Eine große Ehrfurcht überkam ihn, und er machte das Kreuzeszeichen. Doch als er zu Hause in seinem Bett lag, zitternd vor Kälte und von gichtischen Schmerzen in jedem Gelenk gepeinigt, dachte er, er müsse sich das mit den kleinen schimmernden Fußstapfen im Schnee eingebildet haben, und war ganz unglücklich. Das Jesuskind, das liebe Jesuskind war gestohlen! Wenn die Gläubigen morgen früh zur Mette kämen, würden sie die Krippe leer finden. Was würden sie sagen? Es würde eine schreckliche Aufregung geben. Ein Jahrhundert lang hatte die Statue in der Kirche gestanden, geliebt und verehrt, Wunderkräfte hatte man ihr zugeschrieben, und jetzt würde es für die einfachen Leute, seine Pfarrkinder, sein, als ob Gott selbst sie verlassen hätte. Ganz sicher würde es eine schreckliche Aufregung geben, und vielleicht würde bei manchen sogar der Glaube, der Glaube, den er mit so viel Mühe gepflanzt und gehegt hatte, ernstlich erschüttert werden. Die ganze Nacht glitten die Perlen des Rosenkranzes durch seine dünnen Finger, die vom Alter so gelb waren wie Elfenbein. Das Klappern der Holzperlen und das Ticken der alten Wanduhr im Zimmer unten waren die einzigen Geräusche in der eisigkalten Finsternis. Stunde um Stunde betete der alte Pfarrer, der liebe Gott möge doch nur das Jesuskind morgen vor der heiligen Messe wieder in seiner Krippe sein lassen.

Gerade bevor es Zeit war aufzustehen, fiel er aus purer Erschöpfung in einen leichten Schlummer. Er wurde durch ein Geräusch geweckt, wie von kleinen Füßen, die im Vorhaus liefen, und dann war da noch ein anderes eigentumliches, liebliches Gerausch an der Tür, als ob kleine Finger ein fröhliches Signal an das Holz trommelten, das besagte: «Alles in Ordnung! Alles in Ordnung! Steh auf, alter Faulpelz! Alles in Ordnung!» Und dann wieder das Getrippel der kleinen Füße, kaum lauter als das Tanzen von Herbstblättern ... und dann Stille ... Der Pfarrer stand auf, entzündete seine Kerze und kleidete sich an. Er dachte, das müsse wohl alles wieder nur Einbildung gewesen sein, aber auf alle Fälle war es eine erfreuliche Einbildung, denn ohne das Getrippel hätte er wahrscheinlich verschlafen, und dann hatte es ihn auch aufgeheitert. Er war fast fröhlich, als er seine Laterne anzündete und in das Vorhaus hinaustrat. Da lag etwas auf der Bank, und er bückte sich und hob es auf. Es duftete zart und fein, aber es war nur ein Stück einer alten Decke, der Decke, in die er Pierre eingepackt hatte. Es war sehr ordentlich gefaltet, so wie etwas Ausgeborgtes, das man seinem rechtmäßigen Besitzer zurückstellt. Der alte Pfarrer schüttelte verständnislos den Kopf und ging dann schwerfälligen Schrittes in die Kirche.

Als er die Klinke drückte, war er ganz schwach vor Angst, und als er drinnen war, blieb er einen Augenblick stehen, mit der Hand über den Augen, den Kopf gesenkt; er hatte kaum den Mut, seine Laterne zu heben und in die Krippe zu schauen. Dann bat er den lieben Gott um Kraft, hob den Kopf und schaute ... Da lag das Jesuskind ganz friedlich im Heu, und seine Mutter stand lächelnd daneben.

Er stützte sich mit der einen Hand an die Wand, denn was immer es auch sein mochte – Gicht oder Schreck oder Alter oder Erleichterung oder alles zusammen –, seine Füße leisteten ihm jedenfalls heute nur mangelhafte Dienste; so gestützt also, schob er sich zur Krippe und fiel vor dem Jesuskind auf die Knie. Ein heißes Dankgebet sandte er zum lieben Gott empor, und zur Gottesmutter betete er, sie möchte seine Fürsprecherin bei ihrem Sohne sein, auf daß ihm die Sünde seines Kleinmuts vergeben werde, und dann blickte er lang und liebevoll auf das Jesuskind. Dessen Gesicht war rosig und lächelnd wie immer, aber die Krone saß schief, und eines seiner kleinen Schühlein fehlte, und als der alte Pfarrer eine zitternde Hand ausstreckte und das Kind ehrfürchtig und zärtlich zugleich zu berühren wagte, da entdeckte er, daß sein kleines Hemd durch und durch naß war. Vorsichtig setzte er die Krone zurecht und bedeckte den kleinen, nackten Fuß mit Stroh. Mit dem Hemd konnte er freilich nichts tun, aber er zündete alle Kerzen rings um die Krippe an und hoffte, daß die von ihnen ausgehende Wärme es an seinem Körper trocknen werde. Dann ging er zum Altar hinüber, um alles bereit zu machen für die Feier der heiligen Messe, und während dieser Arbeit sang er leise vor sich hin die Anbetungsworte des «Nunc dimittis», die der alte Simeon gesprochen hatte, als das Kind Jesus in den Tempel gebracht wurde.

Das war ein schöner Weihnachtstag im Dorf, nie hatte jemand einen schöneren erlebt. Die Sonne strahlte den ganzen Tag vom Himmel, die Weihnachtsglocken läuteten freudig und hell, und am Nachmittag setzte das Tauwetter ein. Es taute so kräftig, daß Pierre am nächsten Tag schon wieder zur Schafhütte gehen konnte. Er brach auf, bevor es noch Tag war, und wanderte, tief gebückt unter der Last des Heus, die er sich auf die Schultern geladen hatte – doch das hinderte ihn nicht, im Gehen laut zu singen. Ihm folgte Mathieu, eine Tasche im Maul tragend; sie enthielt einige Portionen von Pierres Weihnachtsessen, die er sich für seine geliebten Tiere abgespart hatte: ein Stückchen gebratenes Fleisch, etwas Pudding und einen Bissen Apfel für jedes Tier. Selbst hatte er gestern nicht viel gegessen, sondern die Tasche in seinem Schoß gehalten und immer wieder ein Stück hineinfallen lassen, wenn niemand hinsah. Mathieu rann der Speichel aus den Mundwinkeln, und Tränen der Sehnsucht standen in seinen Augen, aber es kam ihm nicht einmal in den Sinn, die Tasche fallen zu lassen und auch nur das geringste daraus zu nehmen, denn er war ein Hund von Ehre.

Ein zarter, grüner Schein verbreitete sich über den Himmel, als Pierre und Mathieu die Dorfstraße entlangtrotteten, und die Luft war so mild, daß man hätte glauben können, der Frühling sei im Anzug. Während sie den steilen Hang emporkletterten, wo das grüne Gras schon aus dem schmelzenden Schnee hervorlugte, schaute Pierre auf und sah vor sich den großen Berg schimmernd-weiß gegen den Himmel aufragen. Als die Sonne höherstieg und das Grün sich in Blau wandelte, schossen feuerrote Streifen über den Himmel von einer solch durchdringenden Helle, daß es Pierre war, als zerrissen Trompeten die Stille. Die Berggipfel flammten auf in allen Farben, Gold und Safran, Amethyst und Rosa, und er ließ seine Heulast fallen, streckte sich und schrie laut; er jubelte und jauchzte mit ausgebreiteten Armen und tanzte herum wie ein Verrückter. Desgleichen ließ Mathieu seine Tasche fallen, bellte und hopste und machte die tollsten Luftsprünge. Es war ihr Magnificat, gesungen auf der Bergeshöhe, und wenn es auch sehr lärmend war, so hatte doch Gott sicher sein Wohlgefallen daran. Hierauf nahmen sie ihre Lasten wieder auf und gingen weiter ihres Weges zu der freundlich von schützenden Fichten umstandenen Höhlung in der Bergwand, wo die Schafhütte sich hineingeduckt hatte wie ein kleiner Vogel in eine hohle Hand.

Es war ein altes, verfallenes Gebäude, aber dennoch schön mit seinem spitzen Dach und den geschnitzten Türpfosten. Pierre stieß die Tür auf und trat mit Mathieu ein. Das Herz klopfte ihm heftig, denn er wußte nicht, was er hier eigentlich zu finden erwartete. Im ersten Augenblick war drinnen nichts Aufregendes zu bemerken, nur eine sehr behagliche Atmosphäre, die anzeigte, daß alles in bester Ordnung sei und den Eindruck erweckte, als müsse es auch immer so bleiben. Nicht nur die schützenden Fichten, Gott selbst hatte hier gewacht, und von nun an konnte sich niemand mehr an diesem Ort verlassen fühlen.

Eine zarte Musik ertönte, als Pierre eintrat, denn alle Tiere wendeten ihre Köpfe, ihn zu begrüßen, und die Glocken, die sie am Halse trugen, klangen. Er ging von einem zum andern, lehnte seinen Kopf an Marias warmen mütterlichen Nacken und lauschte dem Schlummerlied, das sie ihm immer leise muhend sang, kraulte Joseph hinterm Ohr, dort wo er es gerne hatte, zog die drei Weisen am Bart. Keinem von ihnen fehlte das mindeste, und Melchior, der so krank gewesen war, als er ihn zuletzt gesehen hatte, war so gesund, wie nur eine Geiß sein kann. Sie waren aufs beste gewartet worden. Der Stall duftete köstlich, frisch und rein, so rein, daß Pierre vor Verwunderung die Augen aus dem Kopf herausstanden. So eine Reinlichkeit hatte er noch nie gesehen. Es leuchtete ordentlich vor Reinheit, so daß man das Gefühl hatte, es sei doch vielleicht etwas am Waschen dran. Im Trog war Wasser, Heu in der Krippe, und das Wasser glitzerte wie Mondlicht und das Heu wie Sonnenschein. Und ... ja ... das Heu hatte Blüten angesetzt. Mit klopfendem Herzen schlich sich Pierre auf den Fußspitzen zur Krippe und schaute hinein. Jeder goldene Halm war gekrönt von einer Dolde sternförmiger Blüten, zierlich wie Schneeflocken, aber in zarten Farben geädert und mit einem goldglänzenden Kern. Ihr feiner Duft war lieblicher als der des Klees im Sonnenschein oder der Bohnenblüten nach dem Regen, lieblicher als irgendein Blumenduft, den Pierre kannte, und doch so, als enthielte er die Süßigkeit aller zauberischen Gewächse in sich. In diesem blühenden Heu war eine leichte Grube, so als hätte ein kleiner Körper darin gelegen, und in der Mitte der Grube fand sich ein kleiner, goldener Schuh. Pierre hob Mathieu auf und hielt ihn mit der Nase über den Rand der Krippe, so daß er auch schauen und riechen könne. Dann kniete er nieder und betete ein Vaterunser und ein «Gegrüßet seist du, Maria», während die Tiere sich mit gesenkten Köpfen um ihn drängten und Mathieu sich ohne jede Aufforderung auf seine Hinterfüße setzte und die Vorderpfoten über der Brust kreuzte. Hierauf gab er den Tieren ihr Weihnachtsessen, und während sie es in dankbarer Liebe zu ihm verzehrten, sammelte er einen kleinen Strauß von den Blüten, die aus dem Heu hervorgesprossen waren, für den Herrn Pfarrer. Dann sagte er den Tieren Lebewohl, nahm den kleinen, goldenen Schuh aus der Krippe und sprang, mit Mathieu fröhlich hinterdrein, in den Sonnenschein hinaus und den Berg hinunter, so schnell ihn seine Füße trugen.

Und wieder hörte der Pfarrer ein Trappeln von Füßen

in seinem Vorhaus und ein Trommeln kleiner Finger an seiner Tür, aber diesmal lauter und ungeduldig, so als ob der Überbringer guter Nachrichten es kaum erwarten könne. Er klinkte die Tür auf, und Pierre und Mathieu brachen herein wie ein Windstoß im Frühling.

«Für Sie, Herr Pfarrer!» rief Pierre und steckte ihm den kleinen Strauß in die Hände. «Das Heu war ganz in Blüte, jetzt, wie ich hinaufkam. Und schauen Sie, Herr Pfarrer! Ein kleiner Schuh! Das Jesuskind hat ihn in der Krippe gelassen.»

Der Pfarrer hielt die Blumen in seinen Händen. Ihr schneeiger Schimmer blendete seine Augen, aber dabei waren sie von den Farben aller Blumen, die es auf Erden gibt, wie von Äderchen durchzogen. So unendlich fein und zerbrechlich waren sie, und doch wußte er, daß sie nicht welken würden. Ihr Duft war zart wie der, der von dem Stück der alten Decke ausgegangen war, und doch erfüllte er den Raum. Da erinnerte er sich, daß er schon einmal, als ganz junger Mann, denselben Duft gerochen hatte. Er hatte damals einen Heiligen auf seinem Totenbett gepflegt, und durch die sich öffnende Tür, durch die dessen Seele entflohen war, war ein Hauch von den Blumen des Paradieses zu ihm gekommen. Er wußte jetzt, daß er sich seither immer danach gesehnt hatte. Sein alter Körper fühlte sich auf einmal kräftig, als wäre der Duft für ihn Speise und Trank gewesen.

«Mein Kind», sagte er zu Pierre, «der kleine, goldene Schuh muß zurück in die Kirche, von wo er gekommen ist, aber die Blumen werden wir behalten, du und ich. Wir werden sie miteinander teilen und an unseren Herzen tragen bis zu unserem Tod, und wir wollen zu niemand von dem sprechen, was sich zugetragen hat, Pierre, denn die Welt ist voll von Spöttern. Aber vergessen werden wir es auch nicht, Und mögest du weich wandeln alle deine Tage und mit Mut und Heiterkeit und gesegnet sein, denn du hast die Blumen des Paradieses gerochen und den Lohn des Glaubens geerntet.»

Weihnachten in Bon Repos

Weihnachten in Bon Repos auf der kleinen Kanalinsel vor der französischen Küste hatte etwas Erschreckendes. Die du Frocqs brauchten den ganzen Dezember, um sich darauf vorzubereiten, und den ganzen Januar, um sich davon zu erholen. Aus Pietät für die Geselligkeit der Vorfahren hielten sie alle alten Julbräuche; um mit der Zeit zu gehen, auch alle modernen englischen Sitten, und zu allen beiden kamen noch strikte religiöse Vorschriften. Daß sie nicht alle miteinander vor Erschöpfung zusammenklappten, ist wohl der stärkenden Luft der Insel zuzuschreiben.

Anfang Dezember begannen Madame Rachell du Frocq und ihr Hausmädchen Sophie wie toll zu backen, Puddings, Kuchen und Torten, während die Kinder – Michelle, Peronelle, Jacqueline, Colin und die kleine Colette –, tief in den Zimmerecken plaziert, hinter schützenden Möbelbarrikaden einander erstaunliche Geschenke anfertigten; und die Atmosphäre war so dick von Geheimnis und Aufregung, daß man sie mit dem Messer hätte schneiden können.

Den Höhepunkt erreichte das Vorbereitungsfieber am Morgen des Heiligen Abends. Jeder war erstaunlich pünktlich beim Frühstück und erstaunlich in Eile, es hinter sich zu bringen und mit der Ausschmückung des Hauses beginnen zu können. Am Tag vorher hatte man Arme voll Stechpalmen von den Hecken geschnitten und in Riesenhaufen auf dem Boden der Diele bereitgelegt. Jedes blanke Blatt und jede glatte Beere brach einen frohen Sonnenstrahl im blitzenden kleinen Spiegel; denn das Wetter war hinreißend: schimmernder, klarer, waschblauer Himmel und Ozean, die winterlichen Bäume wie Purpur im Schatten und rotbraun in der Sonne, das winterlich gelbe Gras in der Frühe mit Kämmen weißen Reifs besetzt und mittags mit kristallenen Tropfen, in geschützten Falten des Kliffs hier und da ein paar goldene Ginsterblüten. Der Felsen über den kleinen, sich knisternd brechenden Wellen fühlte sich ganz warm an, und die Bergsperlinge, die von den roten, mit Seegras bedeckten Steinen auf das gelbbemooste Kliff schossen, zwitscherten, als wenn es Frühling wäre. Und überall Rotkehlchen! Drei wohnten im Bon-Repos-Garten, hüpften den moosbewachsenen Pfad, wo die Glockenblumen im Sommer wuchsen, auf und ab, schimpften laut an der Vordertür, bestahlen die Hennen an der Hintertür und verfolgten Sophie frech bis in die Küche, um ihren Weihnachtsanteil an Krümeln und Speckschwarte zu fordern. Sie bekamen ihn auch, denn wie alle Inselleute sah sie die Rotkehlchen für heilig an. Das Rotkehlchen hatte zuerst das Feuer auf die Insel gebracht. Mit einer Fackel im Schnabel war es übers Meer geflogen und hatte sich seine Brust versengt. Doch es flog unbeirrt voran, ein kleiner leidender Vogel, nicht größer als ein Punkt zwischen Himmel und Wasser. Als es die Insel erreichte, waren ihm die Federn auf der wunden roten Brust verbrannt. Da hatten die anderen Vögel alle so Mitleid mit ihm, daß ihm jeder eine Feder schenkte, nur die selbstsüchtige Eule nicht; daher kann sie es nicht mehr wagen, sich bei Tage auf der Insel sehen zu lassen.

Das Ausschmücken des Hauses mit Grün und das Einwickeln all der Geschenke brachte Bon Repos den ganzen Vormittag in wilden Tumult. Rachell ging in heiterer Überlegenheit ihren Haushaltspflichten nach und bahnte sich einen Weg durch Knäuel von Schnur, Ströme von Buntpapier, Berge von Grünem, Farbtöpfe, die Colin für ein mysteriöses Geschenk für den Vater brauchte, das pechschwarze Hundevieh unbekannter Rasse, Maximilian, der mit hängender Zunge herumirrte, und all die Kinder, die halb toll vor Aufregung treppauf und treppab rasten. Sie vergaß sogar die eine große, die ach so große Sorge: den drohenden Ruin ihres bescheidenen Bauernanwesens. Nichts schien Rachells Ruhe zu stören, aber André, ihr Mann, und Schwager Ranulph, der vielgeliebte Onkel ihrer Kinder und weitgereiste Vagabund, waren längst in den verhältnismäßigen Frieden des Hofes geflohen. Colette war aus dem Weg geräumt und zu Sophie in die Küche gesperrt worden, wo sie als fettes Häufchen auf dem Boden hockte und schnaufend Zuckeraugen in Teigbabys bohrte und Pfefferkuchentiere von nicht erkennbarer Gattung anfertigte. Katzentier Marmelade, die heidnische Kreatur, war auf Mäusejagd im Speicher. Sie besaß kein religiöses Gefühl, und die großen Kirchenfeste ließen sie ganz kalt, im Unterschied zu Maximilian, der ein frommer Hund war. Stets ging er um Mitternacht am Heiligen Abend in den Stall und kniete im weichen Heu neben allem Vieh. Wenn seine Leute am Weihnachtstag Choräle sangen, hörte er sehr artig mit heraushängender Zunge zu.

Das Mittagessen bestand aus Brot und kaltem Aufschnitt, und alle Puddingreste aus der vergangenen Woche waren zusammen in eine Schüssel getan und unter einer Eierkruste verborgen. Wenn Sophie sonst in Notfällen zu diesem Menü griff, erhob sich gewöhnlich ein Empörungsschrei, doch heute war der allgemeine gute Wille so groß, daß das Gericht gnädig aufgenommen wurde. Colin verlangte sogar tatsächlich ein zweites Mal vom Pudding, obwohl seine erste Auflage unter dem gelben Überzug einen Löffel Sago enthalten hatte – sein ganz besonderer Abscheu –, ein Quadratzoll Karameltorte, ein Stück Flammeri und die Steine dreier längst verschollener Pflaumen.

Nach dem Essen wurden Hut und Mantel angezogen, und Vater André fuhr mit dem Landauer vor, denn alles machte sich nach St. Pierre auf. André, Rachell und die beiden großen Mädchen Michelle und Peronelle gingen zur Beichte. Sophie ging mit ihrem Freund Jacquemin Gossilin flanieren, und Onkel Ranulph hatte versprochen, den drei jüngsten Kindern die Weihnachtsauslagen zu zeigen. Die Reise nach St. Pierre dauerte lange, denn Familiengaul Lupin fand das Gewicht des ganzen Haushalts einschließlich Sophies mit Korsett, blauem Moirémantel und -rock und purpurrotem Hut einfach unsinnig, so daß André, Ranulph und Colin bei der geringsten Steigung das Gefährt verlassen und zu Fuß gehen mußten. Doch wen störte das? Die sonnige Luft, die doch kühl und frisch wie Meerwasser war, schien einem ins Blut zu rinnen wie gefrorenes Feuer. Blinzelnd lag die Welt um einen her wie in schweigender Erwartung des Wunders, glitzernd, gleißend und durchpulst, trächtig an drängenden Schätzen, die nur von dem Finger des Frostes zurückgehalten wurden, um nicht frühlingshaft auszubrechen, zu sprießen und zu blühen. Doch war auch der Frühling der Erde noch in weiter Ferne, in den Herzen bebte der Frühling der göttlichen Geburt. Im Innern waren sie alle voller Anbetung und Verehrung trotz der ganzen Aufgeregtheit und Vergnügtheit. Sogar Ranulph, der kein Wort von der Weihnachtsgeschichte glaubte, und der skeptische André wurden angesteckt und einen Moment lang andächtig.

Schließlich kam man in St. Pierre an. Erlöst blähte Lupin die Flanken auf, als er abgeschirrt und in seinem Gasthaus untergebracht wurde. Die Familie sagte ihm zärtlich Lebewohl und lief zu Fuß weiter den Hügel hinunter. An den Stufen, die zu St. Raphael hinaufführten, trennte man sich. Puterrot im Gesicht infolge des engen Korsetts und der Frostluft bog Sophie zur Rue Clubin ein, um Jacquemin Gossilin zu treffen; Ranulph nahm Colette an die Hand, Jacqueline und Colin hüpften voraus.

«Bis es dunkel wird, gehen wir an den Hafen», sagte Ranulph, «und dann auf den Markt, uns die Weihnachtsauslagen ansehen.»

Und sie zogen die gewundenen Straßen hinunter. Hin und wieder nahm Ranulph Colette Huckepack, um ihre dicken Beinchen zu schonen. Jacqueline und Colin schwatzten wie die Elstern. Bis ans Ende der Mole hinaus gingen sie und machten es sich in einem windgeschützten Winkel bequem, von wo die Schiffe zu sehen waren. Hier draußen in der vollen Sonne und ohne Wind war es so warm wie im Juni. Die Insel konnte Sturmtage zeitigen, die so garstig waren wie nirgends auf der Welt, aber auch mitten im Winter warme, schöne Tage hervorbringen, die wie unerwartete Freuden im hohen Alter wirkten.

Mit zusammengekniffenen Augen schaute Ranulph vom sonnenglitzernden Wasser des Hafens zum blauen Himmelsdom empor, der sich anmutig über das schimmernde Meer wölbte, und er merkte zu seiner Verwunderung, daß er seines Lebens froh war. Dieses plötzliche Wiedererwachen von Daseinsfreude war genauso überraschend wie dieser strahlende Tag mitten im Winter; es war, als blühten rote Nelken im Schnee.

Die Kinder waren ebenso vergnügt. Jacqueline plapperte über ihre Christgeschenke; keiner hörte zu, aber das machte nichts. Ihr Schwatzen entsprang nur einem tiefen Glücksgefühl, das wie Blasen an die Oberfläche schäumte. Gegen eventuelle Kälte mit zwei Flanellunterröcken und einem Mantel geschützt, sah Colette so dick und schläfrig aus wie ein vollgefressenes Küken. In ihre sonnige Ecke geschmiegt, blinzelte sie aufs Meer hinaus und wunderte sich über Gott weiß was.

Colin starrte auf die Schiffe. Er konnte stundenlang Schiffe anschauen, ohne sich zu rühren. Hier auf dem Molenkopf, über dem Wasser hängend wie in einem Mastkorb, konnte er sich einbilden, an Bord eines Segelschiffes auf hoher See zu sein, und er schwankte etwas hin und her auf seinem Sitz, als schaukele es unter ihm. Die Schiffe lagen im Hafen still im Weihnachtsfrieden, die Segel waren gerefft, und aus den Schornsteinen der Dampfer kam kein Rauch. Die kleinen Ruderboote am Hafendamm waren leer und wie ruhende Haustiere im Stall angebunden. Keine Seele schien an Bord. Vollkommene Stille herrschte und durchdrang Colins Seele, während er in seinem Segelschiff über die freien Weiten der Welt auf- und abtauchte, bis sein linker Fuß einschlief und ihn der Schmerz in die Wirklichkeit zurückriß. Er stand auf, stampfte und fluchte.

«Colin!» mahnte Ranulph.

Colin grinste. «Warum tut fluchen immer gut?» fragte er.

«Weil es verboten ist – und du willst frei sein. Als Kind krankt man immer an der irrtümlichen Vorstellung, frei werden heißt Fesseln sprengen.»

«Stimmt das nicht?» staunte Colin.

«Nein.» Ranulph paffte seine Pfeife und sah stirnrunzelnd auf den Ozean hinaus.

Während des Schwatzens, Sichwunderns und Grübelns am Hafen entwich die Wärme von der Erde, und der Weihnachtsabend war da. Eine kleine Wolkenherde hatte ein flockiges Netz über den blauen Himmel gezogen und rötete sich, als die Sonne sank. Das Meer spiegelte diese Mischung von Blau und Rot und wurde violett.

«Seht! Seht!» schrie Jacqueline. Sie sahen sich um. Es war ein Lichteffekt, wie ihn Ranulph selbst auf all seinen Reisen nicht erlebt hatte. Heller und heller leuchtete das Rot und das Blau, tiefer und tiefer strahlte das Violett, bis es die Farbe von purpurnen Schwertlilien erreichte. Ranulph konnte nur staunen.

Dann waren die Farben plötzlich verschwunden. Eifersüchtig auf ihren Schatz hatte die Sonne ihn nicht der Nacht zum Spielen überlassen wollen. Sie nahm ihn mit über den Rand des Meeres, und seiner Herrlichkeit beraubt, verblaßte der Himmel und wurde etwas trüb.

Dem Meer fiel ein, daß es Winter war, und es seufzte ein wenig über plötzliche Kälte in der Luft. Den Hafendamm entlang und die Straßen St. Pierres auf und ab blitzten Lichter durch die Dämmerung wie Nadelstiche in einem grauen Vorhang.

Ranulph sprang auf die Füße und zog die Kinder hoch.

«Es ist der vierundzwanzigste Dezember», erinnerte er sie, «und auf dem Markt gibt es geröstete Kastanien für euch.»

Kreischend vor Wonne rannten sie die Mole entlang, die Tellermützen der kleinen Mädchen leuchteten wie Stechpalmenbeeren, und Colins feste Stiefel trappelten wie die Hufe eines ungeduldigen Ponys.

Den Hafendamm hinüber ging's, fort vom schweigenden Meer in die menschenerfüllten Straßen. St. Pierre glich jetzt einer Stadt aus Tausendundeiner Nacht. Die Schaufenster schimmerten von Farben, und die Straßen srahlten im Feiertagsstaat. Orangen und Zitronen und roter Schinken und bunte Süßigkeiten ... rosige Gesichter und blaue Matrosenblusen und rote Kindermützen ... Hin und her zwischen den alten grauen Häusern und die gepflasterten Straßen auf und ab verflochten sich die Reihen der Besucher vor den Läden zu farbigen Bändern. Aber die alten Häuser und gepflasterten Straßen ließen sich am Weihnachtsabend nicht unterkriegen. Lichter leuchteten hinter rötlichen Vorhängen, und Weihnachtsbäume strahlten aus offenen Fenstern in den grauen Fassaden, und in den Pflasterfugen glitzerten Eisbrillanten.

Wie das glühende Herz in einer farbigen Flamme lag der Marktplatz. Ein großes Freudenfeuer züngelte und flackerte in der Mitte, und ringsherum standen Buden mit Orangen und Äpfeln beladen. Hin und her durch die Menge gingen die Kastanienmänner mit ihren roten Feuerchen im eisernen Ofen, und der köstliche Geruch gerösteter Kastanien zog ihnen voraus und ging ihnen nach. Die lachende, lustige Menge, die sie umdrängte, war ein buntes Kaleidoskop, das sich immerzu veränderte und vor dem stetigen orangenen Schein des züngelnden Feuers und dem trüben Blau der stillen Nacht hintrieb.

Ranulph nahm Colette der Sicherheit halber auf den Arm und kaufte den Kindern Kastanien von einem Mann in blauer Bluse mit goldenen Ringen in den Ohren. Er flehte den Segen des Himmels auf sie herab und gab Colette eine Extrakastanie zu, weil sie Augen hätte, blau wie der Mantel der heiligen Jungfrau ...

Die Lust auf dem Marktplatz fing gerade erst an, sich

zu steigern und zu einem Sturm auf die Gasthäuser auszuarten, als Ranulph die ihm anvertraute Schar energisch wegführte. Man dürfe Vater, Mutter und Lupin nicht warten lassen, sagte er, und sie müßten früh zu Bett in Anbetracht des morgigen Tages. Den Kindern fielen ihre «Strümpfe» ein, und sie schickten sich mit guter Miene drein. Es ging die lustigen Windungen der Straße entlang, hinein und heraus aus den Schatten der alten überhängenden Häuser, die so manchen Christabend hatten kommen und gehen sehen, es ging über die alten Pflastersteine hin, die seit Jahrhunderten eine Riesenmenge von Kinderfüßen überdauert hatten. Oben leuchteten frostig glitzernde Sterne an einem klaren Himmel, wie sie geleuchtet hatten, als die Insel nichts weiter als ein großer grauer Felsen gewesen war inmitten des gierigen Meeres und weit weg in Bethlehem ein Kind geboren wurde.

Sophie sagte Jacquemin Gossilin Adieu, als der Spaß auf dem Marktplatz den Höhepunkt erreicht hatte, denn auch sie wollte frühzeitig nach Bon Repos heimkehren. Außerdem war sie im Innern mit einem gewagten Abenteuer beschäftigt, das sie auf dem Nachhauseweg vorhatte. Sie hatte die Absicht, dem Märchenquell einen Besuch abzustatten, um ein für allemal zu wissen, ob es ihr bestimmt war, Jacquemin zu heiraten oder nicht. Die Bauern sagen, acht Tage vor Weihnachten sind alle überirdischen Kräfte am Werk, Nixen und Gespenster so gut wie Engel. Sie ziehen über Wege, Bäche und Höfe, und jedem Mädchen, das den Mut hat, in einen Märchenquell zu sehen, wird sein Schicksal aus dem Wasser entgegenblicken, entweder das Gesicht des Zukünftigen oder aber, wenn sie unverheiratet sterben soll, ein grinsender Totenschädel.

Sophie hastete durch die Straßen St. Pierres und rannte über Land zum Hohlweg mit dem Quell. Ihre Beine zitterten vor Angst, ihr Herz pochte und klopfte wie eine Dreschmaschine. Sich am Weihnachtsabend mit schwarzer Magie abzugeben war gefährlich und wurde, wie sie wußte, von den Pfarrern mißfällig angesehen. Es sind so viele Engel zur Weihnachtszeit unterwegs, daß die Nixen und Gespenster neidisch und eifersüchtig sind und bei der geringsten Gelegenheit ihre Macht zeigen wollen. Am besten behelligt man sie also nicht. Sophie warf unterwegs ängstliche Blicke auf jeden Mondschatten, und alle Geschichten von Unglücksfällen am Christabend, die sie jemals gehört hatte, fielen ihr wieder ein. Da war der Mann, der an einem der acht Abende vor Weihnachten spät heimging und vom Irrlicht sich verleiten ließ: er erreichte seinen Hof nicht, sondern kam an den Rand des Kliffs und stürzte sich zu Tode. Dann waren jene beiden anderen, denen große schwarze Hunde nachliefen, durch keine Drohung zu verscheuchen und durch keinen Schlag zu treffen. Noch andere wurden von Gespenstern in Gestalt weißer Kaninchen überfallen, die ihnen zwischen den Füßen herumhüpften und sie bei jeder Biegung vom Wege abbrachten. Und dann das Mädchen mit der ungebeichteten Todsünde auf der Seele, das zu demselben Quell gegangen war wie Sophie jetzt und sechs Totengerippe hatte darumsitzen und ins Wasser starren sehen. Sie hatte laut aufgeschrien und war mausetot umgefallen. Als Sophie an diese letzte Geschichte dachte, blieb sie stehen und preßte ihre Hand auf die linke Seite gegen die Korsettstäbe. Sie hatte vor Angst solches Herzklopfen, daß sie keinen Schritt weiterkonnte. Da blickte sie aber auf ihren besten blauen Moirémantel und -rock hinab, die wie Wasser im Mondlicht schillerten, und faßte wieder etwas Mut. Bei dem Anblick kam sie sich direkt schön vor, kam sich so lieblich vor wie die Samtschatten unter den Bäumen und die glitzernden Eisblumen auf dem Wege; das Mondlicht verschmolz sie mit den Dingen zu einer einzigen Herrlichkeit. Diese Verbundenheit ermutigte sie, und sie lief weiter. Sie bog um die Ecke, wo der Fingerhut im Sommer wuchs, und betrat den kleinen runden Tunnel des Hohlwegs. Er war heute tintenschwarz und stürzte talab, als wenn er ins Nichts führte. Tief unten murmelte das Meer an den Felsen. Es klang in Sophies aufgeregten Ohren wie das Klagen gepeinigter Seelen. Da durchfuhr sie der Gedanke, wenn sie ebenfalls mausetot am Märchenquell umfallen sollte, so würde sich ihre Seele zu jenen dort unten gesellen. Das konnte leicht geschehen, weil sie sich mit Magie am Christabend abgab. Sie erschauerte, aber sie wurde von Neugier, die Zukunft zu kennen, angetrieben. Sie konnte es nicht abwarten, bis sie ihr im Verlauf der Dinge enthüllt wurde. Sie mußte das Verbotene tun und den Vorhang beiseite reißen.

Ein Loch in den dicht verflochtenen Zweigen über dem Quell ließ einen Mondstrahl durch, der den glatten Wasserspiegel erhellte, als hinge eine Lampe darüber, von Farnen und Gräsern in zarten Fingern gehalten. Sophie kniete nieder und legte einen Silbertaler ins Gras als Gabe für die Nixe des Quells. Es kam ihr vor, als wenn Wesen um sie herauf- und herabwallten, mit dem plätschernden Bach hinab ins Meer zögen, vom Meer herauf zu den Wassern der Erde. Der Hohlweg war heute nacht voll Bewegung, voll von Gemurmel unhörbarer Stimmen und voll von Fußtritten, die keine Spur hinterlassen. Sophie wurde kalt und starr vor Angst. Wie ein Nebel lag es ihr vor den Augen. Als sie das Gesicht über das Wasser neigte, konnte sie zuerst nichts sehen. Dann teilte sich der Nebel, und sie erblickte die Oberfläche des Wassers, klar und glatt wie poliertes Ebenholz mit einer Myriade Sterne im Grunde. Sophie glaubte in dem kleinen Kreis den ganzen Himmel zu schauen. All die weit verstreuten Lichtpunkte schienen gesammelt und im Quell vereint. Er stellte einen winzigen Himmel dar, lag klein wie ein Atom unter der Unermeßlichkeit des Weltenraums – sie kann ihn mit den Armen umspannen, und er enthält doch die Ewigkeit. Tiefer und tiefer beugte sie sich hinunter und starrte in den Abgrund voller Finsternis und in diese kristallenen Lichtpunkte. Von der Schönheit wurde sie so gebannt, daß sie alles andere vergaß, sowohl Jacquemin als auch den grinsenden

Totenschädel. Ringsum atmete die Nacht, und geräuschlos wallten die Wesen auf und ab. Sie starrte und starrte, sank tiefer und tiefer in den gespiegelten Himmel, ihr Ich verlor sich, tauchte hinab und ertrank darin.

Die Zeit stand still. Nur die Ewigkeit umschloß sie in ihrem drehenden Kreis. Da kam ein Lufthauch vom Meer herauf und kräuselte den Spiegel des Quells. Kleine Wellen liefen über ihn hin, und die Sterne ertranken. Durch den frischen Luftzug wurden die Wesen in ihrem Weben gestört und ins Dunkel fortgeblasen. Sophie war wieder Sophie, saß auf dem kalten gefrorenen Gras im Hohlweg mit dem Quell und starrte einen Tümpel an. Es war Nacht. Über ihrem Kopf zeichneten die kalten verschränkten Baumzweige ein Muster in den Himmel. Sie stand auf, taumelte den schwarzen Hohlweg hinunter und bog rechts in den steilen Weg ohne Bach ein. Hier kam sie wieder zu sich, dem geheimnisvollen Einfluß des Wassers entzogen. Sie fühlte sich ganz steif und durchgefroren und kam sich recht dumm vor. Das lange Starren auf das Wasser mußte sie hypnotisiert haben. Es heißt, man werde verdreht, wenn man zu lange etwas Glänzendes anschaut. Dann kam eine schmerzliche Enttäuschung: sie hatte im Wasser nicht Jacquemin Gossilin gesehen, andererseits aber auch keinen Totenschädel. Was war es denn nun wirklich gewesen? Ein Himmel, den sie mit den Armen umspannen konnte, eine Unendlichkeit, die sich ihr so darstellte, daß sie sie fassen konnte. Sollte das ihre Zukunft bedeuten? Nun, das war eine Zukunft, wie sie jeder Seele beschieden, und eine einzige Zukunft, die mit Sicherheit vorauszusagen ist. Sie war enttäuscht, doch gleichzeitig wunderbar beruhigt, als sie den Weg emporging und in die Fahrstraße mit den verkrüppelten Eichen einbog, die nach Bon Repos führte.

Schwarz gegen den Himmel standen die Schornsteine und das Dach des alten Bauernhauses. Die paar erleuchteten Fenster, die durch die Nacht blitzten, waren freundlich wie die Sterne, denen sie die Hände reichten. Unter der Stalltür glänzte ein Lichtstreifen, André mußte dort so spät noch beschäftigt sein. Da fiel Sophie wieder ein, daß es Weihnachtsabend war und Engel so gut wie Gespenster unterwegs waren. Alle Ställe sind heilig am Weihnachtsabend. Als sie auf den Lichtstreifen unter der Tür starrte, kam Sophie plötzlich der Gedanke, daß auch die Ställe einen Himmel enthielten, der mit den Armen umspannt werden könnte, eine Unermeßlichkeit im kleinen, sichtbar und verständlich.

Eine Kuh war krank, und André war noch spät in der Nacht im Stall. Nach Inselbrauch warf er frisches Heu in die Krippen, machte den Stall sauber und sperrte beim Herausgehen die Tür absichtlich nicht zu, sondern ließ sie aufgeklinkt, damit Maximilian, wenn es Mitternacht schlug und der Weihnachtstag geboren wurde, hinein konnte und mit den anderen Tieren niederknien. Als er den Schlüssel wieder unbenutzt in die Tasche steckte, mußte André über sich lachen und fragte sich, was in aller Welt sein Bruder Ranulph von ihm denken würde, wenn er es wüßte.

Aber er schämte sich nicht. Er liebte die Insellegenden. Er hatte sie von seiner Mutter gehört und beachtete sie ehrfürchtig, wo er nur konnte. Als er ins Haus ging, bemerkte er, Sophie hatte Maximilian in seiner Hütte nicht angekettet; der Hund war noch wach und wartete. Seine Augen funkelten in der Dunkelheit wie zwei flimmernde Sterne. André streichelte ihn im Vorbeigehen, und wie eine lange rosa Schlange schoß Maximilians Zunge hervor und wand sich einen Moment lang feuchtwarm und zärtlich um Andrés Finger. Auch Marmelade war wach und trieb sich auf dem Hof herum; doch sie wartete auf nichts. Ihre grünen Augen schimmerten wie Irrlichter, und ihr Schwanz spielte. Manchmal duckte sie sich zu Boden und beobachtete etwas Unsichtbares, sprang zu, fuhr beiseite, spuckte es an und rannte dann um den Hof herum, als ob sie es jagte. Was das auch immer bedeutete, ihr machte es jedenfalls Spaß. Es lag eine teuflische Lust in ihrem Gesicht, und die Lichter in ihren Augen waren so falsch wie die Lichter, die Hexen ans Ende ihrer Besen binden. Wohinter sie auch her sein mochte, André war überzeugt, es hatte auf dem Hof am Heiligen Abend nichts zu suchen. Wäre Maximilian nicht ganz und gar von der Stalltür in Anspruch genommen worden, André hätte ihn nicht gern mit Marmelade und diesem Wesen allein gelassen, mit dem sie spielte. Doch Maximilian war so voll Andacht, daß er vor dem Teuflischen sicher schien ... André ging ins Haus und hinauf zu Rachell.

Von Ranulphs kleinem Zimmer über dem Stall aus konnte man die Stalltür und Maximilians Hundehütte übersehen. Ranulph schlief nicht, sondern saß bis spät in die Nacht am Fenster und rauchte. Ein kleines Feuer aus Seegras brannte im Kamin und gab allein Licht. Nur die Mondstrahlen spielten noch von der Wand zur Decke und mischten ihren Silberschein mit dem goldenen Glanz des Tangs. Es war Ranulphs erster Heiliger Abend auf der Insel seit seiner Kinderzeit, und man hätte annehmen sollen, er hätte in ernsten Gedanken die Vergangenheit an sich vorüberziehen lassen wie einen Trauerzug, und Gewissensbisse und Bedauern über ein vergeudetes Leben hätten ihn heimgesucht. In Wirklichkeit aber versuchte er an nichts anderes zu denken als an die Wärme und den Frieden des Zimmers und sein eigenes Wohlbehagen. Er hatte den einzigen Wunsch, in Einfalt zu genießen – etwas, was er seit seiner Kindheit nicht mehr getan hatte.

Er begann an seine Kindheit zu denken und die vielen Heiligen Abende, die er im alten Haus erlebt hatte. Solange seine Mutter noch lebte, war Weihnachten Weihnachten gewesen trotz des Vaters, der mit seiner Tyrannei sogar solche Sachen wie Weihnachtsbaum und Weihnachtsgebäck belastete und allem Genuß den Atem nahm. Er staunte noch jetzt, wenn er daran dachte, wie seine Mutter gekämpft und gerungen hatte, um dem Zusammenleben etwas Unbekümmertheit zu erhalten. Als sie starb, war die Unbekümmertheit mit ihr dahin. Er und André hatten keine andere Wahl gehabt, als sich der eisernen Schablone zu fügen oder durchzubrennen. Bei der Erinnerung an die früheren Weihnachten fielen ihm die Insellegenden ein, die die Mutter ihnen erzählt hatte, wenn sie am Weihnachtsabend ums Feuer saßen und Kastanien rösteten. Er sah im Geiste das Wohnzimmer vor sich, wie es von den züngelnden Flammen und dem Sternenschimmer über dem Meer erleuchtet gewesen war. Der Vater war in seiner Bibliothek, und so hatten sie es gewagt, die Vorhänge zurückzuziehen und ein Fenster zu öffnen. Die Mutter saß am Boden vor dem Kamin mit der Hand vorm Gesicht, um die Hitze der Flammen abzuhalten, ihr dunkelbraunes Kleid bauschte sich rund um sie auf, sie sah aus wie eine dunkle Rose, die auf den Kaminvorleger gefallen war. Und da erzählte sie ihm und dem kleinen André die Weihnachtsgeschichten. Bei solchen Gelegenheiten entsann er sich ihrer am liebsten. Während er die züngelnden Flammen seines eigenen Feuers beobachtete oder durchs Fenster in die Sterne schaute, meinte er deutlich ihre Stimme zu hören, wie sie ihm erzählte, daß um Mitternacht am Heiligen Abend alle Tiere niederknieten, um anzubeten, und sich das Wasser in Wein verwandelte ...

Ein leiser Laut drang in die Stille des Zimmers, kaum lauter als das Knistern der Flammen und das Flüstern des Meeres. Die Glocken läuteten. Unten in St. Pierre mußten der Glockenstuhl der Stadtkirche und das stumpfe Türmchen St. Raphaels schwingen und beben unter einem Sturz von Klängen, hier oben aber in Bon Repos war das Läuten so schwach, daß es unirdisch wirkte. Ranulph blickte auf die Uhr: Mitternacht.

Er sah aus dem Fenster. Ein Streifen Licht lag unter der Stalltür. André, der Dummkopf, mußte seine Laterne stehengelassen haben, als er nach der kranken Kuh gesehen hatte. Während Ranulph hinschaute, sah er einen schwarzen Schatten über den Hof schlüpfen, die Stalltür aufstoßen und verschwinden. Es war Maximilian. Ranulph fiel es plötzlich ein, es wäre eigentlich seine Pflicht, in den Stall zu gehen und das Licht zu löschen – sinnlose Ölverschwendung! Er war schon halbwegs durchs Zimmer, da entsann er sich, seine Mutter hatte ihm als kleines Kind erzählt, kein Mensch dürfte um Mitternacht am Weihnachtsabend einen Fuß in die Ställe setzen. Es wäre die Stunde der Tiere. Der arme mißhandelte Esel, der doch einen König nach Jerusalem hätte tragen dürfen, die Kuh, als Nahrung für die Menschen geschlachtet, die doch ihr eigenes süßes Heu dem Kind zur Lagerstatt hätte schenken dürfen, das Pferd und der Hund, die so geduldig die Verrücktheiten ihrer Herren ertrügen, sie alle seien sicher vor den Menschen und könnten allein und in Frieden anbeten.

Ranulph beschloß, das Licht brennen zu lassen, und setzte sich wieder hin. Er mußte über sich lachen und fragte sich, was in aller Welt André von ihm denken würde, wenn er es wüßte.

Colette wachte natürlich als die Jüngste der Familie schon als erste am Weihnachtsmorgen auf. Sie arbeitete sich vom Fußende ihres Bettes nach oben und streckte den Kopf heraus. Es war noch dunkel, doch ein schwaches Grauen in Richtung des Fensters verkündete die Dämmerung. Es war sehr kalt. Colette hielt es fürs beste, den Kopf wieder wie eine Schildkröte einzuziehen und in ihre Schale zurückzukriechen. Dort in der warmen Dunkelheit fiel ihr ihr «Strumpf» ein. Da nun auch Jacqueline zu groß geworden, blieben nur noch Colette und Colin von der Familie übrig, die in der Weihnachtsnacht ihre Strümpfe aufhängten, denn Rachell hatte verkündet, wer alt genug sei, um zur Frühmesse zu gehen, habe solche kindischen Dinge wie «Strümpfe» zu unterlassen. Das Lutschen von roten Zuckerschweinchen früh am Weihnachtsmorgen sollte, wie sie sagte, nur einen Trost darstellen und sie beschäftigen, bis die Erwachsenen aus der Kirche zurückkämen.

Als Colette ihr Strumpf eingefallen war, strampelte sie sich ans Fußende des Bettes, zerrte die Bettücher auseinander, steckte den Kopf durch die Öffnung und langte sich den Strumpf herab. Die kostbare harte Fülle ans Herz gedrückt, zog sie sich wieder in die Deckung zurück. Sie wollte Peronelle nicht aufwecken und um Licht bitten, und nachdem sie durch Tasten und Drücken festgestellt hatte, daß das Zuckerschwein und die Orange und der Apfel und die Süßigkeiten und die Puppe vorhanden waren, schlief sie befriedigt wieder ein, den Strumpf an sich pressend wie eine Mutter ihr Kind. Sie wachte später davon auf, daß Peronelle die Bettücher von ihrem Kopf entfernte.

«Fröhliche Weihnachten, Liebling!» schrie Peronelle. «Daß du nicht erstickst, ist mir unverständlich. Und auf deinem Strumpf hast du gelegen! Die Puppe und das Schwein werden eins sein.»

Colette richtete sich auf und umarmte Peronelle.

Die Kerzen brannten, der Tag war kaum blau hinter den Vorhängen, Peronelle war in Hut und Mantel, bereit, in die Messe zu gehen.

Dann setzte ein toller Tumult von Weihnachtsumarmungen ein. Michelle und Jacqueline kamen in Hut und Mantel herüber, um zu küssen und sich küssen zu lassen. Rachell schwebte in ihrem besten Umhang herein, das Gebetbuch in der Hand und jedes Härchen an seinem Platz, um sie zu segnen. André, die Weste verkehrt angezogen und das Haar verwühlt, stürzte aufgeregt überall umher und suchte seinen verlorenen Kragenknopf. Colin spielte in seinem weißen Nachthemd Froschhüpfen über die Betten, und unten klappte die Hintertür: Sophie kam von einer unglaublich frühen Messe zurück, um das Frühstück zu machen und auf die Kleinsten aufzupassen, während die anderen in die Kirche gingen.

Schließlich legte sich der Lärm, und Colin und Colette hängten sich aus dem Fenster, um den Landauer zur Kirche fahren und in der trüben frostigen Dämmerung verschwinden zu sehen. Schwach leuchtete über dem Meer ein einzelner Stern in dem erbleichenden Himmel, doch die Nacht bedeckte noch das Land, und der Landauer fuhr mit schwingenden Laternen unter den Bäumen davon und tauchte in eine geheimnisvolle Dunkelheit. Colin blieb am Fenster und beobachtete, wie die Laternen verschwanden und der Laut der Räder erstarb. Er war verwirrt. Die Dunkelheit, die seine Familie verschluckt hatte, barg religiöse Geheimnisse, die sie kannte und die ihm noch verschlossen waren. Er glaubte Finger zu fühlen, die sich aus der Dunkelheit hervorstreckten und ihn berührten, und in seinem Herzen wachte etwas auf und regte sich.

Colette stieß ihn in den Rücken und brachte ihn in die Wirklichkeit zurück.

«Schau», sagte sie, mit dem Finger zeigend, «ist das der Stern?»

Colin schaute. Der Stern über dem Meer war immer noch da, obwohl sich das tiefe Blau des Himmels dahinter allmählich in ein Taubengrau mit blaßgelben und violetten Streifen verwandelte.

«Kann sein», sagte Colin, «aber ich glaube nicht, er ist nicht dick genug. Der Stern auf den Weihnachtsbildern ist immer dick und hat Zacken.»

«Vielleicht sind die abgefallen», vermutete Colette. «Wenn der Stern neu gewesen ist, als das Jesuskind geboren wurde, muß er jetzt mit der Zeit beinahe verbraucht sein.»

«Sterne verbrauchen sich nicht», sagte Colin. «Sie sind wie Gott. Immer so gut wie neu.»

«Mein Strumpf!» quiekte Colette plötzlich und stolperte schnell ans Bett zurück.

Nach einem von der Zeit geheiligten Brauch in der du-Frocqschen Familie wickelten sie sich in ihre Decken und gingen ins Bett der Eltern, um dort ihre Strümpfe auszupacken. Sie zogen die Vorhänge zu, um sich ein Sultanszelt zu schaffen, und thronten großartig oben auf den

Kissen. Die Strümpfe bargen alles, was man sich wünschen konnte. Außer den notwendigen Köstlichkeiten wie Zuckerschwein, Orange, Apfel, Bonbons und vielen anderen enthielten sie eine Puppe und ein Miniaturplätteisen für Colette, eine Wasserpistole und eine Seemannspfeife für Colin. Sie vertrieben sich herrlich die Zeit. Sie aßen erst mal alle Bonbons, bis auf ein paar klebrige Kügelchen, die sie für ihre Familie aufhoben, und die Schweine bis auf die Hinterteile, die sie für Rachell übrigließen. Wie Peronelle vorausgesagt hatte, klebte Colettes Schwein an der Puppe; aber das machte wirklich nichts, die Farbe vom Gesicht der Puppe, die am Bauch des Schweins haftete, schmeckte ganz gut. Dann füllte Colin seine Pistole mit Wasser und schoß auf das Bild vom Jüngsten Gericht. Jedesmal traf er den Engel mit der Trompete genau auf die Brust, und jedesmal, wenn er traf, pfiff Colette auf der Pfeife.

Nachdem das eine Stunde angedauert hatte, kam Sophie herauf, nahm ihnen die Pistole und die Pfeife weg, wischte das Wasser auf und zog sie an. Sophie schien außerordentlich guter Laune. Sie schalt nicht im geringsten, obwohl das Wasser vom Jüngsten Gericht nur so heruntertroff und in einer Lache auf dem Boden stand; sie bekamen auch nicht einen einzigen Klaps, während sie in ihre Kleider gesteckt wurden. Sophies Augen strahlten, ihre runden roten Backen waren röter als je, und ihre Korsettstäbe krachten und knarrten wie ein vergnügter Trommelwirbel. Colette, die schnell die Gefühle anderer merkte, spürte ihr Glück.

«Hast du ein Zuckerschwein bekommen, Sophie?» fragte sie.

«Etwas viel Besseres!» sagte Sophie. Und begierig, ihre Neuigkeiten auszupacken, auch wenn es bloß vor den Kindern war, fuhr sie fort: «Ich habe einen Heiratsantrag bekommen. Heilige Mutter Gottes! Und am Christmorgen!»

«Und weiter nichts?» fragte Colin enttäuscht.

«Als wir von der Messe kamen, platzte er mit der Frage heraus», sagte Sophie. «Und erst gestern nacht habe ich in den Märchenquell geschaut und nichts gesehen als Sterne und Himmel – ein direkter Beweis, daß nichts an der Sache ist.»

Liebevoll, wenn auch verständnislos, legte Colette Sophie die Arme um die Taille, soweit sie reichen konnte, und küßte sie.

«Wer platzte mit der Frage heraus?» fragte Colin.

«Jacquemin Gossilin», schwatzte Sophie weiter. «Daran schuld war der blaue Mantel und Rock. Den ganzen Nachmittag gestern hat er sie angestarrt.»

Colin äußerte aus Höflichkeit nichts, aber er war verstimmt. Wie sich die Großen der Erde nur so erniedrigen konnten! Er vermochte nicht zu fassen, daß Jacquemin Gossilin ein solch gräßlicher Dummkopf sein sollte und Sophie zu heiraten gedachte – bestimmt hatte er sie noch nie mit ihren Lockenwicklern gesehen!

Doch am Weihnachtsmorgen war es ein Ding der Unmöglichkeit, lange trüben Gedanken nachzuhängen. Bald rannte Colin im Garten herum und jagte mit seiner Wasserpistole hinter Marmelade her, während Colette zwischen Spülkammer und Küche hin- und hertrapste und Sophie half.

Das Frühstück sollte herrlich werden: Schinken und gekochte Eier und dampfender Kaffee, Konfitüre und frische Semmeln, und das Wunder aller Wunder, die Inselspezialität: Schaumkuchen – eine Mehlspeise, die nur für das Frühstück am Weihnachtsmorgen gebacken wurde. Colette half Sophie den Ofen aufmachen und den Kuchen herausnehmen. Seine milchweiße Reinheit war oben kaum goldbraun gefärbt, und sein lieblicher knuspriger Duft erfüllte die ganze Küche und zog den Kirchgängern entgegen, als sie erfroren und ausgehungert in den Hof fuhren.

Ranulph erschien zur Frühstückszeit und aß von dem Schaumkuchen mehr, als ihm zukam. Das war ungerecht, denn er hatte doch nichts geleistet, weder mit Frommsein noch mit Strümpfeauspacken, um solch einen Appetit zu entwickeln.

Kaum war das Frühstück vorüber, war es wieder Zeit, in die Kirche zu gehen. Sonst hatte sich André vor dem zweiten Kirchgang mit der Ausrede gedrückt, er habe auf dem Hof zu tun. Doch heute erklärte Ranulph mit einem spöttischen Zwinkern, er sei allein vollauf imstande, alles Nötige zu erledigen, und André solle sein Glück genießen und die Familie begleiten. Rachell war entzückt und dankbar, und André schlich kläglich hinauf, seinen Zylinder zu holen.

Während die Familie in der Kirche war und Sophie sicher mit dem Truthahn in der Küche beschäftigt, verbrachte Ranulph einen äußerst nützlichen Vormittag. Rasch und umsichtig, wie er war, hatte er alles Nötige auf dem Hof erledigt in halb so viel Zeit, wie André dazu gebraucht hätte. Und als die Arbeit getan war, ging er in den kleinen Raum neben den Ställen, halb Büro und halb Gerätekammer, um die Zahl der gelegten Eier ins Eierbuch einzutragen.

Am Weihnachtstag bei Großpapa zu essen war mehr, als man ertragen konnte. Da man aber von Großpapa unmöglich erwarten durfte, Pute und Plumpudding am Festtag allein zu konsumieren, blieb nichts anderes übrig, als ihn nach der Kirche mit nach Bon Repos zu nehmen.

Das Mahl war ausgezeichnet, und Großpapa, der sich vorsorglich etwas zu trinken mitgebracht hatte – denn dieser blöde André war Antialkoholiker –, erklärte sich nicht allzu unbefriedigt. Der Puter, nach Inselsitte am einen Ende mit Käutern, am anderen mit Kastanien gestopft, war rundherum braun gebraten und hielt mutig den Ansturm einer zweiten Runde aus. Der Plumpudding, den Sophie mit feuerrotem Gesicht auftrug, wies unter seinem bläulichen Flammenmantel die Farbe von

Goldlackknospen auf und starrte von Früchten ... Eine Viertelstunde später war nichts von ihm übrig.

«Ihr eßt alle zuviel», hatte Großpapa verkündet und seinen Teller hingehalten, um sich nachgeben zu lassen. Da hatte er bemerkt, daß Colette Plumpudding aß und die Augen ihr fast aus dem Kopf traten. «Einem solchen Kind Plumpudding zu geben heißt sein Grab graben!» erklärte er Rachell. «Sag später nicht, ich hätte dich nicht gewarnt.»

«Einen Fingerhut voll!» verteidigte sich Rachell.

«Soweit ich mich erinnere, hat es noch nie so himmlisches Wetter zu Weihnachten gegeben», sagte André nervös, aus Furcht, Großpapa könnte auf das Thema mit den toten Kindern verfallen. – «Was?» sagte Großpapa. «Ja. Warm. Verflucht unzeitgemäß. Also, wie ich sagte, wenn man den Magen eines Kindes überfüllt ...»

Unbehagen begann sich in Rachells Zügen zu malen, da sprang Ranulph in die Bresche. Er wandte sich an Großpapa und fing an zu erzählen, wie ihn die du Frocqs noch nie gehört hatten. Er wählte die buntesten seiner Erinnerungen aus und baute daraus Stück für Stück die Geschichte seiner Reisen auf, baute mit geschickten Worten ein Ganzes mit allen Farben, Gerüchen und Abenteuern, daß ihnen der Atem stockte. André lauschte gespannt, die Kinder langten nur mechanisch nach Nüssen und Orangen, wandten aber kein Auge von ihm. Rachell ließ die Blicke voller Liebe von Gesicht zu Gesicht schweifen und war vielleicht mehr an dem Vergnügen der Kinder beteiligt als an der Geschichte selbst, wenn sie auch dem Erzähler zollte, was ihm gebührte. Sogar Großpapa schien sonderbarerweise an der Geschichte interessiert oder vielleicht auch nicht so sehr an der Geschichte selbst als an dem Erzähler. Er saß, drehte sein Weinglas zwischen den Fingern, warf hin und wieder Ranulph einen raschen scharfen Blick zu, die Augen, die Schädelform, die Hände betrachtend. Doch meistens sah er auf das Tischtuch hinab und hörte zu.

Wieder richtete er seinen durchdringenden Blick auf Ranulphs Gesicht und ließ ihn dort ruhen. Wie von einem Magnet angezogen, wandten sich Ranulphs Augen ihm zu, wurden gefesselt und gebannt – und zum ersten Mal stockte die Geschichte. Sonderbar bewegt sprang Großpapa jählings auf und verschüttete die Neige seines Weinglases über den Tisch.

«Sollen wir hier den ganzen Nachmittag sitzen und uns vollstopfen?» fragte er etwas wild und hitzig. «Weil ihr auf einem Bauernhof wohnt, müßt ihr wohl Manieren wie das gemeine Vieh haben? Seht bloß die Kinder an!»

Das war ungerecht. Wenn die Kinder auch Nüsse aßen und der Tisch beträchtlich mit Schalen besät war, erinnerten ihre Manieren nicht im geringsten an Schweine. Man konnte sie nicht essen hören, und sie schmatzten nicht.

«Wir wollen ins andere Zimmer gehen», sagte Rachell voller Würde, erhob sich und schwebte in den Salon; André und Großpapa folgten. Zu Rachells Erleichterung verzog sich Ranulph; wenn er und Großpapa zusammen waren, war die Luft geladen von elektrischer Spannung. Die Kinder trollten sich und gingen ihren verschiedenen Beschäftigungen nach. Michelle und Peronelle halfen Sophie spülen, Jacqueline und Colin unterhielten sich geheimnisvoll für sich ... nur Colette trottete hinter den Erwachsenen her ins Wohnzimmer.

Erlöst seufzte Rachell auf, als sie glücklich mit den Männern vor dem Feuer saß, die schläfrige Colette auf dem Schoß. Der sonnige Salon, in den kein Geräusch und kein Geruch aus der Küche drang, barg den Duft und Frieden eines Blütenkelches.

Ein Stück des Julblocks brannte im Kamin, die blauen und gelben Flammen ließen leise knisternd im Verein mit dem Sonnenschein die zarten kleinen Goldlack- und Vergißmeinnichtblüten auf den Vorhängen, das fein gerillte Porzellan, die chinesischen Drachen und den Rosenholztisch aufleuchten. Rachell musterte alle ihre Schätze und beruhigte sich. Der überanstrengte André schlief bald, auch Colette, erschöpft von dem Übermaß an Essen und Vergnügen, lehnte ihren Kopf an die Mutter und schlummerte ein. Nur Großpapa, wenn er auch sein Taschentuch über den Kopf legte und die Hände über dem Bauch faltete, schien nicht einnicken zu können. Rastlos schnaubte und seufzte er und scharrte mit den Füßen. Rachell betrachtete ihn über Colettes Kopf weg, auf dem sie das Kinn ruhen ließ. Er wirkte wie außer sich. Sie bekam Mitleid mit ihm. Er sah heute alt und einsam aus. War auch seine Einsamkeit selbstverschuldet, so war sie darum nicht weniger traurig ...

Die Uhr tickte. Es herrschte vollkommenes Schweigen im Zimmer. Großpapa verhielt sich inzwischen ganz still, doch Rachell wußte, er schlief nicht. Im Geist wanderte er aufgebracht in die Vergangenheit zurück und versuchte sich für all seine Taten zum tausendstenmal zu rechtfertigen.

Rachell hätte gern vor dem Tee ein bißchen geschlafen. Ein langer Festabend stand noch bevor, und sie war sehr müde; doch Arme und Rücken taten ihr weh vom Gewicht Colettes, und der Schmerz hielt sie wach. Sie war niedergedrückt. Einer finanziellen Rettung waren sie keinen Schritt näher gekommen. Getreu ihrer Abmachung hatte André das Wort «Geld» vor ihr nicht einmal erwähnt, aber sie wußte genau, dieses kurze scheußliche Wort raubte ihrem Mann den Schlaf und ließ ihn magerer und gebeugter aussehen denn je. Sie blickte zu ihm hinüber, wie er in seinem Stuhl saß. Er wirkte zehn Jahre älter, als er war.

Das Leben von ihnen allen schien ein hoffnungslos verwirrtes Knäuel zu sein, und sie sah keinen Ausweg, der es entwirrt hätte. Sie blickte sich in ihrem hübschen Zimmer nach Trost um, musterte ihren französischen Teppich, sein Rot und Blau zur Farbe einer Taubenbrust verblichen, betrachtete die Miniaturen über dem Kamin und den französischen Goldspiegel, das Teegeschirr mit den blauen und roten und goldenen Mustern, die steiflehnigen Stühle, vom Großvater ihrer Großmutter geschenkt – und all diese Dinge kamen ihr entgegen, berührten sie und schienen ihr zuzuflüstern: «Abwarten!» Sie fühlte sich getröstet. Trotz ihrer steifen Arme begann sie etwas einzunicken. Die blauen Schmetterlinge und die roten Drachen und die blauen und gelben Flammen des Julblocks schlossen einen Kreis um sie und begannen sie leise hinabzuziehen, tiefer und tiefer, durch Abgründe stillen Lichts, das kühler und wohltuender wurde, je tiefer sie sank, bis sie das Gefühl hatte, sie lehne sich erlöst an etwas an und in jede Faser ihres Wesens dränge Kraft und Frieden.

Sie erwachte davon, daß Peronelle bebend vor Aufregung hereinstürmte und ankündigte, der Tee stände in der Küche bereit. Sophie war ausgegangen, um einen verheißungsvollen Nachmittag und Abend mit Jacquemin Gossilin zu verbringen, und die Sorge für das leibliche Wohl der Familie ruhte in den Händen Peronelles und Michelles. Sie hatten einen Teetisch von unbeschreiblicher Üppigkeit gedeckt. Es war ein richtiger Inseltee, wie man ihn an Festtagen in der Dämmerung einnahm. Er vereinigte Nachmittagstee und Abendessen, was seinen Gehalt anging. Es gab Tee und Kaffee, Eier mit Schinken, Konfitüre und Gelee, Brot und Zwieback, und mitten auf dem Tisch prangte groß und ehrfurchtgebietend wie ein Berg der schneeweiße Weihnachtskuchen.

Das Hauptstück des Julblocks glühte auf dem Rost, all die Stechpalmbeeren leuchteten, und die Lampen brannten. Vor dem Schrank stand der Weihnachtsbaum, von Kerzen und goldenen und roten Kugeln glänzend, und darunter um seinen Fuß waren die Geschenke aufgebaut. Die Vorhänge waren von den Fenstern zurückgezogen, damit man die Sterne sehen konnte, wenn es Abend wurde.

Die Zeit vom Tee bis zum Schlafengehen stellte für die Kinder den Höhepunkt des Weihnachtstages dar; und

Großpapa, Ranulph, Rachell und André wurden wieder mit jung, und die Stunden vergingen in Harmonie, die das grollende Auf und Ab des Lebens überbrückte. Der Tee, die Geschenke, das Singen und Spielen füllten den Abend bis zum Rande mit Freuden. Die glitzernde Küche strahlte wie ein Glühwürmchen in der Dunkelheit der Welt ringsum. Gelächter strömte aus den Fenstern, Singen und Licht, und wurde für ein Weilchen Herr über Schweigen und Finsternis.

Im Lauf des Abends wurde hin und wieder an die Haustür gcklopft, André ging öffnen, und eine kleine Gruppe Bauern stand drohend und schwarz vor dem Sternenhimmel. «Monsieur, Almosen im Namen des Christkinds!» Mitunter sagten sie es in stockendem Englisch, mitunter in ihrem Inseldialekt, der durch die Nacht seufzte wie Musik. Und obwohl André wenig zu geben hatte, schickte er sie doch nie leer fort.

Dieses Bettelgehen von Haus zu Haus war ein alter ehrwürdiger Brauch, und André war glücklich, in dieser Nacht unter allen Nächten die Freigebigkeit Bon Repos' noch hell leuchten zu lassen ... es war wahrscheinlich zum leztenmal.

Als er wieder eine kleine Gruppe Gott befohlen hatte, blieb er einen Augenblick draußen im Dunkel stehen, lauschte auf das Lachen und Singen und verfolgte einen langen Lichtstrahl, der sich aus dem Küchenfenster wie ein liebkosender Finger über den Hof streckte, durch den winterstarren Garten fast bis zum Rande des Kliffs. Dieses Leuchten, das er und Rachell in Bon Repos ins Leben gerufen hatten, kam ihm wie ein lebendiges Etwas vor. Er drehte sich hastig auf dem Absatz um und ging ins Haus ... Der Gedanke, das Leuchten könnte ausgelöscht werden, war unerträglich.

Großpapa war gegangen. Das Klippklapp der Pferdehufe war erst spät in der Frostnacht erstorben. Ranulph war gegangen, die Kinder waren im Bett und schliefen. Die

Kerzchen am Weihnachtsbaum waren mit dem Weihnachtstag gestorben und die Lampen heruntergeschraubt. Nur der Julblock sandte noch warme rote Glut aus seiner zusammengefallenen Asche.

Rachell und André schlenderten in müder Gemächlichkeit im unordentlichen Zimmer herum und versuchten es etwas aufzuräumen, ehe sie zu Bett gingen. Nun, da die Kinder nicht da waren, konnten sie wieder das grollende Auf und Ab des Lebens vernehmen, und das Grollen klang bedeutungsvoll. Wo würden sie nächstes Weihnachten sein? Keiner von beiden sprach, doch die Frage hing im Raum und bedrückte sie unerträglich. Sie beendeten ihr Aufräumen, löschten die Lampen und gingen Arm in Arm müde durchs Zimmer. An der Tür blieb Rachell stehen. Sie warf noch einen Blick im Zimmer umher. Das Zwiebelmustergeschirr und die Wärmpfannen, diese unverbesserlichen Optimisten, bewahrten einen Widerschein des Julblocks und zwinkerten ihr leise zu. Jeder kleine freundliche Strahl erleichterte Rachells Herz wie ein Versprechen, daß Weihnachten wiederkommen werde. Weihnachten in Bon Repos. Unter der Mistel, die Ranulph fürsorglich zu dem Zweck über die Tür gehängt hatte, wendete sie sich zu André und warf ihm die Arme um den Hals.

«Es wird alles gut, Liebling», flüsterte sie, «es wird alles gut.»

Da fühlte auch André sein Herz durch ihren völlig grundlosen Optimismus, wie er es nannte, erleichtert. Sie gingen Hand in Hand die Treppe hinauf in ihr Schlafzimmer. Beim Kerzenlicht zogen sie sich aus unter dem Bild des Jüngsten Gerichts, erklommen ihr breites Himmelbett und machten die roten Vorhänge zu. Das letzte, was sie vor dem Einschlafen hörten, war das Murmeln des Meeres.

Die drei grauen Männer

Das kleine, in einer Talsenke des Devongebirges versteckte Dorf lag weitab vom Verkehr, und zur Zeit Karls I. kümmerte man sich dort blutwenig darum, was draußen in der großen Welt jenseits der Berge vor sich ging. Es war eine Welt für sich, dieses Land, und das übrige England hätte ebensogut bei den Antipoden liegen können, so wenig interessierten sich die Dörfler für seine Bewohner; sie waren für sie samt und sonders «Fremde» und gar nicht der Beachtung wert. Warum hätten sie sich auch um das kümmern sollen, was jenseits der Grenzen ihres lieblichen Landes lag? Sie waren Selbstversorger. Ihre gesegnete rote Erde brachte Korn in Hülle und Fülle hervor, das Vieh wurde fett auf ihren grünen Weiden, die Obstbäume, die im Frühling das Tal mit einem Schleier von rosa und weißen Blüten behängten, schienen im Herbst von neuem zu blühen, so hell und rosig sahen sie aus unter der Last ihrer Äpfel. Brombeeren, Holunder und Schlehen, aus denen ein köstlicher Wein bereitet wurde, wucherten an den Zäunen, und die Bienen summten den ganzen Sommer lang um die Nelken und Geißblattsträucher in den alten Gärten. Auch Heilkräuter wuchsen dort und Kürbisse von ungeheurer Größe und Himbeeren und Johannisbeeren zum Einmachen und zur Herstellung herzstärkender Mittel. Große Schafherden weideten auf den flachen, grünen Hügeln, ließen sich das saftige Gras schmecken und gaben dafür ihre Wolle zum Spinnen und Weben, und auch die Pflanzen zum Färben der Wolle fehlten nicht, sie gediehen am Fuße des Berges an den geschützten Stellen in allen Farben des Regenbogens. Die Frauen konnten spinnen und weben und färben, kochen und Bier brauen und heilsame Getränke bereiten, die

Männer pflügten, säten und ernteten, sie waren Tischler und Zimmerleute und Maurer in einer Person, sie bauten sich selbst ihre Häuser und deckten sie mit goldgelbem Stroh. Und wenn einer durch Krankheit oder andere Schicksalsschläge ins Unglück geraten war, dann konnte er sich an den reichen Grundherrn um Hilfe wenden, der droben auf dem Hügel im Herrenhaus wohnte, das einstmals ein Kloster gewesen war, oder auch an den alten Pfarrer in dem kleinen, weißgetünchten Pfarrhaus.

Und immer war die alte, graue Kirche da, in die man seine Sorgen und Ängste tragen konnte, die man bei allen bedeutsamen Anlässen des Lebens aufsuchte, bei Heirat, Geburt und Tod, nach der Einbringung der Ernte und zu all den Zeiten des Jahres, da die Menschen das Geheimnis der Dinge ein klein wenig tiefer fühlten als sonst, in der nicht ganz geheuren Zeit der Wintersonnenwende und dann, wenn die Erde neu geboren wird im Frühling, ja wann immer die Herzen schneller schlugen in ungewissem Bangen. Die Kirche hatte einen hohen Turm, der wie ein Weisfinger zum Himmel deutete, und mehrere Glokken darin, die man an Festtagen meilenweit hören konnte, sogar über den Paradiesberg hinaus, den hohen, grünen Berg mit der Zauberquelle, der das Dorf vor den vom Moor her wehenden kalten Westwinden schützte. Die Glocken hatten alle Namen, schöne Namen, wie «Süße Maria», «Gabriel», «Johannes», und als sie an ihrem Platz in dem mächtigen, grauen Turm aufgehängt wurden, hatte der Bischof sie mit Öl und Salz und Wein gesalbt, und mit dem Zeichen des Kreuzes gesegnet, als wären es lebendige Persönlichkeiten; das waren sie allerdings auch ganz gewiß in den Augen der Männer, die sie läuteten. Das ganze Dorf liebte diese Glocken, und kaum weniger kostbar waren dessen Bewohnern die anderen Schätze, welche ihre Kirche barg, die schönen gemalten Glasfenster, das alte, goldene Kreuz auf dem Altar, die prächtigen Meßgewänder, die aus dem Kloster stammten und in leuchtenden Edelsteinfarben gewebt waren, in

Gold, Smaragdgrün, Saphirblau und zartem Rot. Vielleicht wußten die Leute gar nicht, wie innig sie ihre Kirche und deren Kostbarkeiten liebten, aber wenn sie nicht dagewesen wäre, um ihnen die Gewißheit von der Vorsehung und der Güte Gottes zu geben, das Leben wäre ihnen vorgekommen wie ein nebelhaftes Gebilde ohne den notwendigen festen Grund, die Füße darauf zu setzen.

In unserem Dorf gab die Kirche nicht nur den Rahmen für die Festtage her, an denen die Erwachsenen dem Geheimnis der Dinge irgendeine bestimmte Form verleihen, sondern auch für die Spiele der Kinder. Sie war für die Kleinen so eine Art Kinderstube voll von Spielzeug. Eigentlich sollte sie an Wochentagen geschlossen sein, aber Hochwürden Obadiah Wilmot, immer nur «der alte Herr Pfarrer» genannt, legte den Schlüssel hinter den Prellstein am Friedhofstor, und die Kinder wußten, wo er war, und der alte Herr Pfarrer wußte, daß sie es wußten. Tatsächlich hatte er ihnen selbst das Versteck gezeigt, und an düsteren Wintertagen, wenn wenig Licht durch die bunten Glasfenster kam und er meinte, daß sie sich in der Dunkelheit vielleicht ein bißchen fürchten könnten, kam er auch, zündete die Kerzen an, spielte mit ihnen und erzählte ihnen Geschichten. Er hatte Kinder sehr gern. Allerdings war er, der schon auf die Achtzig ging, selber ein halbes Kind geworden; denn seitdem er in einer Sturmnacht auf einem Ritt zu einem Sterbenden weit draußen auf einem einsamen Bauernhof von seinem scheuenden Pferd gestürzt war, hatte er immer sonderbare Gedanken im Kopf. Die Männer im Dorf tippten vielsagend auf ihre Stirn, wenn Hochwürden erwähnt wurde, und die Frauen seufzten mitleidig und sagten: «Der arme Alte», wenn er wieder einmal so einen seltsamen Einfall hatte – zum Beispiel zu Weihnachten den Engeln zur Freude die Eiben auf dem Kirchhof mit bunten Kugeln schmückte oder in der Johannisnacht kleine Portionen Honigkuchen und Holunderwein für die Elfen auf die Grabsteine stellte. Einige furchtsame Leute gestanden sogar, sie hätten

Angst vor dem alten Mann, wenn sie ihm auf der Landstraße begegneten in seiner fleckigen, zerrissenen Soutane und dem weißen flatternden Haar, im Selbstgespräch oder lächelnd und mit den Fingern schnipsend, so als unterhielte er sich köstlich mit jemand, der nicht zu sehen war. «Eine richtige alte Vogelscheuche», spotteten die Jungen, die ihn vor seinem Sturz nicht gekannt hatten, und sicherlich war dies ein guter Vergleich, wenn man seine lange, hagere Gestalt aus der Entfernung erblickte.

Aber die alten Leute, die sich noch erinnerten, wie er früher gewesen war, als sein äußeres Wesen wie seine Erscheinung eine Würde atmeten, die mit der außergewöhnlichen Feinheit seines Geistes im Einklang stand, lachten nicht und freuten sich an den noch verbliebenen Resten dessen, was ihn einst vor seinen Mitmenschen ausgezeichnet hatte. Denn wenn er auch überspannt sein mochte, er war noch immer ein feiner Künstler, niemand in der ganzen Gegend konnte so Geige spielen wie der alte Herr Pfarrer, niemand so kunstreich Holz schnitzen wie er. Es gab nichts, was er nicht aus einem Stück Holz hätte machen können: ein Spinnrad für eine alte Frau, eine Wiege, eine geschnitzte Kanzel oder einen Kreisel. Das alles konnte er noch machen mit seinen schmalen, zarten Händen. Beim Anblick von etwas Schönem leuchteten seine Augen noch immer von dem einstigen Feuer, und seine Stimme war so tief und volltönend wie eh und je, wenn er von der Kanzel das Lob Gottes herabdonnerte, der die Welt so schön geschaffen hatte. Und auch von seiner bäuerlichen Wissenschaft hatte er nichts eingebüßt. Er hatte immer noch eine wunderbare Hand mit kranken Tieren. Der Hirte Joseph, der der beste Schafhirt weit und breit in der Gegend war und den größten Teil seines Lebens auf der Schäferhütte auf dem Paradiesberg verbracht hatte, schickte immer nach dem alten Pfarrer, wenn eines seiner Tiere krank war. Joseph kannte ihn länger als irgendwer sonst im Dorf, denn er war sogar noch älter als Hochwürden, so alt, daß sein weißer Bart ihm bis zu den Knien reichte; er sprach mit niemandem mehr, außer mit dem Pfarrer, an dem er gar nichts Seltsames fand.

Ganz ebenso verhielt es sich mit den Kindern. Wie der Hirte Joseph verstanden sie sich ausgezeichnet mit ihm. Weder mieden sie ihn, noch verspotteten oder bemitleideten sie ihn. Das kam daher, daß für ihn ebenso wie für sie und den Hirten Joseph eine gewisse Tür offenstand, durch die sie alle ein und aus gingen; dies machte ihre Verwandtschaft aus. Sobald ein Kind ihn auszulachen begann oder davonlief, wenn es seiner ansichtig wurde, so war das ein Zeichen, daß das Kind aufhörte, Kind zu sein, daß jene Tür sich langsam schloß. Wenn ein Kind, das er geliebt hatte, sich in dieser Weise von ihm abwandte, dann ging der alte Pfarrer hin und weinte bitterlich; aber er weinte nicht um seinetwillen, sondern um des Kindes willen.

Für heutige Kinder hätte das Spielzeug, das da in der Kirche zu finden war, wenig Anziehendes besessen, aber für diese Dorfkinder, die kein Spielzimmer kannten und kaum ein Spielzeug besaßen, waren es wunderseltsame Dinge, über die sie immer von neuem staunen konnten. Es waren nicht viele, so daß die Aufmerksamkeit gesammelt wurde, und sie waren so einfach, daß für die Phantasie reichlich Raum blieb. Statt der modernen Kinderzimmertapeten mit ihren unzähligen Bildern darauf gab es in der Kirche nur ein einziges, Sankt Nikolaus darstellend; es war in Öl auf ein Holzbrett gemalt, aber durch den Rauch der Wachskerzen so dunkel geworden, daß man ohne die Hilfe der Phantasie nichts darauf hätte erkennen können außer dem verschwommenen Faltenwurf eines roten Mantels und der Andeutung eines Lächelns auf einem bärtigen Gesicht. Die Stelle der Puppen vertrat eine kleine Madonnenstatue mit dem Jesuskind in den Armen, die in einer Mauernische neben der vom alten Pfarrer so schön geschnitzten Kanzel stand. Der Zahn der Zeit hatte so lang und andauernd an ihr genagt, daß das Gesicht der Gottesmutter beinah verschwunden war, und der zum Segnen erhobenen Hand des Kindes fehlten zwei Finger. Dann war da noch ein Kanzelbehang aus kirschrotem Samt, bestickt mit einem kleinen, geflügelten Engel, der gerade über der Nase ein gestopftes Loch hatte und – die Hauptsache: die zwei Hunde auf dem Grabstein des Kreuzritters; diese waren in der Tat etwas so Schönes und Besonderes, daß sie einen Abschnitt in unserem Kapitel für sich allein haben müssen.

Sie lagen zu Häupten und zu Füßen des Ritters auf dem Grabstein. Einer von ihnen bildete das Kissen für seinen Kopf, und gegen den anderen stemmten sich seine gekreuzten, gepanzerten Füße. Es waren sehr kleine Hunde und einer unbekannten Rasse zugehörig, denn der Bildhauer, dem sie ihr Dasein dankten, war ein Mann von Humor, der seiner Phantasie freien Lauf gelassen hatte. Der eine, am Kopfende des Grabsteins, den die Kinder Todd nannten, hatte einen dicken, glatten, runden Leib wie eine Wurst, dessen eines Ende mit einem glotzäugigen, stupsnasigen, freundlichen Mopsgesicht geziert war, das andere mit einem langen, zweimal geringelten Schwanz. Seine Beine waren ganz versteckt unter dem dicken Körper, doch seine rundlichen, kleinen Pfoten schauten ungemein gewinnend vorn und hinten heraus. Percy, zu Füßen des Kreuzfahrers, war von ganz anderer Natur. Er hatte ein schönes Löwenhaupt und eine vornehme, zottige Fellkrause um die Schultern. Sein Körper war lang und schlank und zeigte alle Rippen auf eine Mitleid weckende Weise, dazu hatte er einen ärmlichen Schwanz, einer mottenzerfressenen Straußenfeder nicht unähnlich. Seine langen Vorderbeine mit großen Klauen an den Pfoten hingen eher trübselig über den Rand des Grabsteins, aber die Hinterbeine waren sehr ordentlich unter seinem Schwanz zusammengelegt. Die Augen waren halb geschlossen, müde und traurig, so als trauere er noch immer um seinen Herrn. Er hatte ein treues Herz, das war offenkundig. Im wirklichen Leben wäre es sein größtes Glück gewesen, des Abends zu Füßen seines Herrn zu liegen so wie jetzt, während Todd im Zimmer herumgeschossen wäre, auf der

Jagd nach seinen Schwanzspiralen, oder er hätte an der Tür gekläfft, um zu seinem Fressen hinausgelassen zu werden. Es war in erster Linie Mitleid mit dem munteren kleinen Todd gewesen, der da gefesselt unter seines Herrn behelmtem Haupt lag, was den alten Pfarrer bewogen hatte, viele Stunden in mühsamer Arbeit mit Hammer und Meißel zu verbringen, um ihn freizubekommen; aber das Entzücken der Kinder war so groß gewesen, als er Todd vom Grabstein heruntergehoben und auf den Boden gesetzt hatte, so daß man nun richtig mit ihm spielen konnte, daß er sich darangemacht hatte, auch Percy zu befreien, obwohl ihm nicht entgangen war, daß Percy gar nicht nach Freiheit verlangte ... Denn Percy hatte sich mit seinen herabhängenden Vorderpfoten so fest an den Grabstein geklammert, daß es nicht möglich gewesen war, sie loszumeißeln, und als er dann heruntergehoben wurde, war er ohne seine Vorderbeine geblieben ... Der alte Pfarrer hatte sich über Percys Verstümmelung sehr gegrämt, bis er sah, wie gerade dieser Umstand ihn allen kleinen Mädchen des Dorfes besonders teuer machte. Sie liebten ihn hingebungsvoll, vielleicht mehr noch als den kleinen Engel mit der gestopften Nase. Sie konnten stundenlang neben ihm sitzen, mit ihm reden, ihn hinter den Ohren krauen und seine Löwenmähne mit ihren zarten Fingerlein streicheln. Die kleinen Jungen hinwieder waren mehr Todd zugetan. Sie ließen ihn in der ganzen Kirche nach Ratten jagen, und da sie seine Schwäche für gutes Essen kannten, brachten sie ihm Äpfel und Nüsse oder kleine Stückchen knusprig gebratener Schweinsschwarte, die sie sich von ihrer Mahlzeit aufgespart hatten.

Sankt Nikolaus fand bei Jungen und Mädchen denselben Anklang. Das geheimnisvolle Dunkel des Bildes machte ihn zum Gegenstand endlosen Rätselratens. Hatte er etwas unter seinem Mantel versteckt oder nicht? Und warum lächelte er? Vielleicht deshalb, weil er ein köstliches Geheimnis zu verbergen hatte. Was für ein Geheimnis? Hatte er es unter seinem Mantel verborgen? Der alte Pfarrer verriet es ihnen nicht, sosehr sie ihn auch mit Fragen bedrängten ... Sie würden es schon erfahren, wenn es an der Zeit wäre, sagte er.

Die Kinder spielten mit der Muttergottes und dem Jesuskind nie so wie mit Percy und Todd und dem kleinen Engel, obwohl sie die kleine gemalte Holzstatue ganz leicht aus ihrer Nische in der Wand hätten herausnehmen können; aber sie taten es nicht, weil der Pfarrer sie belehrt hatte, daß diese Mutter und ihr Kind heilig seien und nicht auf einer Stufe mit Hunden stünden und nicht einmal mit Engeln. Doch sie liebten die Statue zärtlich, und jeden Tag brachten die kleinen Mädchen Blumensträuße und legten sie in die Nische, Maria zu Füßen. Sogar mitten im Winter fanden sie immer irgend etwas zu bringen, denn die Winter sind mild in dieser Gegend Westenglands, und an dem alten Weißdornstrauch neben der Zauberquelle auf dem Paradiesberg schienen die kleinen roten Früchte niemals auszugehen, und Immergrün oder bunte Blätter von den Hecken im Tal waren auch stets da. Und an den seltenen Tagen, wenn Schnee lag, brachten sie Stechpalmenzweige oder Eibenschößlinge. Sie verfertigten Halsketten für Maria aus Gänseblümchen oder roten Hagebutten, und für das Jesuskind brachten sie Dinge zum Spielen – Kastanien oder die Feder eines Eichelhähers oder rosige Moosbecher, die in ganzen Polstern auf den alten Stämmen wuchsen, und, unterwiesen vom alten Pfarrer, der sie auf seiner Geige begleitete, sangen sie, zu Marias Füßen sitzend, dem Jesuskind Schlummerlieder.

Und wenn der Pfarrer seine närrischen Einfälle hatte und kleine appetitliche Mahlzeiten für die Elfen auf die Grabsteine setzte oder die Eiben mit bunten Kugeln behängte, hatte er natürlich begeisterte Mitarbeiter an den Kindern, und zu den Zeiten, wenn die Erwachsenen sich mit ihren Spielen unterhielten (nur daß sie ihre Feste nicht Spiele nannten und – was den Kindern zu verstehen schwerfiel – scharf unterschieden zwischen ihrer Betätigung beim Kirchenliedersingen am Christtag und der der-

Kinder, die dem Jesuskind auch an gewöhnlichen Tagen Schlummerlieder sangen), zu solchen Festzeiten also machten die Kinder und der alte Herr Pfarrer aus der Kirche einen wahren Zaubergarten mit Korngarben oder Kränzen aus Stechpalmenzweigen, Narzissen oder bräutlichen Lilien, je nachdem, was die Gelegenheit erforderte, so daß Leute meilenweit herkamen, nur um das zu sehen. Allmählich wurde die Kirche zu einer Art Sehenswürdigkeit und Wallfahrtsstätte für die Gegend, aber nicht nur wegen der Absonderlichkeiten des alten Pfarrers, sondern auch weil die Tür seiner Kirche immer offenstand. Ein Glanz ging aus dieser Tür hervor, der das ganze Gebäude zu durchdringen schien, in dem er betete, so daß es andere dort auch zu beten verlangte. Denn der alte Pfarrer war immer ein großer Beter gewesen und war es auch geblieben. Und sein Gebet war nie ein Bitten um etwas, es war nichts anderes als Anbetung. Künstler wollen nie etwas besitzen, sie wollen nur geben.

So hatte diese Kirche aus verschiedenen Gründen eine gewisse Berühmtheit erlangt, und die Republikaner wählten sie aus, um an ihr ein Exempel zu statuieren. Denn wenn einer in Ruhe und Frieden leben will, genügt es leider nicht, daß er sich um die übrige Welt nicht kümmert, so wie unser Dorf es immer getan hatte, es gehört auch dazu, daß die Welt sich nicht um ihn kümmert.

An einem kalten, grauen, von der Last des kommenden Schnees erfüllten Wintermorgen, an dem der alte Pfarrer sich mit den Kindern zum Spielen in der Kirche eingeschlossen hatte, ritten drei graue Männer in das Dorf ein; grau waren ihre Gesichter, grau ihre Kleider, und auf dem Kopf trugen sie hohe, schwarze Hüte. Es waren häßliche Männer, und ihre Gesichter und ihre Kleider sahen staubig aus, so, als wären sie einen langen Weg durch eine wüste Gegend geritten. Aber wenn sie auch müde und staubbedeckt waren, sie trugen ihre Köpfe hoch, als ob ihre hohen Hüte Kronen wären, als ob sie viel wüßten oder es sich doch einbildeten, und sie hatten jenes unverkennbare herrscherliche Aussehen, das vom Besitz der Macht herrührt. Dieses Zurschautragen von Machtbesitz und finsterem Wissen fiel wie Meltau auf das sonst so fröhliche Dorf. In düsterem Schweigen versammelten sich seine Bewohner unter der Führung des Grundherrn, der kaum wiederzuerkennen war, eine so ernste Miene hatte er aufgesetzt, bei dem Brunnen auf dem Marktplatz, wo die drei abgesessen waren und ihr Führer einen Steinblock, der zum Aufsitzen diente, bestiegen hatte, um eine Proklamation zu verlesen.

Die Dorfbewohner hatten eine leise Ahnung, worum es in der Proklamation gehen würde, denn sowenig sie sich um die Angelegenheiten der «Fremden» kümmerten, so hatten sie doch mit halbem Ohr Berichte von umherziehenden Händlern gehört über das, was in jüngster Zeit in London vor sich ging. Sie wußten, daß der König und das Parlament über mancherlei Dinge uneins geworden waren, so auch über Angelegenheiten der Religion. Der König liebte die althergebrachte Art katholischen Gottesdienstes, die farbenfrohe Weise, die zur vielfarbigen Landschaft Englands gehörte wie ein Stück ihrer Erde; das Parlament jedoch war beherrscht von Männern, die sich Puritaner nannten und die die Lehre des Franzosen Calvin angenommen hatten, eines in doppeltem Sinne «Fremden», war er doch nicht nur nicht aus dem Westen Englands gebürtig, sondern überhaupt nicht aus England. Diese Puritaner zogen eine andere Art des Gottesdienstes der von den Vätern überkommenen vor: sie verabscheuten jede Festlichkeit, sie weigerten sich, die Fülle der herrlichen Gottesgaben den Menschen vor Augen zu stellen, sie beschäftigten sich nur mit den Schrecken des höllischen Feuers, und sie waren stark genug, den Willen des Parlaments dem König aufzuzwingen. Zu Michaelis war auf Anweisung des Parlaments der Befehl ausgegeben worden, aus sämtlichen Kirchen des Landes die götzendienerischen Bilder zu entfernen, seien es Gemälde, Statuen oder gemalte Glasfenster, sowie alle farbigen Meßgewänder, und kein Ort oder Flecken dürfe länger die alten kirchlichen Feiertage halten ... Aber wer hätte gedacht, daß diese verhaßten Puritaner, die alles Singen und Lachen, jede Farbe und Festlichkeit, ja alle Freude aus dem Leben verbannen wollten, es der Mühe wert finden würden, diesen weiten Weg hierherzukommen, um ihr staubiges Grau über dieses ferne Feenland zu breiten und ihr hassenswürdiges Gesetz vom Dorfbrunnen aus zu verkünden?

Doch so war es. Schweigend hörten die Dörfler die Rede an, schweigend blickten sie auf die griesgrämigen Gesichter der drei grauen Männer und hinauf zum Winterhimmel, der heute so eintönig grau und kalt war wie das Leben, das diese Männer ihnen aufzwingen wollten, und dann seufzten sie und gingen wieder nach Hause. Sie erhitzten sich nicht mit Worten über die Sache. Die Leute aus dieser Gegend waren immer und sind heute noch friedliche Menschen, scharfen Worten abgeneigt. Außerdem hatten die grauen Männer die Macht des Gesetzes hinter sich, und besser war es, die paar hübschen Dinge aus der Kirche einzubüßen, so ehrwürdig und kostbar sie auch waren, als das Gefängnis oder den Block zu riskieren. So verliefen sie sich ganz still mit Ausnahme des Grundherrn, der es für klug befand, zu bleiben und die drei Männer einzuladen, mit ihm einen Krug Bier in seinem Hause zu trinken ... Jedoch brachte er die Einladung nicht mit übertriebener Herzlichkeit vor, denn auch er hatte sich als kleiner Knabe über die Langeweile so mancher endlosen Predigt hinweggeholfen, indem er sich selbst Geschichten erzählte über das, was Sankt Nikolaus unter seinem Mantel verborgen hielt.

Sie nahmen seine Einladung an, doch vorher verlangten sie zu wissen, wo sie den Pfarrer finden könnten. Sie hatten ihn nicht in der Menge bemerkt, welche die Proklamation anhörte, und sie wünschten, ihm persönlich und mit Nachdruck einzuschärfen, daß es nötig sei, das neue

Gesetz rasch und gründlich durchzuführen, denn am 24. Dezember gedächten sie wiederzukommen, um sich davon zu überzeugen, ob ihre Anordnungen vollzogen wären, und wenn nicht, dann würde es dem Pfarrer und ihm, dem Grundherrn, und dem ganzen Dorf übel bekommen. Er hörte ihre Drohung an und nickte in die Richtung der Kirche.

«Ihr werdet den Pfarrer in seiner Kirche inmitten seiner sogenannten götzendienerischen Bilder finden», sagte er kurz. «Ich werde hier warten.»

Als die drei grauen Männer den moosüberwachsenen Pfad unter den alten Eiben hinaufgingen, deren Zweige sich heute finster und drohend wie ein sternenloser Nachthimmel über den Weg breiteten, verzog sich sein Gesicht zu einem grimmigen Lächeln. Denn was in aller Welt würden sie mit dem alten Pfarrer tun? Oder er mit ihnen?

Sie fanden ihn in der Kirche auf den Kanzelstufen sitzend, zu seinen Füßen waren alle Kinder des Dorfes versammelt und lauschten gebannt der Geschichte, die er ihnen erzählte: Es war die Geschichte von der Flucht Marias nach Ägypten. Da es einer jener grauverhangenen Tage war, welche die Kirche so düster machten, hatte er die Kerzen des großen vielarmigen Leuchters neben der Kanzel angezündet, und der kleine Lichtkreis erhellte ein so liebliches Bild, das es unfehlbar jedes Herz, das aus irgendeinem Stoff weicher als Eisen gefertigt war, hätte schmelzen müssen. Die Puritaner hatten sich den Namen «Ironsides» («Eisenkanten») noch nicht verdient, aber sie sollten ihn sich in nicht langer Zukunft erwerben, und ihnen blieb es vorbehalten, auf diese Szene zu blicken und nicht davon zur Barmherzigkeit bewegt zu werden.

Das Kerzenlicht meinte es immer gut mit dem alten Pfarrer. In seinem Schein schimmerte sein weißes Haupt wie Silber, und sein Greisenantlitz hätte aus Elfenbein geschnitzt sein können. Seine dunklen Augen, die manchmal so leer blickten, waren unergründliche Brunnen von Weisheit, wenn er den Kindern bei Kerzenlicht Geschichten erzählte, und die ausdrucksvollen Gebärden seiner schönen, schmalen Hände waren ein wesentlicher Bestandteil seiner Erzählung, als male er die Szene so, wie er sie beschrieb. Die Kinder bildeten mit ihren hellen Köpfen und bunten Kleidern ein vielfarbiges Mosaik zu seinen Füßen. Goldgelockte Köpfe, zerzauste Flachsköpfe, glattgescheitelte kastanienbraune und rotblonde kraushaarige, dazu rostrote und grüne Wämser, scharlachrote und blaue, rosa, gelbe und lila Röcke, die sich über fröhlich geblumten Unterröcken bauschten – es war wie eine bunte, schwellende Sommerwiese mitten im Winter. Kein Wunder, daß der kleine Engel mit der gestopften Nase auf die Szene herablächelte und daß man hätte glauben können, die Muttergottes in ihrer Wandnische neben der Kanzel halte das Kind ein wenig höher als gewöhnlich in ihren Armen, auf daß der liebe Gott es segne. Auch sie schien zu lächeln, und sie hatte allen Grund dazu, denn die Kinder hatten ihr eine Kette aus den roten Beeren der Stechpalme umgehängt, und die glühten im Kerzenlicht wie Rubine an ihrem Hals. Percy und Todd waren vom Grabstein des Kreuzritters heruntergehoben worden und saßen bei den Kindern, die, festgebannt von den staunenerregenden (in der Heiligen Schrift allerdings nicht verzeichneten) Abenteuern Marias und Josephs und des Jesuskindes auf ihrem Weg nach Ägypten, sich nicht rührten und regten. Sankt Nikolaus befand sich zur Hälfte außerhalb des Lichtkreises, und sein Mantel bauschte sich geheimnisvoller denn je. Jenseits des von den Kerzen erleuchteten Raumes war es so finster, daß die gemalten Glasfenster und das Kreuz auf dem Altar hinter den Säulen und Gewölbebogen erglänzten wie die Lichter einer fernen Stadt, die man in der Dämmerung durch die Stämme eines Waldes schimmern sieht. Sie waren von einer fernen, himmlischen Schönheit, aber das Bild im Lichtkreis der Kerzen strahlte einen lieblichen anheimelnden Zauber aus, der jeden wahrhaft weisen Mann bewogen hätte, sich auf den Zehenspitzen davonzuschleichen, damit er nicht einen vollkommenen Augenblick störe.

Jedoch die drei grauen Männer waren nur weise mit dem Verstand und nicht mit dem Herzen, und sie dachten nicht einmal daran, diesen Augenblick in der Zeit ausschwingen zu lassen bis zu seiner Vollendung in der Ewigkeit. Sie packten ihn, zerbrachen ihn und warfen die Stücke um sich, daß sie zerflatterten wie die Blütenblätter einer mißhandelten Blume. Sie schlugen mit der Faust auf die Kerzen und löschten das Licht aus, so daß der kleine Engel, die Muttergottes mit dem Jesuskind und Sankt Nikolaus ins Dunkel flüchteten und die Kinder entsetzt auseinanderstoben in die äußersten Winkel der Kirche. Sie ergriffen den alten Pfarrer beim Arm und rissen ihn auf wie einen Verbrecher, der vor seinem Richter zu stehen hat. Beim Hereinkommen hatten sie die Tür offengelassen, und der kalte Wind blies eisig durch die Kirche.

Einer der Männer stieß den alten Pfarrer hart vor die Brust, und dann schrien sie ihm die Anordnungen des Parlaments ins Gesicht, so wie sie diese dem versammelten Dorf an der Pumpe verkündet hatten: die gemalten Glasfenster müßten aus den Rahmen und das Kreuz vom Altar entfernt und alle kirchlichen Gewänder sowie die götzendienerischen Bilder verbrannt werden, und sie selbst würden am Weihnachtsabend wiederkommen und sehen, ob ihren Befehlen Folge geleistet sei. Und als sie von götzendienerischen Bildern sprachen, schauten sie sich in der Kirche um und sahen die Spielsachen der Kinder, und einer von ihnen zwickte den kleinen Engel verächtlich in die Nase, ein anderer griff nach der Kette aus roten Beeren, die die Muttergottes um den Hals trug, und zerriß sie, so daß die Beeren auf den Boden rollten wie Blutstropfen, und der dritte der Männer, der den alten Pfarrer vor die Brust gestoßen hatte, gab dem armen Percy einen Fußtritt und schlug Sankt Nikolaus mit seiner Reitpeitsche und machte einen Riß in den Scharlachmantel ... Aber Sankt Nikolaus rührte sich gar nicht, als er geschlagen wurde, und enthüllte nicht, was er unter seinem Mantel verborgen trug, und das Jesuskind im Arm seiner Mutter weinte nicht, als die roten Beeren hinunterfielen, und die Hunde bellten nicht, und der kleine Engel zuckte auch nicht mit den Flügeln. Der alte Pfarrer stand regungslos und sprach kein Wort, als er gestoßen und angeschrien wurde, und die Kinder im Dunkel waren so still wie die Mäuschen, ja noch stiller, denn sie piepsten nicht einmal.

Diese Stille wirkte einschüchternd und ebenso die lodernde Verachtung in den Augen des alten Pfarrers, und zum erstenmal an diesem Tag verrieten die drei grauen Männer gewisse Zeichen des Unbehagens. Sie drohten und lärmten, aber dieses Lärmen wurde von der Stille der Kirche verschluckt wie ein Stein, der in tiefes Wasser geworfen wird – die bösen Worte waren verhallt, sobald sie dem Mund entflohen waren. Einer der Männer rieb sich seine lange Nase, ein anderer hustete, und dann drehten sich alle auf den Hacken um und gingen klirrenden Schritts und eher eilig aus der Kirche hinaus, so als wäre die Stille eine körperliche Kraft, die sie hinausstieße. Als sie gegangen waren, hob der Pfarrer den Leuchter auf, stellte ihn wieder an seinen Platz und zündete die Kerzen an. Dann setzte er sich auf die Kanzelstufen und fuhr fort in der Erzählung von den Abenteuern der Heiligen Familie in Ägypten, genau dort, wo er aufgehört hatte, und die Kinder kamen wieder aus ihren dunklen Winkeln hervor, um ihm zu lauschen. Aber es war nicht mehr ganz dasselbe wie früher, weil die Halskette der Muttergottes zerrissen auf dem Boden lag und die Kinder alle bleiche Gesichter hatten ...

In den folgenden Tagen räumte der Pfarrer die Beeren nicht weg, er ließ sie auf dem Boden liegen wie Blutstropfen, welche Anklage erhoben, daß hier an diesem Ort etwas verletzt worden sei.

Doch dieser stumme Protest blieb auch der einzige zum Erstaunen des Grundherrn, und zu seiner heimlichen Erleichterung (denn er kannte des alten Herrn temperamentvolles Wesen und hatte eine sofortige Explosion erwartet) machte der Pfarrer keinerlei Schwierigkeiten, als er geschickte Arbeiter brachte, die die bunten Glasfenster aus den Rahmen entfernten; er bat nur ganz freundlich und bescheiden, daß ihm die Entfernung des Kreuzes, der Meßgewänder und der götzendienerischen Bilder überlassen bliebe. Der Grundherr nickte und sah dem alten Mann dabei verständnisinnig in die Augen. Seine eigene Absicht war es nämlich, die Glasfenster sehr sorgfältig im Garten des Herrenhauses zu vergraben, bis die jetzige Tyrannei wieder vorbei wäre, und es war gerade das richtige, daß sie ihre kostbaren Eier nicht alle im selben Korb versteckten.

Der Pfarrer brachte seine Bitte an einem Abend gegen Sonnenuntergang vor, als der erwartete Schneefall eingetreten war und die weißen Flocken wie Gänsefedern vom grauen Himmel herabwirbelten, und am nächsten Morgen bei Sonnenaufgang war die Kirche ratzekahl. Alles war weg, auch Todd und Percy, nichts war übrig außer dem Kreuz auf dem Altar, und der Pfarrer versprach, daß auch dieses am Nachmittag des Weihnachtsabends entfernt sein würde.

Die Kinder weinten zuerst, als sie ihr leeres Spielzimmer sahen, wurden aber durch eine geheimnisvolle Bemerkung des alten Pfarrers aufgeheitert. «Denkt daran», sagte er, «wie die Heilige Familie nach Ägypten geflohen ist.» Sie verstanden diese Bemerkung nicht, aber sie fanden sie tröstlich, weil die Heilige Familie in der Geschichte, die der Pfarrer ihnen an dem Tag erzählt hatte, da die drei grauen Männer kamen, es sehr lustig gehabt hatte in Ägypten. Und am frühen Nachmittag des Heiligen Abends, einem Tag, an dem die Sonne von einem blauen Himmel schien und die leichte Schneedecke vor Frost glitzerte, vergaßen sie beinahe ihren Kummer über das verlorene Spielzeug in der Erregung darüber, daß der Herr Pfarrer sie wieder gerufen hatte, damit sie ihm wie gewöhnlich bei der weihnachtlichen Ausschmückung beistünden.

«Aber werden die grauen Männer nichts dagegen haben, wenn wir Schmuck aufhängen?» fragte Prue, die Tochter des Wirts. Sie sprach ängstlich, denn sie war die Älteste von den Kindern und alt genug, um zu verstehen, daß niemand etwas zu lachen haben würde, wenn die grauen Männer kämen und sähen, daß ihre Befehle nicht ausgeführt worden seien.

«Stechpalmenkränze sind keine götzendienerischen Bilder, Prue», antwortete der Pfarrer. «Wir werden heute schmücken wie sonst, und wenn wir fertig sind, werden wir Gott preisen, indem wir in der Kirche singen, wie wir es immer getan haben.»

Aber sie schmückten nicht wie sonst, denn angefeuert durch den glühenden Eifer des Pfarrers, schmückten sie Kirche und Friedhof viel schöner als je zuvor. Es war ein außergewöhnlich gutes Jahr für Stechpalme und Mistel, und der alte Pfarrer hatte Haufen davon in der Kirche gesammelt ebenso wie Eiben- und Fichtenzweige und viele bunte Ketten, wie er sie jedes Jahr herstellte, um sie zur Freude für die Engel auf die Bäume des Friedhofs zu hängen. Dieses Jahr waren es so viel, daß die Kinder vermuteten, der Pfarrer habe eine Woche lang jede Nacht durchgearbeitet, um sie fertigzubringen. Sie waren aus rot- und blaugefärbten Blättern, vergoldeten Tannenzapfen und der harten Schale von kleinen, gestreiften Kürbissen gemacht und sahen zwischen den grünen Kränzen in der Kirche und auf den Eiben des Friedhofs unbeschreiblich fröhlich aus.

Während der Pfarrer und die Kinder mit ihrer Ausschmückung beschäftigt waren, kamen immer wieder Erwachsene daher, um Einspruch zu erheben, denn so wie Prue hatten sie Angst, daß die grauen Männer mit diesen Vorgängen nicht einverstanden sein würden, aber sobald sie sich am Tatort befanden, erstarb ihnen der Protest auf den Lippen, und ehe sie wußten, wie es geschah, halfen sie auch mit beim Schmücken. Sie wußten wirklich nicht recht warum. Es hatte irgendwie zu tun mit der zwingenden Kraft, die von der Persönlichkeit des alten Pfarrers ausging. Sie gerieten in seinen Bannkreis so wie ein Reisender, den die Nacht auf der Straße überrascht hat, sich nicht trennen kann von dem Lichtstrahl, der plötzlich aus einem Haustor über seinen finsteren Weg fällt, weil er dort drinnen Wärme und Heimlichkeit weiß. Einmal in diesem Bannkreis, arbeiteten sie wie um ihr Leben und verwandelten Kirche und Friedhof in ein Paradiesgärtlein der Schönheit, und als die letzten Stechpalmenkränze angebracht waren und die letzte bunte Girlande an ihrem Platz hing und der Pfarrer, in seiner zerschlissenen Soutane auf den Kanzelstufen stehend, die Geige unter das Kinn geklemmt, die Melodie des ersten Weihnachtsliedes anstimmte, da mischten sich die Bässe der Männer mit den Sopranen der Frauen und den hellen Kinderstimmen in der fröhlichen Weise, und es war, als stünde das ganze Dorf in der Kirche geschart ... Erst jetzt bemerkte der Grundherr, der unmittelbar neben dem Pfarrer stand und, mit zurückgeworfenem Kopf und weit offenem Mund einem freundlichen Bullen nicht unähnlich, seinen Teil mitbellte, zu seinem Entsetzen, daß sich das Kreuz noch immer auf dem Altar befand.

Eine Minute später, in der sekundenlangen Pause zwischen dem Schluß des einen und dem Beginn eines neuen Weihnachtsliedes, hörte er den unverkennbaren Klang von Pferdehufen auf einer frostharten Straße. Der Pfarrer hörte ihn ebenfalls, und ihre Augen trafen einander. Das leidenschaftliche Feuer in denen des alten Mannes zwang den andern in einen Zustand blinden Gehorsams, den er später nie in der Lage war zu verstehen.

«Nehmt das Kreuz vom Altar und geht voran aus der Kirche», befahl ihm der alte Pfarrer. «Führt die Leute durchs Dorf und hinauf auf den Paradiesberg zur Hütte des Hirten Joseph. Geht langsam, daß der Älteste und der Jüngste bequem folgen können.» Und zu den Leuten gewandt, rief er mit lauter Stimme: «Folgt dem Kreuz! Hört auf die Melodie, ich spiele und singe ‹Ehre sei Gott in der

Höhe und Friede den Menschen auf Erden, die guten Willens sind›.»

Es ist, als ob die Sonne in jener Gegend Westenglands heiterer schiene als in irgendeinem anderen Teil des Landes. Insbesondere ist dies der Fall an klaren, kalten Dezembertagen, wenn der tiefblaue Himmel, das kristallhelle Licht, die kurzen Stunden mittäglicher Wärme und die schneebestäubten Hecken blühende Maitage vorgaukeln. Die drei grauen Männer, die nicht aus dieser Gegend stammten, waren wie geblendet von dem Glanz und der Schönheit, während sie den Hügel hinunter dem Dorf zu ritten. Jede Radspur auf der Straße hatte ihre kleine, glitzernde Eisbahn, das bescheidenste Kraut seine Diamantenkrone, jeder Strauch seine schneeweiße Blütenlast, und die blaue Luft war von Silber durchwirkt, und die reglose Stille hielt das Land in einen Zauber von Schönheit gebannt, daß die Zeit stillstand. Die grauen Männer ritten ganz benommen dahin, sie wußten kaum mehr, woher sie kamen, wohin sie ritten und was sie zu tun hatten, wenn sie angekommen wären. Ganz mechanisch nur stiegen sie am Tor des Friedhofs von ihren Pferden, und als sie hineintraten, blieben sie mit offenem Munde stehen und starrten die alten Eiben an, die nicht mehr schwarz und düster dastanden wie am Tag ihres ersten Besuchs, sondern silberglitzernd vom Frost und mit vielfarbigen Lichtkugeln übersät wie ein von Sternen wimmelnder Nachthimmel. Überall um sie her war Musik, und erst als die singende Prozession schon fast an sie stieß, erkannten sie, daß es nicht die Bäume selbst waren, die so fröhlich Weihnachtslieder sangen. Sie blickten auf und schauten, noch mehr verblüfft, und so blendend blitzte der Sonnenschein auf dem goldenen Kreuz, das der Grundherr des Ortes trug, daß sie unsicher wurden und zur Seite traten, um es vorbeizulassen.

Und ehe sie sich erholen konnten, war der alte Pfarrer auch schon, lustig fiedelnd, an ihnen vorbeigeschritten, hatte sie mit einem Kopfnicken und einem lächelnden

Blick begrüßt, in dem keine Erinnerung an erlittenes Unrecht zu bemerken war, einem Blick, der nicht mehr zu sein schien als der flüchtige Gruß eines Wanderers an einen andern, der dieselbe Straße zieht. Hinter ihm teilte sich die Menge singender Kinder und zog sie herein, und wie ein stark strömender Fluß drei Strohhalme mit sich reißt, so wurden sie von dem singenden Dorf mitgerissen und weitergeführt auf einem Weg, den sie nicht kannten, einem Ziel zu, das in Geheimnis gehüllt war. Die Seltsamkeit des Ganzen machte sie stumm, die schon von dem blendenden Licht benommen waren, und die ihnen ungewohnte Ausstrahlung guten Willens senkte einen eigentümlichen Frieden in ihr Herz. Als sie ein wenig zu sich kamen, waren sie schon außerhalb des Dorfes und klommen die Windungen eines steilen Heckenwegs hinan, der dem Wald zu führte. Wenn sie hätten stehenbleiben wollen und Einspruch erheben, hätten sie sich nur lächerlich gemacht. Besser war es, weiterzugehen und zu sehen, was aus der Sache werden mochte. Außerdem konnten sie auch kaum etwas anderes tun, denn sie waren mitten in einer Schar singender Kinder eingeschlossen wie drei schwarze Fliegen in goldenem Honig.

So kamen sie in den Wald, wo die Fichten und Lärchen so dicht zusammenstanden, daß das Sonnenlicht sie nur in dünnen Strahlen traf, die wie silberne Lanzen durch die verschlungenen Zweige stießen. Sie zogen jetzt langsamer, denn es ging bergan, aber sie sangen in einem fort. Es war angenehm zu gehen, denn der Weg durch den Wald zum Paradiesberg war ein Lieblingsweg der Dorfbewohner und der Pfad daher gut ausgetreten. Der Paradiesberg hatte seinen Namen von einer Quelle, die auf halbem Weg zum Gipfel unter einem alten, verkrümmten Weißdorn entsprang. Eine Legende erzählte, es sei ein heiliger Quell, und die Dorfbewohner schrieben ihm Zauberkraft zu: Wer dort einen Wunsch ausspreche, dem gehe er in Erfüllung. Vor langen Jahren hatte ein Hirte, der seine

Schafe auf der Berglehne weidete, sich sehnlichst eine bessere Wasserversorgung für seine Herde gewünscht, als die Regenwasserzisterne oben auf dem Gipfel des Berges sie bot, und hatte zu den heiligen Engeln gebetet, sie möchten diesem Mangel abhelfen; und da er ein reines Herz hatte, erhörten sie sein Gebet, und auf dem Paradiesberg entsprang eine Quelle, die niemals, auch nicht während der längsten Dürre, versiegte. Ihretwegen war der Paradiesberg nie unter den Pflug gekommen, sondern hatte immer nur der Schafzucht gedient, und zur Zeit des Lammens waren kleine weiße Flecke allüberall über die grünen Wiesen verstreut wie Gänseblümchen, und ihre kleinen, blökenden Stimmen machten einen solchen Lärm, wenn sie sie alle zugleich erhoben, daß sie beinahe das Rauschen des Bachs übertönten, der über die Steine hinuntersprang. Eine Schafhütte mit einem Dach aus Fichtenzweigen stand nahe am Fuße des Berges, und dort verbrachte der Hirte Joseph die meiste Zeit seines Tages. Der Wanderer, der dem Pfad durch die Lärchen und Fichten gefolgt war, sah seine Hütte, sobald er zwischen den Bäumen hevortrat, und zugleich fiel sein Blick auf den wunderbaren Berg, der dahinter gegen den westlichen Himmel ragte.

Die Leute aus dem Dorf waren mit dem Anblick des Berges bei Sonnenuntergang wohlvertraut, denn gewöhnlich kamen sie an schönen Abenden nach getanem Tagewerk herauf und standen unter dem alten Weißdorn und wünschten sich, was sie gerade brauchten – eine gute Ernte, ein gesundes kräftiges Kind oder einen silbernen Fingerhut oder sonst was –, und sie waren auch vertraut mit der Hütte des Hirten Joseph und dem lieblichen Bild, das sie mit dem Berghang im Hintergrund bot, wenn man aus dem Waldesdunkel trat. Doch die drei grauen Männer waren aus einer entfernten Gegend gebürtig, und was sie sahen, als die Fichten und Lärchen hinter ihnen zurückwichen, hatte eine überwältigende Wirkung auf sie.

Als die singende Prozession aus dem Wald kam, ging gerade die Sonne unter, und der Paradiesberg, in einen blendendweißen Mantel von Schnee gehüllt, ragte gegen den Abendhimmel, der eine ganze Skala von Farben durchlief, von Safrangelb zu Rosa und von Rosa zu Aquamarinblau, das allmählich zu Hyazinthblau dunkelte, und wo das Blau am tiefsten war, gerade über dem glitzernden Gipfel, leuchtete ein Stern, und genau darunter stand, von innen erleuchtet, die Hütte des Hirten Joseph. Das Licht schien durch die offene Tür und legte einen goldenen Pfad über den Schnee, der bis zu den Füßen der drei grauen Männer reichte. Noch ein paar Schritte, und sie gingen auf diesem goldenen Pfad und waren nicht mehr graue Männer, nicht mehr niedergedrückt von dem dummen Wissen aus der geistigen Wüste, in der sie gelebt hatten, sondern wieder Kinder, die noch einmal in dem Lichtstrahl einer offenen Tür wandelten, der Tür, von der sie geglaubt hatten, sie hätte sich längst und für immer hinter ihnen geschlossen. Plötzlich waren sie wieder jung, so jung wie der Hirte Joseph, wie der alte Pfarrer oder wie König David, als er plötzlich seine Jahre und seine Würde abstreifte und Harfe spielend vor der Bundeslade tanzte, jung wie das kleinste Kind in der Prozession, die kleine Jane, die Tochter des Hufschmieds, die auf den Schultern ihres Vaters ritt.

Aber trotzdem brachten sie es nicht soweit, in die erleuchtete Hütte einzutreten wie die, welche an Körpergröße ebenso wie im Herzen Kinder waren und sich mit Freudenschreien hineindrängten und übereinanderstolperten und -fielen wie närrische, kleine Hunde, vor lauter Glück, daß sie ihre Spielsachen wiedergefunden hatten. Die grauen Männer standen draußen mit den anderen Erwachsenen und schauten durch das Fenster und die Tür hinein auf das herzerwärmende Bild.

Die Muttergottes und das Jesuskind hatten aus ihrem Zuhaus in der Kirche fliehen müssen, weil sie von dummen Menschen verfolgt wurden, aber sie fühlten sich jetzt im Exil sehr wohl, sie waren behaglich untergebracht auf einem hölzernen Wandbrett, das der Hirte Joseph für sie gezimmert hatte. Seine glühende Kohlenpfanne stand neben ihnen, hielt sie warm und erhellte zugleich die ganze Hütte mit einem rosigen Licht. Auf der anderen Seite stand der Hirte Joseph selbst, auf seinen Stab gestützt, und wachte über sie, wie er all die Jahrhunderte lang über die Schwachen und Hilflosen gewacht hatte. Im Stroh neben der Kohlenpfanne, wo Joseph in der Zeit des Lammens kranke Schafe bettete, lagen Todd und Percy höchst gemütlich beieinander. Der kleine Engel mit der gestopften Nase war ebenfalls da; in Wirklichkeit war er an der Wand befestigt, aber in dem märchenhaften Licht schien er im Fluge zu schweben wie ein wirklicher Engel. Für die Kinder und die drei grauen Männer, die das plötzliche Erlebnis unerwarteter Schönheit wie mit einem Zauberschlag in das Land ihrer Kindheit zurückversetzt hatte, so daß sie nicht wußten, wie ihnen geschah, für die waren sie in der Tat alle Geschöpfe von Fleisch und Blut. Wenn es hierfür noch eines Beweises bedurft hätte, so wurde er von Sankt Nikolaus geliefert, der hinter der Kohlenpfanne an der Wand lehnte, auf eine ganz eigentümliche Weise in sich hineinlächelnd, weil sein Mantel sich nicht mehr über dem geheimnisvollen Ding bauschte, das er darunter versteckt gehalten hatte, sondern in schlaffen Falten herabhing, und – siehe da – auf dem Boden zu seinen Füßen lag dieses Ding: ein mächtiger, prallgefüllter Sack. Mit Freudengeschrei stürzten die Kinder darüber her, weil sie wußten, daß er für sie bestimmt war, und leerten seinen Inhalt auf den Fußboden. Da gab es für jedes von ihnen ein Geschenk, vom ältesten bis zum jüngsten, von Prue bis zur kleinen Jane, wunderbare Spielsachen, alle aus Holz verfertigt. Da gab es hölzerne Puppen mit gemalten Gesichtern und prächtigen Gewändern aus Seide und Samt, deren fröhliche Farben ganz seltsam an die von den grauen Männern aus der Kirche verbannten Meßgewänder erinnerten, hölzerne Kegel, geschnitzte Kaninchen und Feldmäuse und kleine Vögel, die in einer Reihe auf einem Ast saßen, Wiegen für die Puppen und Schaukelpferde mit fliegenden Mähnen aus wirklichem Pferdehaar, Kreisel und sogar eine Arche Noah und hölzerne Pfeifen und Flöten, auf denen man richtig spielen konnte. Die Kinder zweifelten nicht daran, daß Sankt Nikolaus diese Dinge all die Zeit über unter seinem Mantel verborgen gehabt und nur auf den Augenblick gewartet hatte, um sie an ihre rechtmäßigen Eigentümer abzuliefern, die Erwachsenen aber dachten bei sich, daß Hochwürden sich diesmal selbst übertroffen habe, und da hatten sie auch recht.

Sobald der Tumult sich einigermaßen gelegt hatte, nahm der alte Pfarrer, der einzige Erwachsene – außer dem Hirten Joseph –, der heute in die Hütte eingetreten war, das Kreuz aus den Händen des Grundherrn und lehnte es an die Wand neben die Muttergottes und das Jesuskind.

«Kommt jetzt», sagte er dann, «der Mond geht auf, und die Käuzchen rufen draußen im Wald, daß alle guten Kinder am Weihnachtsabend vor Einbruch der Nacht in ihren Betten sein sollen. Ihr werdet jetzt hierherkommen, wann immer ihr wollt. Hier soll euer Spielzimmer sein, bis die Tyrannei vorüber ist.»

Später konnten sich die drei grauen Männer kaum daran erinnern, wie sie zurück ins Dorf gelangt waren. Sie wußten nur, daß es im Wald zwar sehr finster, aber gar nicht schaurig gewesen war und daß, als sie hinaus auf den Heckenweg kamen, die Sterne ganz herrlich geschienen hatten. Als sie das Friedhofstor erreichten, leuchtete der Mond so klar, daß sie die Einladung des Grundherrn, die Nacht bei ihm im Herrenhaus zu verbringen, ablehnten mit der Begründung, daß der Weg zurück zur nächsten Stadt so hell sein würde, als wäre es Tag. Jedoch sie zögerten noch ein wenig, denn der Abschied kam sie nicht leicht an, und als sie endlich ihre Pferde bestiegen, hatten sich die Dorfbewohner in ihre Häuser verlaufen, und sie waren mit dem alten Pfarrer allein.

Da sagte der Älteste von ihnen etwas Unerwartetes: «Verzeiht», sprach er.

«Es ist nichts geschehen», erwiderte der alte Pfarrer. «Neulich in der Kirche, da habt Ihr einen schönen Augenblick zerstört, aber ich hab's mit Gottes Hilfe wieder geleimt, und die Kinder haben davon keinen Schaden genommen.»

Da sagte der zweite mit einem Blick auf die schöne, alte Kirche und ihren himmelragenden Turm, der die Sterne verdeckte, auch etwas Unerwartetes, obgleich das Unerwartete nicht in den Worten lag, sondern in dem traurigen Ton, in dem sie gesprochen wurden: «Leere Fenster und ein nackter Altar – und nirgends eine Farbe, wenn Ihr die Stechpalmenkränze herunternehmt.»

«Nur kurze Zeit», beruhigte ihn der alte Pfarrer. «Dieser freudlose Glaube, den Ihr uns aufzwingen wollt, ist dem Geist dieses Landes zuwider und wird nicht dauern. In einem Land, in dem die Frühlingswälder sich in alle Farben des Regenbogens kleiden, wo die Lämmer auf den Wiesen umherspringen und die Vögel singen wie die Chöre im Paradies, könnt Ihr nicht auf die Dauer die Menschen daran hindern, dem Beispiel Gottes zu folgen und sich an Farben und Musik und Festlichkeit zu freuen. Denkt Ihr, ich hätte meine Kirche auf Euern Befehl aller Schönheit entkleidet, wenn ich geglaubt hätte, daß dies dauern würde? Eher wäre ich gestorben.»

Da sagte der dritte der grauen Männer noch etwas Unerwartetes, obgleich das Unerwartete wieder nicht in den Worten lag, sondern in dem fragenden Ton, in dem er sie sprach: «Frohe Lieder zu Weihnachten, Palmenweihe, geweihtes Wasser im Kessel – nur Kinderspiel?»

Jetzt war es an dem alten Pfarrer, seine Zuhörer zu überraschen. «Allerdings Kinderspiel», stimmte er ruhig bei. «Der Allmächtige hat uns als Kinder geschaffen mit der ganzen weiten Welt zu unserm Spielplatz, und Ihr mißversteht ihn, meine lieben Herren, wenn Ihr vergeßt, auf wessen Befehl Noah seine Arche gebaut hat.»

Und der alte Pfarrer bekam recht, denn obgleich noch ein blutiger Bürgerkrieg durch das Land rasen sollte, bevor sein Glaube sich als begründet erwies, so legten doch am Ende die Menschen die grauen Kleider und die finsteren Gesichter und den düsteren Höllenglauben ab, der dem Geist dieses Landes so fremd war, und das fröhliche England wurde wieder, was es gewesen war, und abermals pries man Gottes Großmut mit Glockenklang und Gesang in den Kirchen, die wieder voll waren von Farben und Weihrauchduft und Kerzenlicht und Spielzeug für jung und alt.

Die «Restauration» nannte die Welt diese glückliche Zeit, womit sie an den Freudentag erinnerte, da König Karl II. zurückkam in sein Eigentum, aber unser Dorf kümmerte sich so wenig wie eh und je um das, was in London vorging. Für seine Bewohner bedeutete dieses Wort das Ausgraben und Wiedereinsetzen der gemalten Glasfenster, das Sticken neuer Meßgewänder und die triumphale Heimkehr des goldenen Altarkreuzes, der Muttergottes und des Jesuskindes, des heiligen Nikolaus und des kleinen Engels mit der gestopften Nase und der Hunde Percy und Todd aus dem Exil in der Hütte des Schäfers Joseph und die Wiederherstellung des Kinderspielzimmers an dem ihm zustehenden Platz – in der Kirche.

Der Bambino

Pfarrer Frodsham machte sich daran, die Weihnachtspredigt zu schreiben. Er ächzte und schob seinen gewaltigen Leib von einer Seite zur anderen im Versuch, es sich in seinem nicht gerade gemütlichen Stuhl bequem zu machen: die Füllung quoll aus den Rissen des Ledersitzes; Stuhlrücken und Lehnen waren aus solidem Holz. Um den Kopf etwas abzukühlen, nahm er die Perücke ab und hängte sie an die Stuhllehne. Dann setzte er die Brille auf, schnitt seine Feder zurecht, spuckte sich in die Hände und packte sie. Er tauchte sie in die Tinte und brachte sie aufs Papier, doch sie kleckste, und die Tinte spritzte über die ganze noch jungfräuliche Seite. Er ließ sie fallen und fluchte Stein und Bein. Dann wischte er sie auf der schäbigen alten Soutane ab, die er in seinem Studierzimmer bloß um ihrer Wärme willen trug, denn er war eigentlich kein Liebhaber von Soutanen – spitzte die Feder noch einmal und machte einen zweiten Versuch.

«Vierundzwanzigster Dezember im Jahre des Herrn 1735», schrieb er oben auf die Seite. «Predigt, gehalten von Benjamin Obadiah Frodsham in der ‹Kirche der Jungfrau Maria, des Engels Gabriel und aller Engel› im Dorf Gaysbarton in der Grafschaft Devonshire. Vers sieben des zweiten Kapitels im Lukas-Evangelium: ‹Und sie gebar ihren ersten Sohn, wickelte ihn in Windeln und legte ihn in eine Krippe.›» So weit, so gut. Pfarrer Frodsham hatte eine schöne, flüssige Handschrift mit riesigen «S» und «F». Seine «G» und «Y» hatten Schwänze wie die von Seeschlangen, und damit war bereits ein Großteil der Seite bedeckt. Er lehnte sich im Stuhl zurück und blickte an die Decke. Ein Kräutersträußchen baumelte ein paar Zentimeter von seiner Nase entfernt von einem alten Eichenbalken herab, er sog den Duft genußvoll ein. Salbei. Thymian. Genau in diesem Moment bereitete Gideon draußen die Gans vor. Das Wasser lief ihm im Munde zusammen. «Gott sei mir Sünder gnädig», seufzte er, «denn ich zolle meinem Bauch zuviel Respekt.» Er beugte sich nach vorn und schrieb: «Liebe Gemeinde, wieder einmal haben wir uns zu diesem Christfest hier versammelt...»

Warum nur, fragte sich Pfarrer Frodsham und ließ die Feder fallen, als sei sie eine Viper, warum nur wartete er mit der Niederschrift seiner Predigt bis zum Heiligabend? Er wußte, er brauchte eine Woche harter Arbeit, und doch – immer, immer wartete er bis zum letzten Augenblick. Und warum hörte er auf sein lästiges Gewissen, das darauf bestand, daß die Weihnachts-, Oster- und Pfingstpredigten von ihm selbst geschrieben werden mußten? Bei jeder anderen Gelegenheit, wenn er predigen mußte, ergriff er bloß ein auf dem Boden liegendes zerfetztes Buch mit anderer Leute Predigten und predigte daraus, was ihm unter die Finger kam. Es ersparte ihm lange peinvolle Stunden und lullte seine müde Gemeinde ebenso in Schlaf, wie es seine eigenen schwachen Bemühungen taten. An den großen Kirchenfesten jedoch hatte er das Gefühl, daß Gott von ihm sein armseliges Bestes verlangte. Sein Bestes wurde mit den Jahren immer schlechter – und ach, die eingerosteten Gelenke! Alt und dick war er, hatte ein zunehmendes cholerisches Temperament und litt mehr unter der Kälte als früher – er versuchte wirklich, wenigstens an den großen Tagen sein Bestes zu geben, den großen Tagen zum Ruhme Gottes, wenn sogar er im Innern seines rheumatischen Fleischberges etwas in sich aufsteigen spürte wie Saft im Frühling. «... um das Kind von Bethlehem anzubeten», schrieb er, «und in unserem Herzen seinen Frieden zu empfangen.»

Das war ein schöner Satz. Das hatte er gut ausgedrückt. Er war so zufrieden mit sich selbst, daß er seine Feder wieder niederlegte und sich die Hände rieb. Schließlich, dachte er, sollte er doch in der Lage sein, gute Predigten zu schreiben, denn er war ein literaturbeflissener Mensch. Er las viel. Es standen so viele Büchertürme auf dem Boden seines Studierzimmers herum, daß es aussah wie in einem gerodeten Wald voller Baumstümpfe, und auf jedem Stumpf standen eine schmutzige Tasse und Untertasse, Erinnerungen an die Teezeiten vieler vergangener Tage – alle überzogen mit einer feinen Schicht aus Staub und Spinnweben. Pfarrer Frodsham war Junggeselle, und sein einziger Diener war Gideon, der Maulwurfjäger; denn wenn es etwas gab, das er mehr haßte als Predigten schreiben, dann waren es Frauen. Gideon hielt nichts davon, Staubflocken aufzuwirbeln, und Pfarrer Frodsham wußte immer genau, wo er etwas suchen mußte. Maulwürfe hingen flach an der prachtvollen Holztäfelung des Zimmers angenagelt, denn Pfarrer Frodsham war ebenso fasziniert von der Kunst des Maulwurf-Fangens wie Gideon. Die beiden alten Männer lebten sehr vergnügt zusammen.

«Liebe Gemeinde, laßt uns nun die Engel betrachten», schrieb Pfarrer Frodsham. Nicht, daß er sie besonders betrachten wollte, denn sein Haß auf Ringeltauben und Amseln nahm ihn nicht besonders ein für geflügelte Wesen; aber er mußte etwas sagen, und Gaysbarton war nach Gabriel benannt. Die Engel. Was konnte er über Engel sagen? Wenigstens plünderten sie nicht seinen Garten. Jetzt ging es um ihre Botschaft. Die Botschaft der Engel. Das war ein Teil von Weihnachten. Wo war sie? Er spähte durch seine Brille auf die zerrissene Seite seiner alten Bibel und hielt den Vers mit dem schwieligen Zeigefinger fest. «Friede auf Erden und den Menschen ein Wohlgefallen.» Er schrieb es nieder, und seine Feder zog ohne seinen Willen eine verkleckste, jedoch kräftige Linie unter das letzte Wort. Er betrachtete sie und fand sich dieses eine Mal in völliger Übereinstimmung mit geflügelten Wesen. Zum Teufel mit jener Frau! Zum Teufel mit der Witwe Gascoigne! Gascoigne! Welch ein Name! Und sie mochte es, «Madame» genannt zu werden, Madame Étienne Gascoigne, nur weil sie, eine in Devonshire geborene, aufgewachsene und getaufte – hier in dieser Kirche getaufte – Jane Cob, einen heidnischen Papisten als zweiten Mann geheiratet hatte. Noch mehr Schmach über sie! Wenn es wahr war, wie man im Dorf sagte, daß ihre zweite Ehe (ihr zu Gefallen geschlossen) sogar noch katastrophaler als ihre erste (ihrem Vater zuliebe geschlossen) gewesen war, konnte er nur finden, daß das eine Strafe Gottes war. Zänkische Wichtigtuerin! Sie hatte das ganze Dorf aufgehetzt. Er selbst war zänkisch, legte sich immer mit jemandem an und bat dann Gott um Verzeihung; aber er bat nie um Vergebung, wenn er sich mit der Witwe Gascoigne herumgestritten hatte, denn sein Krieg mit ihr war ein heiliger Krieg.

Zu jedem Weihnachtsfest bestand sie darauf, die Joneys in die Kirche zu bringen, und jede Weihnachten befahl er ihr, sie zu entfernen, und jede Weihnachten weigerte sie sich stoisch, und da ihr Wille stärker war als seiner, gewann sie zu jedem Weihnachtsfest die Schlacht. Dieses Jahr jedoch, sagte Pfarrer Frodsham zu sich selbst, würde sie *nicht* gewinnen. Wenn sie durch irgendeinen Zufall jene Joneys wieder in die Kirche schmuggelte, ohne daß er es bemerkte, würde er sie herausholen, in den Küchenkamin werfen und damit seine Gans braten, und das würde ein geziemendes Ende für derlei heidnische Bildwerke sein.

Leise grollend und keuchend schob er seinen Tisch und Stuhl, sich selbst und seine Predigt näher zum Fenster, denn er plante, die restlichen Stunden bei Tageslicht mit dem Schreiben der Predigt zu verbringen und dabei die Dorfwiese zu überwachen, die zwischen dem Haus der Witwe Gascoigne und der Kirche lag, um sich auf die Witwe zu stürzen und ihr den Weg zu versperren, sobald sie und ihre sauertöpfische Magd mit den Joneys daherkämen. In anderen Jahren hatte sie sie immer ohne sein Wissen in der Kirche aufgestellt, und das hatte sein Problem noch verstärkt. Sie hatte, so nahm er an, den Augenblick abgepaßt, wenn er in sein Abendessen vertieft war, das er, wie sie wußte, übertrieben hochschätzte. Er hatte das Dorf im Verdacht, daß es sein Abendessen witterte und es ihr verriet, denn das Dorf liebte die Joneys, und in diesem heiligen Krieg waren alle gegen ihn.

Vor achtzig Jahren war der Großvater der Witwe Gascoigne zum Pfarrer von Gaysbarton ernannt worden. Er war während der Regierungszeit König Charles' II. ein anglikanischer Geistlicher und geschickter Holzschnitzer gewesen, hatte Figuren von Joseph, Maria und dem Kind, Gabriel und den Hirten verfertigt und sie an jedem Weihnachtsfest in der Kirche aufgebaut, um die Kinder zu erfreuen, und die hatten sie «Joneys» genannt, ein Ausdruck in Devonshire für jede Art von kleinem Bildwerk. Dreißig Jahre später war ihm sein Sohn gefolgt, ebenfalls ein Geistlicher der Hochkirche, der vierzig Jahre in Gaysbarton lebte und dort starb wie sein Vater, und während all der Zeit erschienen die Joneys jedes Jahr in der Kirche und waren zur Tradition des Dorfes geworden. Selbst während der Jahre der Republik unter Cromwell waren sie da, denn das Dorf lag so abseits zwischen den unwegsamen Hügeln, daß die Obrigkeit sich wenig darum kümmerte, was man in solch winzigem Ort trieb. Vor zehn Jahren war Pfarrer Frodsham selbst nach Gaysbarton gekommen, knapp zwei Monate später gefolgt von Madame Gascoigne, die als Witwe heimgekehrt war, um den Rest ihres Lebens in ihrem Geburtsort zu verbringen, und fest entschlossen, alles in Gaysbarton so weitergehen zu lassen, wie zur Zeit ihres Vaters und Großvaters. Pfarrer Frodsham hatte im Gegensatz dazu einen ganz anderen Standpunkt, denn er war Protestant, und zwar so protestantisch wie möglich. Das Dorf verhielt sich gleichgültig gegenüber seinen Geistlichen, anglikanisch oder protestantisch, liebte aber die Joneys über alle Maßen. Von Anfang an bestand Kriegszustand zwischen Madame Gascoigne und Pfarrer Frodsham.

Der alte Mann beobachtete die gegenwärtig noch leere Dorfwiese genau. Es war zwölf Uhr an einem frostigen

Morgen. Während der Nacht hatte es leichten Schneefall gegeben, der erste eines noch eisfreien Winters, und er glitzerte in der Sonne. Pfarrer Frodsham war kein Ästhet, trotzdem fand er, daß alles recht hübsch aussah. Das Dorf, auf steilem Hügel thronend, war sehr alt. Die gekalkten, strohbedeckten Häuser gruppierten sich um einen Anger mit einem grauen keltischen Kreuz in der Mitte. Die Kirche war eine der schönsten in der an wunderbaren Kirchen reichen Gegend. Ihr Turm erhob sich über dem kleinen Dorf wie der einer Kathedrale. Von seinem strohgedeckten Haus aus schaute Pfarrer Frodsham über das Dorf und das bewaldete Tal hinweg bis zum großen kahlen Hochmoor. Heute war es schneebedeckt, geädert von amethystfarbenen Schatten; da die Luft so klar war, schien es nahe herangerückt, und sein Kamm hob sich scharf vom tiefblauen Himmel ab. An anderen Tagen war es nebelhaft verschwommen und weit entfernt, und an wieder anderen verschwand es hinter rauschenden Regenvorhängen. Nicht zwei Tage glichen sich in dieser Gegend, aber jeder Tag, selbst bei schlechtem Wetter, besaß seine eigene unglaubliche Schönheit. Im Anschauen dieser Schönheit entglitt Pfarrer Frodsham die Feder, obwohl er doch kein Mensch mit ästhetischen Neigungen war.

Ein Grüppchen kleiner Kinder kam von der Kirche her angelaufen, alle in ihre Wintersachen eingemummt, rotbäckig und glücklich, und Pfarrer Frodsham lächelte wohlwollend, während er sie beobachtete. Dann erreichten ihn ihre klaren hohen Stimmen durch das schlecht schließende Fenster. «Die Joneys sind in die Kirche gekommen! Die Joneys sind gekommen!»

Er sprang auf die Füße, wobei der Tisch so sehr ins Rutschen kam, daß das Tintenfaß in hohem Bogen durch die Luft flog und die Tinte auf all die Tassen, Untertassen und Bücherstapel und auf das zarte, sie überspannende Netz aus Spinnweben und Staub spritzte. Gerade noch besann er sich darauf, die Perücke überzustülpen, doch zum Mantelanziehen nahm er sich keine Zeit mehr. Mit beiden Händen raffte er die Soutane und schoß mit seiner Leibesfülle in Känguruhsprüngen durch seine kleine Haustür über die Wiese, denn es war möglich, daß die Witwe und ihre Magd noch in der Kirche steckten, und dort wollte er sie abfangen. Sie mußten die Joneys in die Kirche gebracht haben, als er mit seinem späten Frühstück beschäftigt war.

In zwei Riesensprüngen war er unter dem überdachten Friedhofstor, und mit weiteren sechs hatte er den Kirchhof durchquert. Er fingerte ungeschickt am Riegel des Westeingangs herum, stolperte in die Kirche hinein und sank auf eine Bank, so sehr außer Atem, daß ihn jede Kraft verließ. Er saß vornübergebeugt, den Kopf in den Händen, schnaufend wie ein Blasebalg. «Feister Kerl», beschimpfte er sich selbst, «viel zu sehr verliebt in meinen Bauch. Gott sei mir gnädig!» Es wurde ihm besser, er richtete sich auf und schaute um sich. Die Kirche war leer, die Witwe schon lange nach Hause gegangen. Aber die Joneys waren in der Kirche. Rechts von der Kanzel stand eine kleine unbenutzte Seitenkapelle, und dort konnte er die strohgefüllte Krippe sehen und die Figuren von Maria, Joseph, Gabriel und den Hirten. Dahinter, auf einen kleinen steinernen Altar, hatte die Witwe ein Gefäß mit Stechpalmenzweigen und zwei Kerzen gestellt. Zu jedem Weihnachtsfest zündete sie diese Kerzen an, und jedesmal blies sie Pfarrer Frodsham wieder aus. Er betrachtete die Joneys mißmutig. Es war schwierig, sie herauszuholen, da sie mit solch liebevoller Sorgfalt aufgebaut waren, aber dieses Jahr mußte er es tun. Doch nicht in den nächsten zwei Minuten. Zuerst mußte er wieder zu Atem kommen.

Jetzt erfüllte ihn der gewohnte Friede, den jeder empfand, der in diese alte, ehrwürdige Kirche kam. Die Bänke aus dunklem Eichenholz hatten geschnitzte Lehnen, alle voneinander verschieden. Die steinernen Fliesen waren von den vielen Füßen während der Jahrhunderte ausgetreten worden, den Füßen von Männern und Frauen, die elend und hungrig im Geist zum Altar gekommen und getröstet und zufrieden herabgestiegen waren. Dort gab es eine alte geschnitzte Chorschranke mit den Figuren von Maria, Gabriel und den Engeln. Das alte grüne Glas in den Fenstern war undurchsichtig, aber es ließ das Sonnenlicht wie mit himmlischer Alchimie hindurch. Der Pfarrer seufzte tief.

Dann kam ihm plötzlich zum Bewußtsein, daß er sich fälschlicherweise allein in dieser Kirche geglaubt hatte. Hier steckte noch ein anderes menschliches Wesen. Aber er konnte keines erblicken, nur die Joneys im sanften, seegrünen Licht, das durchs Südfenster hereinfloß und ihre blauen, roten und grünen Farben und Gabriels goldene Flügel erglänzen ließ.

Was war denn das? Pfarrer Frodshams Herz machte einen großen Sprung, denn er sah, wie eine winzige Hand über dem Krippenrand winkte. Er starrte hin, aber da war nichts. Natürlich war da nichts. Da war es wieder und winkte ihm zu. Er hielt seine große Hand vor die Augen und stöhnte. Welche Streiche konnten einem Mann Verdauungsstörungen spielen! Nichts zu sehen, als er wieder hinblickte. Natürlich nichts. Doch. Jetzt bewegungslos, die Hand zum Segen erhoben. Ihn segnend? Ja, ihn segnend. Dummes Zeug, Blödsinn. Wieder weg. Jetzt war nichts mehr zu sehen, aber zorniges Wehgeschrei erfüllte die Kirche.

Pfarrer Frodsham hob sich langsam auf die Füße und stolperte das Seitenschiff entlang zur kleinen Kapelle. Zwei ausgetretene Stufen führten hinauf, er torkelte über sie und fiel auf die Knie vor der Krippe. Darin lag statt des gewohnten wunderschönen Bambino mit rosigen Bäckchen und blauen Augen, mit goldenen Locken und seraphischem Ausdruck ein äußerst häßliches Baby mit einem vor Zorn zusammengezogenen, purpurroten Gesicht, nackt wie eine Kirchenmaus, nur eingewickelt in einen alten Schal. Mit seinen Fäustchen fuhr es hin und her. Pfarrer Frodsham durchfuhr einen Moment lang jäher Schrecken, dann befühlte er es und merkte, daß es feucht war. Das gehörte nun einmal zu Babys und war der Hauptgrund für seinen Widerwillen gegen sie. Wenn er ein Baby taufte, packte er es krampfhaft, segnete es, brüllte den Namen über seinen Kopf hinweg und händigte es hastig seiner Mutter wieder aus. Er war kein Freund von Babys. Trotzdem wurde ihm jetzt rasch klar, daß mit diesem etwas geschehen mußte. Es war ein sehr neugebackenes Baby, und wenn man es in diesem feuchten Zustand in der kalten Kirche ließ, würde es sich bald in einen dicken Eiszapfen verwandeln. Ein Gebet um Kraft auf den Lippen, nahm er es auf. Dann klemmte er es in der Armbeuge fest, bückte sich und schaute unter die Krippe. Dort lag auf dem kalten Stein der richtige Bambino. Den las er ebenfalls auf und steckte ihn in sein Nest. Dann brachte er das Baby aus der Kirche.

Während er es über den Kirchhof trug, war ihm rätselhaft, was er jetzt tun sollte, aber sobald er den Dorfanger erreicht hatte, wurde ihm die Entscheidung abgenommen, denn das Baby, das die Kühle seines stark gelichteten Haares spürte, vollführte ein entsetzliches Wehgeschrei, und augenblicklich wurden in jedem Haus rund um die Dorfwiese Fenster weit aufgerissen – auch dasjenige der Stube von Madame Gascoignes hübschem kleinem Häuschen, und an allen erschienen blitzartig Frauenköpfe.

«Ein Baby ist in der Kirche ausgesetzt worden», sagte er und stolzierte hochmütig in Richtung des Pfarrhauses, auf dem Fuße gefolgt von allen gehfähigen Frauen des Dorfes. In seinem Studierzimmer wanden sie sich geschickt zwischen den Bücherstapeln auf dem Fußboden hindurch, rafften die Röcke hoch, um nicht die Tassen und Untertassen umzuwerfen, und hatten sich im Handumdrehen um ihn und das Baby geschart, dessen Geschrei im durchdringenden Lärm ihrer Unterhaltung unterging. Die Aufregung erreichte den Siedepunkt, denn nicht nur gab es hier ein Baby zu sehen, sondern jede der versammelten Frauen hatte sich jahrelang danach gesehnt, ins Pfarrhaus einzudringen und seine Unordnung zu beseitigen; und wer nicht bis zu dem Baby vordrang, stapelte sogar jetzt das schmutzige Geschirr aufeinander und brachte es hinaus in die Küche. Pfarrer Frodsham blickte um sich, schwankte, und das Baby wurde ihm sanft weggenommen.

«Ich werde mich um das Kind kümmern», sagte eine feste, kühle Stimme. «Setzt Euch, Mr. Frodsham. Maria Larkin, gebt seiner Ehrwürden eine Tasse Tee.»

Pfarrer Frodsham fiel in seinen Stuhl und sagte, während er sich das Gesicht mit einem großen zerrissenen Taschentuch abwischte, demütig: «Ich könnte was Stärkeres vertragen, Madam.»

«Maria, holt ein Glas Brandy für seine Ehrwürden», sagte die kühle Stimme. «Ihr werdet es bestimmt im Eßzimmerschrank finden.»

Einen Moment später hielt er das Glas in Händen. Er warf den Kopf zurück, hielt es schräg über die Nase und goß es hinunter. Die Frau hatte das Glas sehr knapp gefüllt, aber es genügte, um ihn wieder im schwachen Abglanz seiner früheren Persönlichkeit erscheinen zu lassen, und es gelang ihm, sich auf die Witwe Gascoigne zu konzentrieren. Sie war eine Frau von vielleicht fünfundvierzig Jahren, eine hübsche Person, klein und adrett, doch ihre schwarzfunkelnden Augen und ihr energisches Kinn verrieten große Charakterstärke. Sie trug ein einfaches graues Kleid mit einem fleckenlosen weißen Schultertuch aus Musselin und eine große weiße Morgenhaube (keine der anwesenden Frauen hatte sich die Zeit genommen, einen Mantel umzulegen; sie schienen jedoch die Kälte nicht zu spüren). Das unter der Haube hervorschauende dunkle Haar war an den Schläfen von grauen Fäden durchzogen, was ihr gut stand. Das Baby lag in ihren Armen.

«Ich werde mich um das Kind kümmern», wiederholte sie.

Plötzlich trat Stille ein, und dann hob ein drohendes Gemurmel an, und Pfarrer Frodsham begriff, daß jede Frau in diesem Zimmer gegen diesen Beschluß protestierte und das Baby von Rechts wegen als ihr Eigentum betrachtete. Er stellte sich mühsam auf die Füße, bezwungen von den glänzenden Augen, die die seinigen durchbohrten, erhob die Hand, wollte um Schweigen bitten und sagte, als sie ihn zum Sprechen nötigten: «Madame Gascoigne nimmt als Enkelin und Tochter der früheren Pastoren dieses Ortes das Baby in ihre Obhut. Es ist ihr Recht.»

Ehe er die Hand zurückziehen konnte, wurde sie festgehalten. Er blickte hinab und sah ein winziges Fäustchen, das sich wie ein Eisenring um seinen Zeigefinger geschlossen hatte. Das Baby hatte die Augen geöffnet, und es erschien Pfarrer Frodsham, daß sie geradewegs in seine blickten, und die Umklammerung wurde stärker, gleichsam in gegenseitigem Einverständnis tiefer Bestürzung. War das das Leben? Ein Mann im Strudel all dieser Frauen? Männer mußten zusammenhalten, oder sie waren verloren.

«Es ist ein strammer Junge», sagte Pfarrer Frodsham mit rauher Stimme.

«Ich halte ihn für ein Mädchen», sagte die Witwe Gascoigne scharf.

«Ein Junge», erklärte Pfarrer Frodsham mit Überzeugung, und dann, gestärkt von der Sympathie, die von dem Kinderfäustchen ausging, erhob er die Stimme und sagte: «Meine Damen, nachdem diese Angelegenheit geregelt ist, wäre ich dankbar, wenn man mir mein Studierzimmer wieder überlassen würde. Ich muß meine Predigt schreiben. Ich wünsche einen guten Morgen.»

Gideon, der sich in der Speisekammer herumgedrückt hatte, bis der Aufruhr überstanden war, schloß die Haustür hinter dem letzten raschelnden Unterrock. Es war nun Zeit zum Mittagessen. Pfarrer Frodsham genoß es in aller

Muße, zu erschöpft war er, und so nötig brauchte er eine Stärkung. Dann half er Gideon, ein paar Maulwürfe zu enthäuten, um sich in die richtige Geistesverfassung zu bringen, die Predigt aufs neue anzupacken. Als das vorüber war, verwandelte sich ein rotglühender Sonnenuntergang in eine leuchtend grüne Dämmerung. Doch Pfarrer Frodsham wandte sich nicht sofort seiner Predigt zu, weil ihn während der ganzen Zeit des Enthäutens der Maulwürfe eine brennende Frage immer mehr beschäftigte. Er hatte mehrmals versucht, sie zu verdrängen, aber sie war immer wieder aufgestiegen. Wo war die Mutter dieses Kindes? Tief in seinem Innern, überlagert von Alter, Leibesfülle und Überdruß, steckte noch immer ein wahrer Priester. Er hätte als letzten Ausweg sein Leben gegeben, um eine Seele zu retten. Die Mutter des Kindes mochte eine verhärtete und böse Frau sein oder auch ein schwaches und leichtsinniges junges Mädchen, aber in jedem Fall war sie eine Seele in Gefahr, und wo war sie?

Pfarrer Frodsham aß zwei Stücke Pflaumenkuchen, um sich zu stärken, und sagte: «Gideon, ich gehe aus.» Dann nahm er den Mantel um, zündete seine Laterne an und spazierte schweren Schrittes langsam zur Kirche hinunter. Der Mond stieg empor, ein paar Sterne zeigten sich. Sogleich würden sie in der klaren frostigen Luft erglänzen, ganz so, wie es am Weihnachtsabend ihre Pflicht war. Er betrat die Kirche und setzte sich hin, die großen Hände auf den Knien gespreizt, die Laterne auf dem Steinfußboden nahe bei sich. Sanft beleuchtete ihr Licht die prächtigen geschnitzten Lehnen des Gestühls, und durch die Fenster drang ein schwacher Schimmer des Mondlichts, doch sonst lag die große Kirche in tiefer Dunkelheit. Man konnte Pfarrer Frodsham kaum einen gebetsfreudigen Mann nennen, tatsächlich war «Gott sei mir gnädig» das einzige Gebet, das er sprach, außer an den Sonntagen, wenn er aus dem Gebetbuch brüllend vorlas. Wenn er jedoch in einem Dilemma steckte, kam er immer und setzte sich wie jetzt in die Kirche, die Hände auf den Knien ausgebreitet, und dann kam Klarheit in sein verwirrtes Gemüt. Wie hatte es nur, fragte er sich nach einer Weile, im Kopf dieser armen Frau ausgesehen? Konnte er sich an einen ähnlichen Fall erinnern? Er zermarterte sich das Gehirn, vermochte jedoch nur an Mose in seinem Binsenkörbchen zu denken. Was hatte die Frau damals getan? Sich versteckt und aufgepaßt, erinnerte er sich, denn sie sah, wie das Kind in Sicherheit gebracht wurde. In diesem Fall, dachte er, war die Frau hier nicht, denn sie wäre weggegangen, nachdem sie ihn das Kind hatte retten sehen. Aber war es so? Niemand schien sie beim Betreten der Kirche gesehen zu haben. Es mußte geschehen sein, als sie alle beim Frühstück saßen, und sie mußte sich versteckt haben, bis sie sah, wie die Witwe Gascoigne und ihre Magd die Joneys hereinbrachten, sie aufstellten und wieder fortgingen. Sie mußte von den Joneys gewußt haben, und in diesem Fall war sie nicht von weit hergekommen und mußte nicht weit reisen, um wieder nach Hause zu kommen. Sie konnte mit dem Aufbruch warten, bis die Leute im Dorf in den Häusern und die Vorhänge zugezogen waren. Womöglich versteckte sie sich noch immer in der Kirche.

Pfarrer Frodsham ergriff seine Laterne und begann mit einer sorgfältigen Durchsuchung, ohne zu merken, daß das Geräusch, das er beim Stolpern über die Betkissen verursachte, mehr als ausreichte, um jenen «blinden Passagier» von seinem Vorhaben zu unterrichten. Er schaute unter die Sitze und hinter den Altar. Er schaute in die Kanzel und hinter die Besen in der Ecke, aber da steckte niemand. Er wollte gerade weggehen, als er sich auf die Sakristei besann. Die Tür war geschlossen, trotzdem stieß er sie auf und trat ein. Es war ein kleiner Raum, möbliert mit einem Schrank, einem Tisch und einem Stuhl. Der Stuhl war groß, denn er gehörte ihm und war vom Pfarrhaus hierher gebracht worden. Ein schlafendes Mädchen lag zusammengerollt darin. Sie hatte ihre Schuhe abgestreift und auf den Boden gestellt. Die Haube war ihr vom

Kopf gefallen, und das dunkle Haar fiel ihr über die Schultern. Er stellte die Laterne auf den Tisch und beugte sich über sie, aber sie schlief so fest, daß sie sich nicht bewegte. Lange dunkle, beschattende Wimpern lagen auf ihren Wangen. Ihre Lippen waren halb offen, sie atmete gleichmäßig und ruhig. Die kleine Nase war von Sommersprossen übersät. Aber offenbar war sie schrecklich müde.

Armes Kind, dachte Pfarrer Frodsham, armes Kind, und vergaß die ruchlose Mutter, nach der er suchte, gänzlich. Er legte ihr die Hand auf die Schulter, schüttelte sie sanft, und sie erwachte mit einem Schrei.

«Aber, aber!» sagte Pfarrer Frodsham und klopfte ihr auf die Schulter. «Da gibt's nichts zum Fürchten für kleine Mädchen.»

«Thomas!» sagte sie, denn sie war erst halb erwacht.

«Wer ist das?» fragte Pfarrer Frodsham.

«Mein Baby», sagte sie, streckte die Füße unter ihrem Mantel heraus und fing an, nach ihren Schuhen zu suchen.

«*Dein* Baby?» stieß Pfarrer Frodsham hervor. «Ein kleines Mädchen wie du kann kein Baby haben.»

«Ich bin sechzehn», sagte sie gereizt. «Wo ist Thomas? Ich kann mich nicht erinnern, wo ich ihn hingetan habe.»

«In die Krippe», erwiderte Pfarrer Frodsham trocken, «und ich finde, du bist ein ungezogenes kleines Mädchen.»

Sie war jetzt ganz erwacht und begann zu weinen. «Es war wegen Mose», schluchzte sie.

«Ich dachte mir's», sagte Pfarrer Frodsham, und dann bereute er, daß er so kühl gesprochen und sie zum Weinen gebracht hatte. «Aber, aber, Kind, zieh deine Schuhe an! Wie sollen wir denn überlegen, was jetzt zu machen ist, wenn du keine Schuhe anhast?»

Stöhnend beugte er sich nieder und las ihre Schuhe auf. Sie hielt ihm die Füße hin, winzige Füße in Wollstrümpfen voller Löcher, und er zog ihr die Schuhe über. Wegen der Löcher waren die Füße eiskalt. Wie bei Thomas kam es ihm in den Sinn, daß er zuallererst dieses Kind aus der kalten Kirche bringen mußte, ehe es erfror.

«Komm mit mir, Mädchen», sagte er, «wir werden dir etwas heiße Milch geben und deine Füße am Feuer aufwärmen, und dann sehen wir weiter.»

Ziemlich demütig folgte sie ihm, schlich erschöpft über die Dorfwiese, und ihre Schluchzer gingen in Schluckauf über. Inzwischen war es fast dunkel geworden, und niemand bemerkte sie. Keinen Augenblick dachte Pfarrer Frodsham daran, das Mädchen zu irgendeiner Frau in der Gemeinde zu bringen. Sein Instinkt sagte ihm jedoch, daß dies etwas war, das er am besten selbst erledigte. Außerdem hatten er und Gideon heute mehr als genug von Frauen gehabt. Das Mädchen war keine Frau. Sie war so klein, als sie da neben ihm herschlurfte – sie konnte keine sechzehn Jahre zählen.

In seinem Studierzimmer setzte er sie vor den Kamin und schrie gellend nach Gideon, der, als er auftauchte, die Situation nach dem ersten Schock mit erstaunlicher Gelassenheit aufnahm. Während sie vor dem Feuer saß, eine Schale dampfender Milch mit Brot auf dem Schoß und von den Strümpfen befreit, die Zehen in der Wärme hin- und herbewegte, begann sie sich zusehends zu erholen. Die Farbe kam in ihr Gesicht zurück, ein Grübchen erschien auf der linken Wange. Pfarrer Frodsham stellte fest, als er sie beobachtete, daß sie ein hübsches Geschöpf sei, bei guter Gesundheit, sicher auch drahtig und kräftig. Sie hatte ein kleines braunes Gesicht mit einem festen Mund, und ihre ebenfalls kleinen Hände sahen aus, als ob sie zupacken könnten. Sie beendete die Mahlzeit von Brot und Milch bis zum letzten Tropfen, erhielt ein gekochtes Ei und einen Apfel und aß auch das auf, ebenso noch einmal nachgereichtes Brot mit Milch. Dann fragte sie, wer sich um Thomas kümmere, und Pfarrer Frodsham sagte es ihr. «Wird sie gut zu ihm sein?» fragte sie, und er bejahte es. «Immer?» fragte sie, und statt zu antworten, zog Pfarrer Frodsham ein großes Schnupftuch hervor und schneuzte sich hinein, denn er war nicht sicher. Die Witwe Gascoigne hatte kein Kind gehabt. Er entsann sich ihrer kurzangebundenen Art, der Schroffheit ihrer Magd und ihres blitzblanken Hauses. Er glaubte, daß die Witwe später an ein Waisenhaus denken würde, zumal Thomas nicht weiblichen Geschlechts war, wie sie vermutet hatte.

«Ich werde Euch etwas über Thomas erzählen, Herr», erklärte das Mädchen plötzlich. Sie stellte die leere Schüssel ab, faltete die Hände im Schoß, wandte den Kopf und sah den alten Mann an. Der Blick ihrer haselnußbraunen, glänzenden Augen war sehr direkt. Sie sei eine Apothekerstochter, erklärte sie, ihren Vater habe sie jedoch vor zwei Jahren verloren. Ihre Mutter starb, als sie noch ein Baby war, und sie sei das einzige Kind gewesen. Sie mußte ihren Lebensunterhalt selbst verdienen und war Serviermädchen in einem großen Haus, zehn Meilen entfernt, geworden. Dann kam die übliche Geschichte mit dem Treubruch, die sie ehrlich und mit fester Stimme erzählte und die Pfarrer Frodsham zornerfüllt anhörte, voller Zorn deshalb, weil er in der Regel sehr viel mehr Sympathie für sein eigenes Geschlecht empfand als für das andere. Die Wirtschafterin jenes großen Hauses hatte ihr aus eigener Tasche etwas gegeben, um Thomas in einem Bauernhaus in der Nähe auf die Welt zu bringen, aber man wollte sie dort nicht behalten. Dann hatte sie sich an Mose erinnert und an die Joneys in Gaysbarton, von denen man ihr erzählte – und hier war sie nun mit Thomas.

«Was willst du tun, Mädchen?» fragte Pfarrer Frodsham.

«Ich weiß nicht, Herr», sagte sie, «ich dachte ... vielleicht könnte ich's wie die Mutter von Mose machen und Kindermädchen von Thomas sein ... ich dachte ... ich wußte nicht, was ich machen sollte, und legte mich deshalb in der Sakristei schlafen ...»

Er sah, daß sie trotz ihres energischen Mundes und direkten Blickes immer noch ein Kind war. Ihr Vater war zu früh gestorben.

«Thomas fehlt mir sehr», sagte sie matt.

«Dann zieh Schuhe und Strümpfe an, ich bringe dich zu Madame Gascoigne», erwiderte er.

Aber sie fing wieder zu weinen an. «Ich will hierbleiben», schluchzte sie. «Ich will hier bei Euch und Gideon bleiben. Ich könnte hier beim Feuer schlafen mit Thomas. Bitte, Herr, wollt Ihr Thomas holen? Ich könnte Eure Wirtschafterin sein, Herr, und mit Euch und Gideon und Thomas immer zusammen leben.»

Pfarrer Frodshams Herz sank. Eine Frau im Haus! Jetzt war sie noch ein Kind, aber wie schnell würde sie eine Frau sein. Aber da war noch Thomas. Während des ganzen Tages hatte er den Griff von Thomas' Hand um seinen Finger gespürt.

Das Mädchen sah zu ihm auf. «Ihr seht's, Herr», sagte sie, «ich mag keine Frauen.»

Er schaute sie an. Er konnte sehen, daß sie viel unter ihnen gelitten hatte. Wie hatten sich jene Frauen in dem großen Haus ihrer Not gegenüber verhalten? Er griff nach seinem Mantel.

«Wie heißt du, Kind?» fragte er.

«Penelope», antwortete sie.

«Bleib eben hier über Nacht», sagte er, «und ich werde Thomas holen gehen.»

Es war Jahre her, seit er das hübsche kleine Haus der Witwe Gascoigne betreten hatte, nicht mehr seit dem gewaltigen Streit, den sie wegen seines Schweinestalls gehabt hatten, dessen Duft, wie sie erklärt hatte, bei Ostwind durch ihr Wohnzimmerfenster eindrang. Sie hatte konstatiert, daß Gideon den Stall niemals säuberte, was nicht stimmte. Jeden Ostermontag reinigte er ihn ganz gewiß und sogar noch öfter, falls notwendig.

Die sauertöpfische Magd war so verblüfft, den Pfarrer auf der Schwelle zu sehen, daß sie ihn sofort in die gute Stube bat, ehe sie gemerkt hatte, was sie tat. Madame Gascoigne saß vor dem Feuer, doch sie glich durchaus nicht ihrem üblicherweise gesetzten und fehlerlosen

Selbst. Ihre Haube saß schief, und ihr Gesicht war gerötet. Sie sah sehr müde aus. In ihrem Schoß lag der schreiende Thomas.

«Madam, er wird sich was antun!» sagte Pfarrer Frodsham bestürzt. «Was ist los mit ihm?»

Madame Gascoigne schaute ihn an und war den Tränen nahe. «Seht», stammelte sie, «dies ist ein kleines Dorf, und gerade jetzt ist niemand ...» Als Junggesellen gelang es ihm nicht, ihrem Gedankengang zu folgen. Er tappte völlig im dunkeln, und sie mußte damit heraus: «Wir brauchen eine Amme», erklärte sie.

«Ach!» sagte der nun aufgeklärte Pfarrer. «Aber ich meinte, in derlei Fällen nimmt man Kuhmilch?»

«Ja», antwortete sie, «verdünnt mit warmem Wasser und etwas Zucker dazu. Aber er mochte es nicht. Er ist ein sehr eigensinniges und unartiges Baby. Und er ist ein Junge. Ich war so sicher, daß er ein Mädchen sei.»

«Könnt Ihr keine Knaben leiden?» fragte Pfarrer Frodsham.

In ihren Augen glomm das alte Feuer. «Schließlich habe ich unter zwei üblen Gatten gelitten, und ich kann Euer Geschlecht nicht ausstehen», sagte sie mit tonloser, bitterer Stimme.

In gewisser Weise hatte Pfarrer Frodsham sie nie zuvor so sehr gemocht. Er streckte die Arme aus. «Dann gebt mir den Jungen, Madam», sagte er, «seine Mutter ist im Pfarrhaus.»

Sie überreichte ihm den brüllenden Thomas und brach in Tränen der Erleichterung aus.

Als Pfarrer Frodsham am nächsten Morgen erschöpft von der Frühmette des ersten Weihnachtstages zurückkehrte, konnte er an nichts anderes als an Essen denken. Gideon hatte in weiser Voraussicht ein gewaltiges Frühstück in der Küche für ihn vorbereitet. Als sein schlimmster Hunger durch vier Scheiben selbstgepökelten Schinken und zwei Eier ein bißchen gestillt worden war, blickte er zu Gideon auf und fragte: «Wo ist das kleine Mädchen?»

«Oben», erwiderte Gideon, der vor dem Feuer saß und Kartoffeln schälte. «Fegt das Gästezimmer aus. Würde ein nettes kleines Zimmer für sie und Thomas werden, hat sie gesagt.» Er starrte seinen Herrn an. «Sie bleibt, sagt sie. Als unsere Mamsell, sagt sie.»

Pfarrer Frodsham ließ seine große Faust mit einem gewaltigen Schlag auf die Tischplatte herabsausen. «So? Hat sie das? Das hab ich nicht gesagt. Gestern abend hat sie mich gefragt, und nichts hab ich geantwortet. Was sollen wir mit einer Frau im Haus? Kannst du mir das erklären, Gideon?»

«Wie Ihr sagt», antwortete Gideon, «aber da ist der Junge. Ich könnte ihn Maulwürfe fangen lehren.»

Pfarrer Frodsham stopfte sich Schinken in den Mund. Er stellte fest, daß er und Gideon einer Meinung waren. Sie konnten das hübsche Ding nicht hinauswerfen. Das brachten sie nicht übers Herz. Und da war Thomas. Der Pfarrer kaute und schluckte. «Wo ist Thomas?» fragte er.

«Im Studierzimmer», antwortete Gideon, «brav wie ein Engel ist er.»

Das Wort «Studierzimmer» erinnerte Pfarrer Frodsham an etwas. Seine Augen weiteten sich bestürzt, und seine zweizinkige, mit Schinken vollgepackte Gabel senkte sich langsam auf seinen Teller nieder.

«Meine Predigt», sagte er, «ich habe meine Predigt nicht geschrieben.»

«Keine Zeit jetzt», erklärte Gideon gemütlich. «Aber wenn Ihr nicht den ganzen letzten Abend damit vertan hättet, das kleine Mädchen mit Thomas anzugucken, hättet Ihr's leicht geschrieben. Macht nichts. Predigt was aus dem alten Buch.»

Pfarrer Frodsham beschloß, diesem Rat zu folgen. Entspannt und gemächlich beendete er sein Frühstück, entzündete seine Tonpfeife und streckte die Füße dem Feuer entgegen. Oben lief Penelope hin und her und räumte ihr

Zimmer ein. Ihre leichten Tritte verrieten Freude und große Geschäftigkeit. Es war ein angenehmes Geräusch.

Die Kirchenglocken läuteten zum Morgengottesdienst, als der Pfarrer in sein Studierzimmer ging, um das Predigtbuch zu holen. Das erste, was er erblickte, war Thomas, der in einer Holzkiste am Feuer schlief. Er beugte sich über ihn. Zum erstenmal hatte er das Gefühl, daß sich Thomas wohlbefand. Sein Gesicht war nicht mehr so puterrot und zerknittert wie zuvor. Eine kleine Faust lag auf der Backe. Sein rechtes Ohr sah wie eine Muschel aus. Ein reizender kleiner Junge. Volle fünf Minuten gingen vorüber, ehe Pfarrer Frodsham sich abwandte und nach seinem Predigtbuch Ausschau hielt, das, wie er wußte, das vierte im Stapel am Fenster war. Dann bemerkte er das Entsetzliche: sein Zimmer war aufgeräumt worden.

Penelope mußte beim Morgengrauen aufgestanden sein und es getan haben, als er in der Kirche war. Alle Bücher standen wieder in den Schränken. Nirgends waren schmutzige Tassen und Untertassen zu erblicken noch Spinnweben oder nur ein Stäubchen. Einen Augenblick stand Pfarrer Frodsham wie ein erstarrtes Bild des Jammers da. Dann gewann er wieder Gewalt über sich. Er würde sich daran gewöhnen müssen. Man konnte sich an alles gewöhnen. Wenn ihm Gott beistünde, würde er sich daran gewöhnen, sauber und ordentlich zu werden. Die Glocken läuteten immer drängender, und er wandte sich seinen Bücherbrettern zu, um das Predigtbuch zu suchen. Alle seine Bücher sahen sich ziemlich ähnlich: alt, braun, zerrissen, mit kaum mehr leserlichen Titeln. Er jagte herum, öffnete diesen und jenen Wälzer, konnte sein Predigtbuch jedoch nicht finden.

Nun läutete nur noch eine Glocke, und voller Verzweiflung im Herzen warf Pfarrer Frodsham den Mantel über, rückte die Perücke zurecht und wanderte zur Kirche hinunter. Obwohl er ihren Gruß mechanisch erwiderte, nahm er seine Pfarrkinder kaum wahr, die vergnügt bei Frost und Sonnenschein im Sonntagsstaat demselben Ziel zuströmten. Nie zuvor hatte er aus dem Stegreif gepredigt, und seine Gemeinde erwartete eine Rede von fünfundvierzig Minuten. Er versuchte, sich an einen Text zu erinnern, den er kannte, irgend etwas über «Bittet, so wird euch gegeben», aber es kam ihm nicht genau in den Sinn. «Gott sei mir gnädig», betete er in der Vorhalle.

In der Kirche ging es ihm besser. Er fühlte sich innerhalb seiner Kirche immer wohler. Er konnte sogar sehen, daß die Witwe Gascoigne noch nicht da war, da die Kerzen auf dem Altar hinter den Joneys nicht angezündet worden waren. Dann bemerkte er sie doch. Sie saß in ihrem Kirchenstuhl, wandte ihm den Kopf zu und lächelte ihn an. Er konnte es kaum glauben. Um ihm zu gefallen, hatte sie die Kerzen nicht angezündet. Er verneigte sich vor ihr, schritt zu der kleinen Kapelle hinauf, nahm seine Zunderbüchse aus der Tasche und zündete die Kerzen an. Dann verbeugte er sich erneut vor ihr und ging in die Sakristei. Die Joneys sahen strahlend und vergnügt aus in dem sich mischenden Licht der Sonne und der Kerzen, beinahe, als ob sie wüßten, daß sie von nun an nie mehr verbannt werden würden.

Der Gottesdienst an diesem Morgen schien sogar frohgestimmter zu sein als sonst in Gaysbarton am Weihnachtstag. Die Musikanten auf der Galerie kratzten auf ihren Fiedeln herum und bliesen die Flöten mit gewaltiger Fröhlichkeit, jedermann sang kräftig mit, und Leute, die sich seit einer Ewigkeit nicht mehr grüßten, konnte man dabei ertappen, daß sie einander schüchtern zulächelten, so wie es der Pfarrer und Madame Gascoigne getan hatten. Doch alles erschien Pfarrer Frodsham wie ein verworrener Alptraum. «So wird euch gegeben», sagte er sich ständig vor; aber als er die Kanzel bestiegen hatte, konnte er sich nicht einmal an den Text erinnern, über den er predigen wollte. Er entsann sich jedoch eines anderen und las ihn laut und klar vor. «Ein Kind ist uns geboren, ein Sohn ist uns geschenkt.»

Seine Gemeinde beobachtete ihn voll vergnügter Erwartung, denn sie bemerkte, daß er keinen Predigttext bei sich hatte. Er mußte ihn vergessen haben. Ob er nach Hause ginge und ihn holte? Würde er Amos, den Küster, danach aussenden? Oder versuchen, sich daran zu erinnern? Pscht, jetzt fing er an.

Pfarrer Frodsham predigte nicht im althergebrachten Sinne. Es fiel ihm ein, ihnen einfach zu erzählen, wie er Penelope und Thomas gefunden hatte. Natürlich wußten sie sehr viel mehr darüber als er, denn die Geschichte hatte sich im ganzen Dorf herumgesprochen, war lange vor Mitternacht reichlich ausgeschmückt worden, doch sie hörten mit freundlicher Aufmerksamkeit zu. Dann erklärte er ihnen, daß dieses Kind ein Weihnachtsgeschenk für sie alle in Gaysbarton sei. Sie sollten gut auf es aufpassen und auf seine junge Mutter, die selbst noch ein Kind war. Sie mußten beide dazu anhalten, dem allmächtigen Gott gehorsam zu dienen. Und dann begann er plötzlich von sich selbst zu sprechen. Er sei ein Sünder, sagte er, ein streitsüchtiger alter Sünder, und nur seinetwegen gäbe es soviel Streit in Gaysbarton. Er hatte ihnen ein schlechtes Beispiel gegeben. Und er bat sie, ihm zu verzeihen. Sie durften jetzt nicht mehr miteinander streiten, nicht mit diesem Kind hier unter sich, das in Gottes Frieden aufgezogen werden sollte. Er sprach ein wenig stotternd und scheu über Gottes Frieden, aber es gelang ihm, mit einem, wie er meinte, guten Satz zu schließen: «Laßt uns das Kind von Bethlehem anbeten», sagte er, «und in unseren Herzen seinen Frieden empfangen!»

Es war die kürzeste Predigt, die Pfarrer Frodsham je in Gaysbarton gehalten hatte, von zehn statt fünfundvierzig Minuten Dauer – aber es mußte eine seiner besten gewesen sein, denn niemand schlief dabei ein, und einige seiner Pfarrkinder waren sogar zu Tränen gerührt. Pfarrer Frodsham war selbst sehr bewegt und spürte ein Bedürfnis nach seinem Taschentuch.

Er versenkte die Hand tief in der Tasche seiner Soutane und förderte einen toten Maulwurf zutage.

Die Weihnachtsfeier der Chorknaben

Die Weihnachtsfeier der Chorknaben fand alljährlich am Tag der Unschuldigen Kinder statt und war ein großes gesellschaftliches Ereignis in Torminster. Das Fest wurde im bischöflichen Palais gefeiert, aus dem einfachen Grund, weil der Bischof gerne kleine Jungen zu sich einlud, während man das von Lady Lavinia, der Lehrerin, nicht behaupten konnte.

Neben den Chorknaben nahmen alle Bewohner des Domhofs, also auch die Geschwister Hugh Anthony und Henrietta mit ihren Großeltern, an der Feier teil, die als eine Art Belohnung für die Sängerknaben gedacht war, in gewisser Weise ein Schadenersatz dafür, daß die lieben Kinder um ihre Weihnachtstage betrogen wurden und in dieser Zeit der allgemeinen Ruhe schwerer als das ganze Jahr hindurch arbeiten mußten. Durch ihren Beruf waren sie gezwungen, nicht nur am Christabend, sondern auch am Weihnachtsfest, am Sankt-Stephans-Tag und jenem der Unschuldigen Kinder zu singen. In diesem eigenartigen Mangel an Proportionsgefühl, den die Mutter Kirche manchmal entwickeln kann, folgte ein Fest dem anderen. Sicher hätte man diese Feste ein wenig verteilen können, so aber mußten die armen Jungen sich zweimal am Tag heiser singen mit Weihnachtsliedern, Antiphonen, Hymnen und Psalmen. Es war hart.

Aber die Weihnachtsfeier beim Bischof war überwältigend und machte vieles wieder gut. Außerdem sagten alle Leute, die sich niemals näher mit den Chorknaben beschäftigt hatten, wie sinnreich es sei, ausgerechnet den Tag der Unschuldigen Kinder dafür zu wählen, um diesen süßen kleinen Jungen mit ihren runden Engelsgesichtern und blütenweißen Kragen eine Freude zu machen.

Bemerkenswert war nur, daß Leute wie der Organist und der Chorleiter Mr. Philips, die täglich mit ihnen zusammenkamen, sich über diesen Punkt ausschwiegen.

Die Einladung dauerte von nachmittags um drei Uhr bis um acht Uhr. Um zwölf begannen Hugh Anthony und Henrietta mit den Qualen ihrer Toilette. Bis ein Uhr kämpften sie mit ihren Unterkleidern, erschienen dann in Overalls zum Essen, um sich danach unter Assistenz des gesamten Haushaltes mit dem sichtbaren Teil ihrer Kleider zu beschäftigen.

Zu Beginn unseres Jahrhunderts war die Unterkleidung für Jugendliche eine Angelegenheit, die in keiner Weise leichtgenommen wurde. Man war davon durchdrungen, daß Kinder warmgehalten werden mußten, ohne sich einen Begriff davon zu machen, wieviel Hitze dadurch in den kleinen Körpern konzentriert wurde. Unter ihrem mit Pelz ausgeputzten Festtagskleid aus blauem Samt trug Henrietta eine ungeheuer dicke wollene Hemdhose, zwei wollene Leibchen sowie einen Flanell- und einen Seidenunterrock. Trotz sehr umfangreicher Unterhosen war Hugh Anthony nicht ganz so sehr überladen, weil Großvater der Ansicht war, daß männliche Kinder weniger Wärme bedurften als solche weiblichen Geschlechtes. Aber sein brauner Samtanzug mit dem weißen Spitzenkragen trieb ihn fast zum Wahnsinn.

«Ich sehe verrückt aus», stöhnte er. «Warum darf ich keinen Etonanzug tragen?»

«Großmutter sagt, du bekommst einen, sobald dir der Samtanzug zu klein geworden ist», versuchte Henrietta zu trösten. «Außerdem siehst du süß aus, fast wie ein Prinz!»

Hugh Anthony reagierte mit rauhen Tönen und schleuderte seine Schuhe durch das Zimmer. Am Ende aber gewann sein philosophisches Temperament doch die Oberhand: Was man nicht ändern konnte, mußte eben ertragen werden! Zudem machte er sich einige Hoffnungen, daß sich bei dieser Einladung irgend etwas ereignen könnte, was dem gehaßten Anzug ein rasches Ende bereiten würde.

Großvater, Großmutter und die Kinder machten sich gemeinsam auf den Weg. Die Kinder trugen ihre guten Schuhe in braunen Leinensäcken in der Hand, und alle waren bis zu den Ohren in Mäntel, Schals und Pelze eingehüllt. Es war bitter kalt geworden. Die klaren Sterne des Christabends hatten eine Reihe von frostklirrenden Tagen angekündigt. Die Sonne stieg jeden Morgen aus einem Bett von feurigen Wolken langsam über einen Himmel von kaltem, leuchtendem Blau. Selbst mittags konnte sie kaum wärmen, aber sie ließ die Bäume im Rauhreif aufblitzen und breitete am Abend noch einmal einen Schleier von glühendem Orange über die Stadt.

Als die kleine Gruppe über den Domplatz schritt, standen die Türme der Kathedrale schwarz und massig gegen den goldenen Westhimmel. Sie überquerten den Marktplatz und wandten sich dann nach links zu dem großen Torbogen, der zum Haus des Bischofs führte. Sie gingen über die Zugbrücke und traten in das Gewölbe. Vor ihnen stiegen still und majestätisch die Mauern des alten Schlosses in die frühe Dämmerung. Schon brannte Licht in den Fenstern. Sie hielten einen Augenblick an, um sich daran zu freuen, mußten dann aber rasch zur Seite springen, weil der Wagen des Dekans hart an ihnen vorbeirollte. Lady Lavinia in grauem Samt und violetter Federboa saß neben dem Dekan im neuen Zylinderhut.

Das Tor war gastfreundlich weit geöffnet, und sie konnten eintreten, ohne läuten zu müssen. Die Kirchendiener Peppercue und Barleycorn, die bei festlichen Gelegenheiten den altersschwachen bischöflichen Butler Baggersley unterstützten, eilten geschäftig herbei, um die Mäntel abzunehmen. Sie trennten sich nur ungern davon, denn in der riesigen gewölbten Halle war es eiskalt.

«In den Salons brennen zwei Kaminfeuer», flüsterte Baggersley aufmunternd und trottete den Gästen über die schön geschnitzte Stiege voran.

Baggersley war uralt, sah einer Schildkröte ähnlich und war zu nichts mehr zu gebrauchen. Seine altersgrüne Livree hing lose über seinem eingeschrumpften Körper, und er konnte sich keine Namen merken. Aber jede Anspielung auf eine Pensionierung wies er so entrüstet von sich, daß dem Bischof gar nichts anderes übrigblieb, als ihn immer weiter zu behalten. «Es ist eine Schande», äußerte sich der Dekan darüber, «aber ... wirklich eine Schande für das Haus.»

«Erzpriester Jones und Familie», brabbelte dann auch Baggersley vor sich hin, als er die Tür zur Galerie öffnete.

Der sehr kurzsichtige Bischof geriet in peinliche Verwirrung. Seine schlechten Augen, verbunden mit Baggersleys schlechtem Gedächtnis, machten den Empfang von Gästen zu einer großen Prüfung für ihn. Erst als Großvater heiser «Ich bin's, Bischof» wisperte, erkannte er ihn erleichtert.

Die Galerie erstreckte sich über die ganze Front des bischöflichen Palastes, und sicher gab es wenig Räume, die ebenso schön waren wie dieser. Der Parkettboden glänzte wie dunkles Wasser, und die Wandgobelins begeisterten alle Kunstkenner. An jedem Ende der Galerie brannten riesige Holzfeuer und weckten tausend Lichter in den Porträts der alten Bischöfe von Torminster. In der Mitte des Raumes stand ein großer Christbaum, mit bunten Wachskerzen und kleinen, in Papier gehüllten Geschenkpäckchen behängt. Die Chorknaben standen aufgeregt daneben, unheimlich sauber und manierlich in ihren Etonanzügen. Ihre Gesichter glänzten von Seife und ihre Augen von Erwartung. Neben ihnen hatten sich die übrigen Festgäste und Honoratioren aufgereiht und zeigten das wohlwollende Lächeln von Wohltätern, die mit den Mühen der Vorbereitung nichts zu tun gehabt hatten.

Zuerst wurden die Chorknaben beschert. Peppercue und Barleycorn kletterten auf zwei morschen Stehleitern zwischen den Christbaumästen herum, schnitten die Geschenkpäckchen ab und lasen mit ihren tiefen lauten

Stimmen den darauf verzeichneten Namen des jeweilig beglückten Jungen. Baggersley tappte inzwischen immer im Kreis um den Christbaum herum und erteilte den beiden Kirchendienern höchst unnötige Anweisungen, auf die niemand hörte. Bald häuften sich Seidenpapier und bunte Bänder auf dem Boden, und die Luft war vom Freudengeheul der Jungen erfüllt. Begeistert stürzten sie sich auf die allmählich zum Vorschein kommenden Taschenmesser, Uhren, Trillerpfeifen und blutrünstigen Indianerbücher. Es befanden sich auch Knallfrösche in den Paketchen, ganz dazu geeignet, unter den Stühlen älterer korpulenter Verwandter mit lautem Krach zu explodieren.

Der Bischof hatte eine Vorliebe für derartige Geschenke und beharrte eigensinnig darauf trotz der Vorstellungen des Dekans und Lady Lavinias, denen sie nicht geeignet erschienen, die Moral der lieben Kinder zu verbessern. «Niemand», so soll sich der Bischof geäußert haben, «niemand darf zu Weihnachten mit Moral gelangweilt werden.» Der Dekan und Lady Lavinia hielten diese Bemerkung für so unpassend, daß sie ängstlich vermieden, darüber zu sprechen. Auf jeden Fall: die Freude wurde lauter und lauter. Sie erreichte ihren Höhepunkt, als der Christbaum Feuer fing und Barleycorn von der Leiter fiel, während Baggersley bitter in sich hineinmurmelte, daß er das ja schon immer gesagt habe.

Großvater benutzte die allgemeine Verwirrung, um seinen Enkeln heimlich zwei kleine, eng verschnürte Päckchen von hinten in die Hände zu schieben. Aus seiner eigenen Jugend wußte er, daß es für Kinder sehr schwierig ist, dabeizustehen, wenn andere beschert werden, und selbst nichts zu erhalten. Auch wenn zu Hause die Tische von Geschenken überfüllt standen, war dies kein Trost, denn für Kinder gibt es keine Vergangenheit und keine Zukunft, sondern nur Glück oder Verzweiflung des Augenblicks. Daher verwandelte sich auch sofort Hugh Anthonys und Henriettas höflich starres Lächeln in entzückte Freude. Vorsichtig öffneten sie die Päckchen und zogen eine winzige Teekanne aus Porzellan und eine ganze Schachtel mit rosa Knallerbsen heraus. Ihre Augen suchten Großvater, aber der stand scheinbar ganz versenkt in das Porträt eines Bischofs von Torminster, der im 17. Jahrhundert gelebt hatte und eine weiße Perücke trug.

Als das Feuer gelöscht und Barleycorn beruhigt war, begaben sich alle in den eine Treppe tiefer gelegenen Bankettsaal zum Tee. Es war ein düsterer Raum, in dessen Kaminen der Wind heulte. Den Chorknaben machte das nichts weiter aus. Sie entdeckten auf den ersten Blick, daß die Köchin des Bischofs sich selbst übertroffen hatte und die Tische unter der Last der darauf gehäuften Süßigkeiten zu brechen drohten. Die Jungen setzten sich, und man hörte nichts weiter von ihnen.

Am Büfett am entgegengesetzten Ende des Saales aber erhob sich das Summen höflicher Konversation. Dort balancierten die Erwachsenen belegte Brötchen und kleine, mit Eiscreme gefüllte Törtchen mühsam auf ihren Untertellern. Henrietta und Hugh Anthony, die heute gezwungenermaßen zu den Erwachsenen gehörten, fragten sich, wie man wohl gleichzeitig sprechen und essen könne. Mit Genuß zu essen schien ihnen bei dieser Zusammenstellung auf jeden Fall unmöglich.

«Kannst du nicht vielleicht meine Teetasse halten, während ich Kuchen esse», wandte sich Henrietta flehentlich an ihre Nachbarin Felicity, die große Freundin. «Es ist furchtbar schwierig, wenn man beim Essen nicht sitzen darf.»

Felicity hatte Verständnis für diese Notlage und zeigte sich äußerst hilfreich. Sie hielt Henriettas Teetasse mit der einen und den Kuchenteller mit der anderen Hand, so daß der Teppich des Bischofs von Kuchenkrümeln verschont blieb.

«Soll ich deine Tasse halten?» erkundigte sich Vetter Jocelyn bei Hugh Anthony, dessen Milch er bedenklich schwanken sah. Aber dieser lehnte dankend ab. Seine Augen blitzten, weil ihm eben eine herrliche Idee eingefallen war, die er sofort in die Tat umsetzte. Leise schlich er sich mit seiner Tasse hinter den Erzpriester, der in diesem Augenblick Mrs. Elphinstone einen Vortrag über totale Abstinenz hielt. Nun gehörte es zu den Eigentümlichkeiten des Herrn Erzpriesters, sobald er den Höhepunkt seiner Beredsamkeit erreicht hatte, einen Schritt zurückzutreten. Und zwar tat er das, wo auch immer er sich befand. Bei seinen Predigten sahen die zu Tode geängstigten frommen Zuhörer immer wieder den furchtbaren Augenblick nahen, da er hinterrücks über die Kanzeltreppe stürzen würde. Bei Einladungen im Winter mußten seine Gäste einen scharfen Blick auf ihn haben, um gegebenenfalls zuzuspringen und seine Frackschöße den Flammen des Kaminfeuers zu entreißen. Der Erzpriester machte diesen Schritt nach hinten auch heute. «Nüchternheit, meine Verehrteste», so dozierte er, «ist der Grundstock jeden nationalen Wohlstandes.» In diesem Augenblick trat er auf Hugh Anthony.

Erschrocken stürzten die Gäste herbei, um das arme Kind vom Boden aufzulesen. Hugh Anthony wurde gestreichelt, beruhigt und geküßt, und die Milch, die sich über ihn ergossen hatte, aufgetrocknet. Leider war es aber offenkundig, daß der schöne Samtanzug für immer verdorben war.

Der Heldenmut, mit dem Hugh Anthony die Schmerzen seines gequetschten Fußes ertrug, wurde allgemein anerkannt. Nur Henrietta stand schweigend daneben. Sie wußte genau, daß Hugh Anthonys Unternehmen scharf geplant und glänzend geglückt war.

«Ich fürchte», sagte der Bischof, nachdem die Chorknaben die Grenze ihrer Aufnahmefähigkeit am Teetisch erreicht hatten, «ich fürchte, wir müssen uns jetzt zur Vesper begeben.»

Das bedeutete aber keineswegs das Ende des Festes, sondern nur seine Unterbrechung. Die Gäste brauchten das Haus des Bischofs auch nicht zu verlassen. Sie konnten von dort in den Kreuzgang gelangen und von da in die Kathedrale.

Selbst die Chorknaben fanden keine andere Möglichkeit, als schweigend und auf Zehenspitzen durch den Kreuzgang zu gehen. Es war still und feierlich dort. Zudem fiel heute das Mondlicht auf die verwitterten Grabsteine der alten Bischöfe von Torminster, deren lächelnde Bilder sie in der Galerie zurückgelassen hatten.

Der Abendgottesdienst nahm seinen gewohnten Verlauf, und die Antiphone wurde angestimmt: «Gedenke des Schöpfers in den Tagen deiner Jugend ...»

Großvater hatte von jeher beklagt, daß ausgerechnet dieser Psalm am Tage des Kinderfestes gesungen wurde. Er hielt die Verse für zu traurig und hatte dieser Ansicht auch bei einer Zusammenkunft des Domkapitels Ausdruck gegeben, selbstverständlich ohne damit durchzudringen. Denn alles, was in Torminster Brauch geworden war, würde bis zum Jüngsten Tage unverändert bleiben.

«Gedenke des Schöpfers in den Tagen deiner Jugend, solange die bösen Tage noch ferne sind, die Tage, von denen du sagst, sie gefallen mir nicht. Gedenke des Schöpfers», mahnte eine helle Knabenstimme durch das nur von flackernden Lichtern erhellte Dunkel der Kathedrale. «Gedenke des Schöpfers, solange der Tag hell ist und die Regenwolken nicht zurückgekehrt sind.» Und der Chor wiederholte: «O Eitelkeit der Eitelkeiten. Alles ist Eitelkeit ...»

Nach dem letzten Hymnus zogen alle feierlich durch den Kreuzgang zurück. Dann aber wurde die ehrfürchtige Stimmung rasch durch eine ziemlich laute Bemerkung der Frau des Chorleiters zerstört. «Ich frage mich immer wieder», sagte Mrs. Philips, «wie derartig vollgefressene Jungen so engelhaft singen können.»

Nach der frommen Unterbrechung wandten sich die Gäste von neuem den weltlichen Vergnügungen zu. Es war die Zeit der Spiele. Versteckspiele in dunklen Hallen,

Treppen und Gängen und Wettläufe in der Galerie. Danach wurden Reden gehalten. Torminster besaß eine besondere Vorliebe dafür, das war eine seiner Schattenseiten. Seine Bürger pflegten bei jeder Gelegenheit zu reden, bei Preisverleihungen, Zusammenkünften jeder Art, Wohltätigkeitsfesten und Konzerten, und wenn sie dabei nicht ausreichend auf ihre Kosten kamen, auch bei gesellschaftlichen Anlässen. Warum es beim Weihnachtsfest der Sängerknaben geschehen mußte, wußte niemand. Aber da es immer Brauch gewesen war, würden diese Reden auch in der fernsten Zukunft gehalten werden. So ließen sich also Kinder und Erwachsene erwartungsvoll nieder, die ersteren auf dem Boden, die letzteren auf Stühlen.

Zuerst sprach der Bischof. Er pflegte das so kurz wie möglich abzumachen, in der stillen Hoffnung, daß die übrigen seinem Beispiel folgen würden. Er begnügte sich damit, seinen Gästen zu sagen, wie sehr er sich freute, sie bei sich zu sehen. Darauf begann Baggersley, der genau wie Großvater die peinliche Angewohnheit besaß, laut zu denken, etwas sehr Gegenteiliges vor sich hinzumurmeln, aber zum Glück gingen seine Bemerkungen in einem Hustenanfall Barleycorns unter, und der Bischof fuhr fort, seiner Hoffnung Ausdruck zu geben, daß die Knaben sich gut unterhalten hätten, ferner beglückwünschte er die Brüder Binks, Jenkins sowie den jungen Hopkins zu den in den Wettspielen gewonnenen Preisen. Dann setzte er sich; der Dekan stand auf, räusperte sich und griff mit seinen aristokratischen Fingern nach seinen Rockaufschlägen.

Haar und Backenbart schimmerten silberweiß im Kerzenschein, sein Rock wirkte mehr als elegant, jeder Knopf seiner Gamaschen war ordentlich geschlossen, und im Glanz seiner Schuhe konnte man sich spiegeln. Kurz und gut, er war eine prächtige Erscheinung, und Torminsters Herz schlug höher in dem stolzen Bewußtsein, daß nicht jede Kathedrale das Glück hatte, einen so repräsentativen Dekan zu besitzen.

«Liebe Kinder und Freunde!» flötete er los. Für seinen

Geschmack nahmen die Feste des Bischofs rasch einen zu weltlichen Charakter an, und da er mit einem Seitenblick entdeckt hatte, daß auch die Preise für Jenkins, Binks und Hopkins aus Feuerwerkskörpern und Wasserpistolen bestanden, versuchte er zu betonen, daß wir inmitten des Lebens vom Tode umgeben sind und uns bemühen sollten, über weltlichen Zerstreuungen unsere Sünden nicht zu vergessen. Er setzte sich unter rauschendem Beifall, während Domherr Roderick, der älteste der anwesenden Würdenträger, versuchte, auf seine Füße zu kommen. Es war einfach unmöglich, den gütigen alten Herrn mit seinem runden rosigen Apfelgesicht nicht zu lieben. Zudem hielt er jedes Jahr sowohl bei der Preisverleihung wie bei der Weihnachtsfeier der Chorknaben genau dieselbe Rede, so daß es möglich war, ohne darauf zu hören, was er sagte, an der richtigen Stelle in Beifall auszubrechen. Domherr Roderick pflegte stets von seinen sechs Söhnen zu erzählen, die mittlerweile zwar alle ältere Männer waren, was ihn aber nicht hinderte, zu betonen, daß Kinder immer am liebsten etwas über junge Menschen hören wollten. So begann er mit Tom, dem Ältesten, folgte seiner militärischen Laufbahn in Indien und Südafrika, wo er hohe Auszeichnungen erhielt. Lauter Beifall. Jetzt lebte er – wer sollte es glauben? – als pensionierter General in Hampshire. Nach erneutem Händeklatschen ging er zu James, dem Seemann, über, dessen Leben sich unter furchtbaren Orkanen vom Schiffsjungen zum Admiral entwickelt hatte. Die Fenster zitterten unter der Begeisterung der Zuhörer, die das zum zwanzigsten Mal hörten. Charles, der Arzt, war ein guter Rugbyspieler. Lauter Beifall, der bei John, dem Lehrer, welcher nur zwei Spiele gewonnen hatte, gedämpfter klang, sich bei Henry, dem bekannten Anwalt, aber wieder steigerte und beim Baby Eduard, das ein Bischof wurde, ins Ungemessene stieg. Hochrufe, Händeklatschen, selbst Füßestampfen feierten diesen Erfolg. Domherr Rodericks Gesicht strahlte vor Stolz, als er an seinen Platz zurückgeführt wurde.

Darauf begann der Erzpriester eine jener Reden, ohne die kein Fest dieser Art denkbar ist. Zehn Minuten lang stellte er fest, daß lange Reden eine große Unannehmlichkeit sind, erklärte in weiteren zehn Minuten, was eine Unannehmlichkeit ist, beglückwünschte einige Minuten lang die Preisgewinner, tröstete darauf diejenigen, die keine Preise erhalten hatten, begrüßte die Erwachsenen und erreichte dabei die erforderliche Begeisterung, um rückwärts in eine Reihe von Blumentöpfen zu treten und diese in größte Unordnung zu versetzen.

Diese Gelegenheit ergriff der Leiter der Chorschule, um im Namen der Knaben dem Bischof und allen Wohltätern zu danken. Da üblicherweise dieser Dank die letzte der Reden war, hoffte er, durch seine Worte weitere zu verhindern, damit die Jungen endlich in ihr Bett und er zu ein wenig Ruhe kam. Aber Domherr Allenby schien noch sprechen zu wollen, wenigstens versuchte er, stöhnend und murrend seinen schweren Leib aus einem Stuhl zu wälzen. Der Chorleiter blickte voller Angst auf den Bischof, der diesen Hilferuf verstand und Binks, Hopkins und Jenkins zu sich rief, um ihnen die Preise zu übergeben. Henrietta wurde traurig, und sie bemerkte, daß auch Großvater unglücklich war. Beide empfanden es als Unrecht, wenn alte Leute zurückgesetzt wurden, und eben dies war jetzt geschehen. Aber dann sahen sie, wie der Dekan hinter dem Rücken des Bischofs dem Domherrn einen mitleidig verständnisvollen Blick zuwarf, wodurch Domherr Allenby, welcher den Dekan verehrte und dessen Ansicht über den Bischof in allen Punkten teilte, in jeder Weise getröstet wurde.

Im übrigen begann sich jetzt der Eifer, mit welchem die Erwachsenen der Feier beiwohnten, ein wenig abzukühlen, zum mindesten bei allen, die nur aus vernünftiger Entfernung kinderlieb waren. Diese machten sich unauffällig aus dem Staube, und es blieben nur jene unvernünftigen Menschen zurück, die auch nach einem vierstündigen Zusammensein Kinder noch gern haben. In diesem

Fall waren es Mr. Philips, Felicity, Jocelyn (obgleich von letzterem angenommen werden muß, daß dies mehr Felicity als den Chorknaben zuliebe geschah), Henrietta, Hugh Anthony, Großvater und der Bischof. Nachdem ein Versteckspiel richtig in Gang gebracht war, sanken die beiden alten Männer erschöpft in die Lehnstühle am Kamin, streckten die Beine aus, falteten ihre müden Hände und verharrten in stiller Meditation über die unglaubliche Vitalität der Jugend.

Um acht Uhr wurden die übermüdeten und erhitzten Kinder mit verschmierten Gesichtern, die Etonanzüge durch Spinnweben verziert, eingesammelt, in der Banketthalle noch einmal abgefüttert und dann nach Hause gesandt. Nachdem die Tür sich hinter den Gästen geschlossen hatte, konnten sowohl der Bischof wie Baggersley kaum mehr stehen, und auch Großvater nahm für den Heimweg dankbar Jocelyns Arm an.

Aber das Fest war großartig gewesen.

Der Hahnenschrei

Seit die Nebel eingefallen waren, hatte Martin mit Bedacht geschwiegen. Sein Kopf steckte voller Dinge, die er Maria sagen wollte, Dinge, die die Überlegenheit des männlichen Urteils betrafen, den Gehorsam gegenüber dem Ehemann und derlei mehr; aber sie waren erst zehn Monate verheiratet, und noch immer versuchte er, solche Sachen nicht zu sagen. Trotzdem: da sie ausschließlich an dem ganzen Abenteuer schuld war, konnte er nicht anders, als wenigstens daran zu denken.

Maria war nicht auf dem Lande aufgewachsen, und als er sie in den alten Gutshof am Rande des Moores, der erst seinem Vater und Großvater gehört hatte und nun ihm gehörte, heimgeholt hatte, war es ihr nicht leichtgefallen, sich dort einzurichten. Ihr fehlten die gewohnten Geselligkeiten, ihre Schwestern und der Spaß, den sie mit ihnen gehabt hatte. Martin und sie besaßen keine Kutsche, nur den offenen Einspänner, der dem entsprach, was ein junger Gutsherr um 1800 erwarten durfte. Zuerst war sie durchaus glücklich, denn die Schönheit der ländlichen Umgebung hatte ihr unruhiges Gemüt im Sturm erobert, und sie liebte es sehr, sie bei Ausritten für sich zu entdekken – aber als die Geburt des Kindes näherrückte und Martin ängstlich wurde, ließ er sie nicht mehr reiten. Und dann brach der Herbst herein mit Regen und Stürmen von der See, und sie, die fröhlich war und Vergnügungen liebte, wurde bedrückt und unruhig. Sie müsse zu Weihnachten nach Hause, erklärte sie, und Martin solle mitkommen, denn sie wolle nicht ohne ihn reisen, da es doch das erste Weihnachtsfest in ihrer Ehe sei. Er sagte, er könne den Hof nicht verlassen. Sie erwiderte, er könne es wohl. Sie hatten einen ihrer heftigen Dispute, denn beide waren äußerst temperamentvoll, und dann eine ihrer strahlenden Versöhnungen, denn sie waren immer noch sehr verliebt ineinander – und Maria gewann, obwohl sie fünf Jahre jünger als Martin war, zwanzig sie, fünfundzwanzig er. Sie zeigte eben das bißchen mehr Entschiedenheit auf ihre Art, das ihm fehlte, obwohl auch er seinen Kopf durchsetzen konnte – aber er blieb dabei, daß sie erst am Weihnachtsabend aufbrechen und am 28. Dezember zurückkehren würden. Drei volle Tage bei ihrem Vater, und keinen mehr. Er wolle sein kostbares Vieh den Knechten keinen Augenblick länger anvertrauen. Sie kannte den gewissen entschlossenen Ausdruck seiner aufeinandergepreßten Lippen und gab im kleinen nach, da sie im großen gewonnen hatte. Und da beider Ehrgefühl mehr oder minder befriedigt worden war, wurden sie aufgeregt wie Kinder, als sie sich auf die Reise vorbereiteten.

Es war nicht weit bis zu dem Landstädtchen, wo Maria das Licht der Welt erblickt hatte, zehn Meilen übers Moor oder achtzehn Meilen auf der Landstraße, um das Moor herum. Sie würden den längeren Weg nehmen, entschied Martin. Es sei sicherer bei dem ungewissen Wetter mit Rücksicht auf das Baby, das in einem Monat kommen sollte. Maria zog die Augenbrauen hoch und warf ihm einen bösen, funkelnden Blick beim Wort «sicherer» zu, das für sie wie das rote Tuch für den Stier war. Wenn ihr irgend jemand sagte, sie solle lieber durch das Loch im Heckenzaun kriechen, statt mit dem Pferd übers Tor zu setzen, wählte sie augenblicklich das letztere. Der Vorschlag, es sei sicherer, das Fenster bei Gewitter zu schließen, veranlaßte sie sofort, es so weit wie möglich zu öffnen. Aber Martin war mit Maria noch nicht lange genug verheiratet, um sich diese Eigenschaft beständig vor Augen zu halten, und außerdem zündete er sich gerade seine Pfeife an und hatte ihren Blick kaum bemerkt. Er würde sich später daran erinnern.

Nach einem strahlenden Sonnenuntergang dämmerte der Weihnachtsabend. Es war so warm wie im Frühling.

Sie legten den kleinen verschnürten Koffer, der mit ihren besten Kleidern und den Geschenken für die Familie gepackt war, unter den Sitz des Einspänners und machten es sich, zugedeckt mit einer buntkarierten Reisedecke, mit Vergnügen bequem. Maria sah in ihrem karmesinroten, pelzverbrämten Mantel und der Samthaube entzückend aus. Sie war nicht schön, ihre Nase zu lang und ihr gespaltenes Kinn zu energisch, aber ihre leuchtenden, lachenden Augen ließen sie bezaubernd erscheinen. Sie war ein brünettes Mädchen mit dunklem Haar, das widerspenstig von ihrer breiten Stirn abstand, und einer goldglänzenden, makellosen Haut, zartrosa angehaucht durch ihre ausgezeichnete Gesundheit. Ihre Schwangerschaft hatte ihre Vitalität nicht im mindesten beeinträchtigt. Sie freute sich bereits darauf, in einem Monat wieder heimzureisen und das Baby mit Hilfe von Mamas und Dr. Fothergills hingebungsvoller Pflege zu bekommen. Sie liebte den alten Doktor, brüsk und geradeheraus, wie er war. Man konnte sein Kind unmöglich ohne ihn bekommen.

Sie rollten durch das Dorf und bogen elegant in die Landstraße ein, denn das graue Pferd Beauty war ebenso lebhaft wie seine Besitzer. Der Einspänner, neu zur Zeit ihrer Heirat, hatte gelbe Räder, die aufblitzten, als ob sich die Sonne in ihnen verfangen hätte. Martins flaschengrüner Umhang und der leicht schräg aufgesetzte Biberhut sahen gut aus zu seinem flammendroten Haar und dem sommersprossigen, von der Sonne gebräunten, sympathischen Gesicht. Er saß kerzengerade da und lenkte den Wagen mit Schneid und Geschick. Maria genoß die Ausfahrten mit ihm unsäglich und war nie so sehr in ihn verliebt, als wenn sie so wie jetzt dahinrollten, im pfeifenden Wind, warm aneinandergeschmiegt unter der Kutschdecke.

Zur Rechten erstreckte sich das Moor Falte um Falte himmelwärts, das lohfarbene, tote Farnkraut leuchtete golden, wo die Sonne es berührte, das dürre Heidekraut weinrot unter den alten Steinmauern. Diejenigen, die unterhalb des Moores lebten, konnten es nie vergessen. Es war immer in ihren Gedanken und Träumen anwesend, und sie warfen ihm beständig flüchtige Blicke zu, manches Mal mit einer gewissen Unruhe, so wie Menschen einen aufkommenden Sturm am Horizont beobachteten. Zur Linken breitete sich das gute und freundliche Land aus mit seinen runden grünen Hügeln und Feldern, wo die Schafe weideten, mit tiefen Wäldern und von Farnkraut gesäumten Wegen.

Ein Hahn krähte vernehmlich hinter ihnen, dort, wo ein windschiefes Farmhaus unter Obstbäumen erschien, und sie schreckten auf, denn sie hatten gerade aufs Moor geschaut.

«Der Hahn, der als Trompete dient dem Morgen», zitierte Maria, die gebildet war und Dichtungen auswendig kannte.

«Es ist Nachmittag», sagte Martin, der sich an die Tatsachen hielt und für Shakespeare unempfänglich war. «Du weißt, wir sind spät aufgebrochen. Nur weil du deinen Fächer nicht finden konntest und erst im letzten Moment packen mochtest. Frauen!»

Aber er war noch immer guter Laune und schaute mit seinen graugrünen, heiter zusammengekniffenen Augen und hochgezogenen Mundwinkeln auf sie herab. Maria lachte zurück und trug ihre Shakespeare-Kenntnisse nur zur Schau, um ihn zu reizen.

> Sie sagen, immer, wenn die Jahreszeit naht,
> da man des Heilands Ankunft feiert,
> singe die ganze Nacht durch dieser frühe Vogel.
> Dann darf kein Geist umhergehn, sagen sie,
> die Nächte sind gesund, dann trifft kein Stern,
> keine Elfe faht, noch mögen Hexen zaubern:
> So gnadenvoll und heilig ist die Zeit.

Ihr zu Gefallen zeigte er sich gebührend herausgefordert. «Elfen und Hexen», spottete er. «Wenn du auswendig plappern willst wie ein Papagei, warum dann nicht ein paar Rezepte behalten? Taubenpastete und Klöße. Das Abendessen wär nicht immer so spät, wenn du nicht soviel Zeit damit verschwenden würdest, deine Nase ins Kochbuch zu stecken. Meine Mutter machte wunderbare Taubenpastete.»

Sie ließ es ihm durch und kam auf ihr Thema Geister zurück. «Woher weißt du, daß es keine Feen oder Hexen gibt? Du weißt es nicht.» Sie schaute zum endlosen, dräuenden Moor hinauf. «Woher weißt du, was da oben lebt? Jedesmal wenn du mich dorthin mitgenommen hast, habe ich sie gespürt, obwohl wir nicht weit draußen waren! Du nicht?»

Martin schaute ihr ins lebhafte Gesicht, das zu ihm aufsah und sich vor Lachen schüttelte, daß er nicht wußte, ob sie scherzte oder es ernst meinte. Das war eine ihrer reizenden Seiten: Er wußte nie genau, was sie wirklich dachte. Sie war geheimnisvoll. Er lachte, ohne zu antworten. Ja, als er ein Junge war und Vogelnester ausnahm da oben, da hatte er sie gespürt. Jungen, vermutete er, erahnten die Dinge.

«Gute und böse», fuhr Maria fort, «aber heute und morgen nicht. Shakespeare meinte die bösen Geister. Sie sind weg. Sie wagen es nicht, zu Weihnachten zu erscheinen. Aber die guten sind da, mehr als sonst.»

Sie fuhren weiter und kamen dorthin, wo die schmale Straße zum Moor von der Chaussee abzweigte.

«Fahr rechts, Martin», sagte sie im Befehlston.

Er hätte es besser wissen müssen und nicht anhalten sollen. Er hätte, so schnell er konnte, geradeaus fahren sollen. Er wußte sehr gut, daß er, wenn er zu Beginn an Boden verlor, möglicherweise das ganze Spiel verlieren würde. Er verlor es jetzt, obwohl heiß darum gekämpft wurde. Sie sagte, es sei Irrsinn, den langen Umweg ums Moor zu machen, wenn man beim Durchqueren viele Wegmeilen sparte. Er erinnerte sie an die Gefahren des Moores, aber er hätte sie um keinen Preis mehr dazu bewegen können, ihren Entschluß aufzugeben. Sie sprach von der Schönheit und außerordentlichen Klarheit des Tages und war plötzlich angesichts des Lichtes da oben davon besessen, dorthin zu fahren. Immer hatte er versprochen, sie quer übers Moor mitzunehmen, und es nie getan. Eines Tages gewiß, hatte er gesagt. Aber, was sie durchsetzen wollte, taugte bei Maria nie in Form eines vagen Versprechens. Sie wollte es jetzt oder niemals. Was sollte geschehen? Hatte er Angst? Sie haßte Feiglinge. Hatte er ihr nicht versichert, daß er das Moor wie seine Hosentasche kenne? Das war eine Prahlerei ihr gegenüber, als er ihr den Hof machte. Er hatte sich damals vieler Sachen gerühmt – so besessen davon, sie zu gewinnen –, aber nicht alle seine großsprecherischen Reden entsprachen der vollen Wahrheit. Ängstlich? Er schwang die Peitsche über Beautys Rücken und ließ das Pferd im Galopp den Weg entlanglaufen.

Sie fuhren immer weiter hinan, nach der hohen Böschung kamen Mauern, und der Ausblick wurde rundherum immer weiter. Tief unter ihnen lag das freundliche Land und sah so flach aus wie die Bettdecke eines Kindes, ins Unwirkliche entschwindend. Hier war alles Wirklichkeit, in dieser Welt hier oben, auf den kahlen Hügeln und in den versteckten Tälern, durch die Bäche melodisch plätscherten, in der klaren, kalten Luft und in dem Schweigen. Sie schienen die einzigen Lebewesen in dieser Welt zu sein; aber sie hatten nicht das Gefühl, daß sie ihnen gehörte, so wie eine verlassene Wiese dort unten ihr Eigentum hätte sein können. Sie mochten später dazugehören, doch jetzt noch nicht. Sie wurden wie in der Mulde einer unsichtbaren Hand gehalten, wurden beobachtet, aber die Hand hatte sich noch nicht um sie geschlossen.

Doch sie hatten ihre Freude daran. Sie sprachen wenig, sahen einander jedoch öfter an und lächelten. Tief unter der aufgewirbelten Oberfläche begann der Strom ihrer gegenseitigen Zuneigung bereits einen gradlinigen Verlauf zu nehmen und ruhig und stark zu fließen. Hier oben waren sie sich bewußt, daß ihre Streitereien, die sie beide heimlich gequält hatten, bedeutungslos waren. Sie würden mit der Zeit verebben. Was jeder vom anderen wünschte, war bereits im Werden.

Sie fuhren ständig aufwärts, in den Wald hinein und wieder hinaus, über die alten Steinbrücken und an den Ufern der reißenden Bäche entlang, und waren zu sehr miteinander beschäftigt, um zu bemerken, daß die Sonne untergegangen und der Himmel verhangen war. Als der Nebel schließlich einfiel, kam er für sie überraschend. Aber Martin war ganz sicher, daß er den Weg kannte, und prahlte wieder, er kenne ihn wie seine Hosentasche.

Doch je weiter sie fuhren, desto schweigsamer wurde er und verstimmt über Maria, weil er sich nicht stark genug gezeigt hatte, auf der Chaussee zu bleiben. Seine Besorgnis um sie wuchs, und je unruhiger er wurde, desto mehr ärgerte er sich über sie. Jetzt sah er sie nicht mehr an, aber ab und zu blickte sie zu ihm hin, betrachtete seinen energischen, zusammengepreßten Mund und die gut geformten Hände, die die Zügel hielten, und ab und zu lachte sie in sich hinein. Natürlich hatten sie sich verirrt, aber es machte Spaß, sich mit Martin zu verirren. Bald würde sein Ärger verfliegen, und beide könnten diesen Spaß zusammen genießen.

Sie holperten über einen Stein und verloren ein Rad. Das war das Ungewöhnlichste, was passieren konnte, und ging über Martins Verständnis hinaus. Sie waren sehr langsam gefahren, Maria hatte sich an der Seite festgeklammert und war nicht im mindesten verletzt. Sie lachte Martin ins ernste Gesicht, als er ihr herunterhalf und sie ein oder zwei Minuten im Arm hielt.

«Einer von den Bösen muß das gemacht haben», sagte sie, «die letzte Tat, ehe er sich über Weihnachten versteckt hat. Mach dir keine Sorgen, Martin. Spann Beauty aus, und ich reite auf ihm, und du kannst neben mir her laufen. Wir sind bald da.»

«Nein», antwortete Martin, «wir haben uns verirrt, weißt du.»

«Ja, ich weiß, aber wir sind auf einer Art Straße, und die muß irgendwohin führen. Zu einem Hof oder einem Dorf. Wir müssen ihr nur folgen.»

Er verriet ihr nicht, wie viele Meilen man diesen Moorwegen folgen und doch nirgendwohin gelangen konnte. Er hob sie auf Beauty, wickelte sie in die Decke, nahm eine der Laternen vom Wagen, und jetzt schwiegen sie nicht mehr, sondern lachten und plauderten, um sich gegenseitig die vielleicht aufkommende gedrückte Stimmung zu vertreiben. Dann verfielen sie wieder in Schweigen, denn es wurde immer dunkler und später, der Nebel verdichtete sich mehr und mehr, und anstatt abwärts, in die vertraute und freundliche Gegend, führte der Weg immer mehr bergauf. Martin hielt an, zündete die Laterne an, und Maria beugte sich herab und versuchte, sein Gesicht zu sehen.

«Martin», sagte sie, «es tut mir leid, es war meine Schuld.»

Er blickte auf und lächelte sie an. «Meine ebenso. Wir waren beide Dummköpfe.»

«Aber miteinander», antwortete sie, «bist du sehr müde?»

«Nein, Liebste, und du?»

«Natürlich nicht», sagte sie ungehalten; doch als er im Licht der Laterne zu ihr aufsah, bemerkte er dunkle Schatten unter ihren Augen, und es drehte ihm das Herz um. Zehn Minuten später stieß sie plötzlich einen erfreuten Schrei aus: «Martin, sieh! Eine Gartenmauer!»

Er schrie erstaunt auf, hielt an und hob die Laterne hoch. Die Mauer war alt, durch Pfeiler gestützt und sehr solide gebaut. Vielleicht befand sich auf der anderen Seite einer dieser windgeschützten Moorgärten mit Magnolien an der Südseite, wo im Sommer Kräuter und Blumen durcheinanderwuchsen und eine Oase für Bienen bildeten. Aber es war seltsam, daß er das nicht zuvor gesehen hatte, und merkwürdig, daß sie den Weg offenbar verlassen hatten, ohne es zu bemerken, denn unter der Mauer und ihren Füßen breitete sich nur das vom Nebel durchnäßte Gras aus.

«Wir folgen der Mauer, Maria», sagte er freudig, «irgend etwas muß hier doch sein.»

Sie machten sich wieder auf den Weg und kamen zu einem prächtigen alten Tor mit eisernen Gittertüren, die gastfreundlich offenstanden. Doch die steile Auffahrt dahinter war beinahe nicht mehr zu erkennen unter den Brombeersträuchern und Rhododendronbüschen, die darüber zusammengewachsen waren. Mit hochgehaltener Laterne führte Martin Beauty durch ihre tunnelförmigen Windungen. Er konnte die Bäume, die sich über ihnen zusammenschlossen, nicht sehen, aber er ahnte, daß sie dasein mußten, denn es tröpfelte sanft von oben herab.

Plötzlich wurde der Weg breiter, und der Schein einer weißen Gestalt ließ sie zusammenfahren. Aber es war nur die steinerne Figur eines Knaben mit einem Delphin, der inmitten eines steinernen Beckens stand, wo einstmals eine Fontäne gesprudelt hatte. Auf der anderen Seite führten zerbrochene Steinstufen zu einer Terrasse hinauf, und sie konnten gerade noch ein Haus mit geschlossenen Fensterläden und eine von zwei Säulen eingerahmte Eingangstür mit einem fächerförmigen Oberlicht darüber erkennen. Hinter der Tür schien kein Licht hervor, doch sie war geöffnet.

Es erschien beiden ganz natürlich, daß Martin Maria herabsteigen half und Beauty an einer riesigen japanischen Zeder festband, die neben dem Springbrunnen stand. Dann stiegen sie Hand in Hand die Stufen hinauf und gingen ins Haus. Es schien leer und dunkel zu sein, aber das Laternenlicht fiel schimmernd auf die Holztäfelung und die elegant geschwungene Treppe. Mehrere Türen führten aus der Diele in andere Räume, aber nur eine war halb angelehnt. Sie stießen sie auf und gingen hindurch in einen kleinen, nur teilweise möblierten Salon. Dort rahmten gedrehte Kerzenleuchter auf dem Kaminsims mit von Spinnweben überzogenen Kerzen einen alten zersprungenen französischen Spiegel ein. Ein Brokatsofa, jetzt zerschlissen, aber einstmals altrosa und sehr hübsch, war an den leeren Kamin geschoben worden. Maria sank darauf nieder, und Martin bedeckte sie mit dem Plaid. Dann zündete er die Kerzen an. Es war ein schöner Raum mit apfelgrün bemalter Täfelung. An mehreren Stellen schälte sich die Farbe ab, und an der Decke zeigten sich Feuchtigkeitsflecken – aber immer noch war es schön hier.

«Du brauchst ein Feuer, Maria», sagte Martin, denn sie fröstelte stark unter der Decke. «Ich gehe hinter das Haus und schaue, ob ich etwas trockenes Holz finden kann.»

«Und Beauty ...», sagte Maria.

«Ich hole ihn. Vielleicht gibt es dort einen Stall.»

Er fand einen Stall mit offener Tür hinter dem Haus. In einer der Pferdeboxen war Heu in der Krippe und ein Eimer mit Wasser. Martin war darüber nicht sonderlich überrascht und Beauty sehr zufrieden. In einer Ecke des Stalles lag trockenes Eichen- und Buchenholz aufeinandergeschichtet, außerdem gab es Tannenzapfen und zwei Säcke. Er füllte beide und ging wieder nach vorn zur Eingangstür, tief gebeugt unter seiner Last.

«Gleich haben wir ein Feuer, Liebste», sagte er vergnügt, während er die Säcke neben dem Kamin absetzte, und er entzündete es mühelos mit Feuerstein und Zunder. Es war erstaunlich, wie schnell die Flammen aus dem Kamin züngelten, orange, blau und seegrün, und als sich der Raum langsam erwärmte, verbreitete sich gleichzeitig ein zarter Duft. Aber es machte ihn betroffen, daß Maria seltsam still war. Eigentlich hatte er erwartet, daß sie ihn bewundern und ihm gratulieren würde. Er wandte den Kopf über die Schulter und sah ihre weit aufgerissenen dunklen Augen in einem kalkweißen Gesicht. Sie hatte die Haube abgenommen, und das Haar fiel wirr über ihre Schultern. Doch sein Lächeln erwiderte sie mit einem schelmischen Blick.

Er fiel neben ihr auf die Knie und ergriff ihre Hände, und sein Gesicht war ebenso weiß wie ihres. Er glich so sehr einem erschreckten Schuljungen, der einen Geist erblickt, daß sie lachte, obwohl ihr Lachen etwas schrill ausfiel.

«Wir müssen über einen Stein gestolpert sein, als das Rad abging», sagte sie. «Schau mich nicht so verzweifelt an, Martin. Da ist sicher ein Dorf, sonst stünde dieses Haus nicht hier. Nimm die Laterne und such es, Liebster. Jedes Dorf hat eine Hebamme.»

«Aber ich kann dich nicht allein lassen», sagte er.

«Du mußt es aber, dummer Junge. Mir kann nichts geschehen. Das erste Kind braucht Stunden. Komm, Liebster. Was sollen wir sonst tun?»

Er drückte ihre Hände in den seinigen fast zu Brei, ließ sie dann los und erhob sich. Dann nahm er die Laterne und ging. Sie hatte recht. Es gab keine Wahl.

Er folgte einer grasbewachsenen Straße abwärts durch den feuchten Wald, bis sie sich gabelte. Dann hielt er an und glaubte beinahe, er sei verrückt, denn weder ein Wegweiser noch ein Lichtschimmer in beiden Richtungen zeigte ihm an, wo das Dorf war. Doch der Nebel lichtete sich ein wenig, und er meinte, neben ihm bewege sich etwas.

«He – wer da?» schrie er und machte, die Laterne in der Hand, ein paar große Schritte. Ja, es war ein Mann, ein großer alter Neger mit weißem Haar. Einen Augenblick lang erkannte er deutlich ein Paar dunkle, unglaublich gütig blickende Augen, ein aufblitzendes, mitfühlendes Lächeln und die Geste einer Hand, und dann folgte er dem alten Mann durch den Wald. Sie sprachen nicht miteinander, denn der andere ging immer vor ihm, fast unkenntlich im Nebel, doch es war leicht, ihm zu folgen. Den Weg durch den Wald hätte er jedoch nicht ohne Führung finden können, denn er gabelte sich, machte Kurven und verlor sich beinahe im Gestrüpp. Stunden schienen ihm vergangen zu sein, ehe sich der Wald lichtete und er einen Hahn krähen hörte. Dann erreichten sie einen tief eingeschnittenen Feldweg, und nun sah man dort unten Lichter eines Dorfes. Danach rannte er nur noch und hämmerte bald an eine Tür. Sofort wurde geöffnet, und er sprudelte seine Geschichte vor einer freundlichen Frau hervor, die behäbig und unerschütterlich vor ihm stand. Den alten Neger hatte er vergessen.

Als sie allein war, versuchte Maria mit ganzer Kraft, sich nicht zu fürchten. Sie hatte immer geglaubt, sie wüßte nicht, was es sei, Angst zu haben. Aber bisher hatte sie noch kein Baby bekommen. Zahnschmerzen waren das Schlimmste gewesen, was sie kennengelernt hatte. Nie zuvor etwas wie dieses: rhythmisch auftretende Schmerzen, die auf sie losbrausten und wie Wellen zurückwichen, und in jeder dunklen Woge, die über sie hereinbrach, war diese Furcht. Sie hätte sich nicht so sehr gefürchtet, wenn sie nicht allein gewesen wäre. Wenn Mama und Dr. Fothergill bei ihr gewesen wären, hätte es ihr nichts ausgemacht. Oder wenn Martin und sie einander an den Händen hätten halten können, wäre es nicht so schlimm gewesen. Aber Martin war draußen in der Nacht und fand vielleicht niemals das Dorf. Womöglich stürzte er, verletzte sich und kam nicht zurück. Dann würden sie und das Baby hier sterben. Ohne Dr. Fothergill würden sie sterben. Es war der alte Doktor, den sie so dringend herbeiwünschte, mehr als Mama oder Martin. Einmal meinte sie, seinen Schritt in der Diele zu hören, und sie schrie ihm zu: «Doktor Fothergill! Das Baby kommt. Bitte kommen Sie schnell!» Aber er kam nicht, und sie entsann sich, daß er schwerlich kommen konnte. Er war meilenweit entfernt. Sie und das Baby waren allein in diesem leeren Haus und würden sterben. Sie wußte, daß sie keinen Laut von sich gab, aber in ihrem Innern hörte sie sich voller Panik schreien: «Nein! Nein! Nein! Ich will nicht sterben. Ich will es nicht!»

Sie setzte sich auf dem Sofa auf und strich sich das kräftige Haar aus der Stirn. «Nein», sagte sie laut, «ich will es nicht. Und ich werde nicht schreien. Es ist Heiligabend.

Martin wird zurückkehren.» Sie legte sich wieder hin und fand, daß sie ihr Entsetzen überwunden hatte. Oder irgend etwas sonst, außerhalb ihrer selbst, hatte es besiegt. War es das Zimmer? Obwohl schäbig und von Spinnweben überzogen, bot es doch einen heimeligen und freundlichen Anblick. Die Kerzen waren noch nicht herabgebrannt, und die kleinen Flammen, die in der Zugluft hin- und herzüngelten, sahen wie Blumen im Wind aus. Das Kaminfeuer warf einen warmen Widerschein auf die Holztäfelung. Die letzte große Schmerzwelle, jene, die sie in Entsetzen beinahe hatte aufschreien lassen, war gewichen, und eine weitere hatte sie noch nicht ergriffen. Die Natur ruhte sich aus und ließ sie in Frieden. Die Wärme des Feuers machte sie langsam schläfrig, und sie fühlte sich nicht allein. Sie war nicht allein. Sie legte ihre Hand unter die Wange, schloß die Augen und murmelte schlaftrunken: «Ich bin nicht allein.»

In ihrem Traum war das Feuer immer noch warm und brannte, und die Kerzen auch, aber sie flackerten nicht in der Zugluft, weil lange, rosafarbene Vorhänge vor den Fensterläden hingen. Da gab es keine Spinnweben, und die blaßgrünen Wände waren frisch und sauber. Blumenkübel standen davor und Stühle mit schlanken, goldenen Beinen. Miniaturen hingen an den Wänden, und bekränzte Schäfer und Schäferinnen hatte man auf den Kaminsims gestellt. Vor den beiden großen Fenstern stand ein Cembalo, und eine Frau saß davor, deren Finger über die Tasten wirbelten. Das Spiel machte ihr große Freude, denn ihre Lippen zeigten ein Lächeln, und sie wiegte sich zu ihrer Musik leise hin und her, neigte den Kopf, verlor sich darin. Der Rock ihres tiefblauen Seidenkleides in der Farbe von Glockenblumen, wenn sie noch Knospen haben, war so weit, daß er wie ein Rad um sie den Boden und ihre Füße bedeckte. Um ihren Hals kräuselte sich weiße Spitze, und weißes Haar war auf ihrem Kopf aufgetürmt, obwohl sie nicht alt schien. Aber so jung wie Maria war sie auch nicht. Ihr lächelnder Mund glich nicht dem eines

Mädchens, und ein Mädchen hätte auch auf dem Cembalo nicht so gut gespielt wie sie. Die fröhliche, strahlende Musik glich einem Frühlingsregen, wenn die Sonne verschwunden ist, oder einer Familie von Rotkehlchen, die zusammen singen. Es war wie ein mit Kerzen besteckter Weihnachtsbaum oder ein lachendes Kind. Maria lachte, während sie zuhörte, und sie meinte, es lache ihr Kind, ihr Kind, das gesund zur Welt gekommen, herangewachsen war und angesichts des Lichterbaumes mit den Händen geklatscht hatte. «Schaut, wie niedlich er ist», rief sie der Frau zu. «Seht nur, wie er sich über den Baum freut!» Aber im Zimmer wurde es dunkler, und die Musik erstarb. Statt der beschwingten Läufe hörte sie nur das Rascheln eines Rockes, als die Frau flink über den blanken Fußboden schritt. «Laßt mich nicht erwachen, bis ich Euch sehe», sagte Maria zu ihr, «laßt mich nicht erwachen, bis ich Euer Gesicht sehe.»

Aber sie konnte den Traum nicht festhalten, und als sie erwachte, hatte das Zimmer Spinnweben wie zuvor, und niemand war da. Trotzdem spürte sie, daß sie nicht allein war.

Sie lag ruhig und entspannt da und hörte immer noch das Lachen des Kindes. In großer Entfernung vernahm sie einen Hahnenschrei und lächelte.

Jedermann grüßte Dr. Fothergill, wenn er in seinem alten, schäbigen Einspänner die Straße hinunterfuhr; und jeden lächelte er heiter an, winkte ihm mit der Hand oder rief ihm eine drollige Bemerkung zu. Er war ein Original. Niemand konnte sich die kleine Stadt ohne ihn vorstellen oder hätte das auch nur versucht. Er schien so sehr zum ständigen Bild des Ortes zu gehören wie der Wetterhahn auf dem Kirchturm. Er war alt, nahmen die Leute an, obwohl sie nicht wußten, wie alt. Sein Haar war grau und sein rosiges, gleichsam verwittertes Gesicht von tiefen Furchen durchzogen, aber er war kräftig und robust, und sein herzliches Lachen konnte man beinah von einem Ende des Ortes bis zum anderen hören. Er hielt sich so aufrecht, daß man allgemein annahm, er trüge ein Korsett, und wahrscheinlich stimmte das auch, denn er war ein eleganter Mann. Er hatte eine Vorliebe für Augengläser, Halsbinden von der letzten Mode, Westen und pelzverbrämte Hüte, und selbst bei seinen Besuchen auf den Höfen trug er seine Kostbarkeiten: seine goldene Uhr mit den von der Kette herabbaumelnden Petschaften zum Siegeln und ein Paar schöne Fingerringe. Und er schien auch immer eine Menge Kleingeld lose in den Taschen herumzutragen. Wann immer er einen Fall diagnostizierte, stand er mit gespreizten Beinen vor dem Kamin, hatte die Hände in den Taschen und klimperte mit den Münzen. Von diesem Klimpern lasen die Patienten ab, wie krank sie waren. Er war ein ausgezeichneter Doktor. Jeder Patient war ihm so wichtig, als ob es keinen außer ihm gäbe, und weder Wetter noch Entfernung, noch eigene Sorgen hatten ihn je dazu veranlaßt, einen Hilferuf auszuschlagen.

Trotzdem war er froh, daß er jetzt zu seinem warmen Kaminfeuer und zu seiner gutmütigen dicken Ehefrau Jemima heimfahren durfte, und er hoffte bei allen Heiligen, daß man ihn nicht über Weihnachten rufen würde. Augenblicklich waren keine Babys zu befürchten, denn das junge Ding Maria erwartete ihres nicht vor einigen Wochen, und er hatte sein Bestes getan, alle seine alten Patienten für ein oder zwei Tage etwas auf Eis zu legen. Mit ein bißchen Glück würde das funktionieren. Seine Gedanken wandten sich mit Wohlbehagen einer gebratenen Gans und Plumpudding, seiner Pfeife und der verschlossenen Tür seines Sprechzimmers zu.

«Doktor! Doktor!»

Es war der laute Schrei von jemand in Not, den er nur zu gut kannte. Der zerlumpte kleine Junge lief über die Straße auf ihn zu, schlüpfte fast direkt unter den Köpfen der Pferde hindurch, und unter reichlichen Flüchen brachte der Doktor sein eigenes Pferd zum Stehen.

«Was zum Teufel willst du, Junge?» fragte er ihn ärgerlich, als der Knirps auf das Kutschbrett sprang und sich an der Seite des Wagens anklammerte.

«Bauer Mudge, Herr, oben auf Longbarton Farm, geht's schrecklich schlecht.»

Longbarton Farm lag oben auf dem Moor, ein abgelegenes Gehöft – und ein einsamer Ritt, um dorthin zu gelangen.

«Verdammter Mudge!» sagte Dr. Fothergill. «Was ist denn los mit ihm?»

«Weiß nicht, Doktor. Aber wie ich sagte, 's geht ihm schrecklich schlecht.»

«Verdammter Kerl, der Teufel soll ihn holen», sagte Dr. Fothergill, und nachdem er sich sein Glas ins Auge gesteckt hatte, schaute er sich den kleinen Jungen gut an, der da an der Seite seines Wagens hing. «Wer bist du, kleiner Kerl? Hab dich noch nie gesehen. Wer hat dich geschickt?»

Die dunklen Augen des Jungen starrten ihn aus einem bleichen und spitzen Gesicht an. «Es geht ihm schrecklich schlecht, Doktor», brachte er mit heiserer Stimme hervor. Dann sprang er hinunter, schlängelte sich durch den Verkehr, tauchte in einer Seitenstraße unter und war nicht mehr zu sehen.

Muß einer von der Mudge-Brut sein, dachte Dr. Fothergill, als er auf sein Pferd einschlug und davonfuhr. Doch diese Brut war eine gesunde Gesellschaft mit vollen Bäuchen und braunen Gesichtern, und wenn der Junge einer von ihnen gewesen wäre, hätte er ihn um einen Platz im Wagen, um heimzufahren, gebeten. Es war verdammt merkwürdig. Er würde nicht hinfahren. Verdammt, wenn er es tat! Es war Weihnachtsabend.

Und doch, sobald er zu Hause angekommen und in rasendem Zorn geräuschvoll in seinen Hof eingefahren war, warf er seinem Stallknecht die Zügel zu und brüllte, er solle sein kleineres Pferd, das er für seine Ausritte auf dem Lande hielt, satteln. Im Haus sprang er die Treppe hinauf, immer zwei Stufen auf einmal, und während er sich in seine Reitkleidung warf, schrie er Jemima, die in der Küche die Gans füllte, zu, sie solle ihm ein dickes Stück Brot, Käse und ein Glas Bier ins Sprechzimmer bringen. Während er aß und trank, packte sie seine Satteltaschen, so wie sie es schon so oft getan hatte. Ab und zu legte sie eine Pause ein und rieb sich die Augen, denn obwohl sie seit vierzig Jahren mit einem Doktor verheiratet war und inzwischen Verzicht hätte lernen müssen, hatte sie sich auf dieses Weihnachtsfest gefreut.

«Sei keine Närrin, Jemima», knurrte er sie an, «ich bin vor morgen früh zurück.»

«Das wäre auch gut», seufzte sie. «Es ist eine herrliche Gans. John, ich habe dir nicht einmal, sondern hundertmal gesagt, du sollst deine goldene Uhr und deine Ringe beim Ausreiten nicht tragen. Es ist nicht passend.»

«Ich hab sie immer getragen und werd es immer tun», sagte Dr. Fothergill. Er legte seinen Arm um ihre Taille, gab ihr einen schmatzenden Kuß und war fort. Sie hörte ihn aus dem Hof heraustrappeln, brach in Tränen aus und ging zu ihrer Gans zurück. Glücklicherweise war sie zu sehr beschäftigt, um zu bemerken, daß die Sonne untergegangen und der Himmel verschleiert war.

Dr. Fothergill bemerkte es, als er in die Hügel hinaufritt. Er würde bald im Nebel stecken, daher trieb er sein Pferd an. Noah war ein gutes Pferd und das Moor gewöhnt, und sie kamen rasch voran; aber Dr. Fothergill fluchte noch immer vor sich hin und schwor, daß er Mudge etwas flüstern würde, wenn es nichts weiter als eine Kolik sei.

Eine Stunde später hätte er noch dazu den Hof beinahe verpaßt. Wenn Noah nicht ausgewichen wäre, um sich nicht am Klotz neben dem Tor, der zum Besteigen der Pferde diente, zu stoßen, er hätte ihn verpaßt. Er war dankbar, als sich auf sein Klopfen die Tür öffnete und Wärme und Helligkeit zu ihm hinausströmten, aber über die Maßen erstaunt, sie von Bauer Mudge geöffnet zu bekommen, der sehr kräftig und gut beieinander wie immer war.

«Doktor!» brach es aus Mudge hervor. «Was bringt Euch um diese Nachtzeit her?»

«Eure schwere Krankheit», sagte Dr. Fothergill grimmig. «Ich wäre für eine Erklärung sehr verbunden, Mudge.» Und er trat in die warme Küche ein, wo eine Horde vergnügter Kinder und eine lächelnde Mutter Kaninchensuppe verschlangen.

Es gab keine Erklärung. Bauer Mudge hatte nicht nach ihm ausgesandt. Er kannte den Jungen nicht. Offenbar handelte es sich um einen anderen Hof. Irgendwo war etwas durcheinandergeraten. Etwas wußte Bauer Mudge jedoch genau, daß der Doktor bei ihnen übernachten mußte. Nur ein Mann aus dem Moor wäre in diesem Nebel in der Lage, seinen Weg zurückzufinden.

«Nur ein Mann aus dem Moor?» stieß Dr. Fothergill empört hervor. «Ich will Euch mal was sagen, Mudge, daß ich meinen Weg blind über das Moor schon vor Eurer Geburt fand. Danke, Madam, ich nehme einen Löffel von der Suppe da, und dann breche ich auf zu meiner Frau. Weihnachtsabend, wißt Ihr. Sie möchte, daß ich zu Hause bin.»

Der Bauer versuchte erneut, ihn davon abzubringen, denn er spürte eine unbestimmte Furcht, die er nicht laut äußern konnte. Er bot an, den Doktor zu begleiten, aber dieser Vorschlag trieb Dr. Fothergill auf eine beängstigende Weise die Zornesröte ins Gesicht.

«Ich kenne das Moor wie meine Hosentasche», explodierte er, «ich muß nur immer geradeaus der Straße hinunter folgen. Also fröhliche Weihnachten euch allen. Ich hab noch nie eine bessere Kaninchensuppe probiert.»

Er fischte eine Handvoll Kleingeld aus seinen Taschen, gab jedem Kind eine Münze, stülpte sich den Hut auf den Kopf und stelzte hinaus. Der Bauer sah ihn mit Besorgnis ziehen. Hätte ihn seine Frau nicht an den Rockschößen gezogen, er hätte sein eigenes Pferd aus dem Stall geholt und wäre hinterhergeritten.

Nach einer halben Stunde der Unsicherheit, während der er sich nicht einmal selbst eingestanden hatte, daß er nicht wußte, wo er war, rief Dr. Fothergill vergnügt «Aha!» und gratulierte sich, denn durch den Nebel konnte er feststellen, daß er vor einer bekannten Wegkreuzung stand. Der eine Weg führte hinunter, vom Moor weg, und der andere gabelte sich oben auf dem Hügel wieder zur Rechten, und obwohl er geprahlt hatte, daß er das Moor wie seine Hosentasche kannte, war dies ein Weg, dem er noch nie gefolgt war. Seine Freude schien sich Noah mitgeteilt zu haben, denn das Pferd wieherte plötzlich laut und vergnügt, fast als hätte es ein anderes Pferd gesehen, trottete weiter und wandte sich nach rechts, den Hügel hinauf.

«Du irrst dich, Noah», sagte Dr. Fothergill und versuchte, das Pferd zu zwingen, umzudrehen und den richtigen Weg einzuschlagen. Aber Noah weigerte sich. Er bäumte sich auf, als sein Herr die Peitsche benutzte, wollte aber nicht umdrehen. Er stand mit gespreizten Beinen da, schwitzend vor Kummer, die Nüstern weit geöffnet, wollte aber den anderen Weg nicht einschlagen. Dr. Fothergill nahm den Hut ab und rieb sich die Stirn. Hatte er einen Fehler gemacht? Hatte er den richtigen Pfad verlassen, und war diese Kreuzung nicht diejenige, die er kannte, sondern eine andere? Plötzlich entschloß er sich, Noah zu vertrauen. Er kannte die Klugheit der Pferde und Noahs insbesondere. «Mach, was du willst, Bursche», sagte er und lockerte die Zügel.

Noah wandte sich sofort nach rechts und setzte sich hügelaufwärts in Bewegung, und obwohl der Nebel noch sehr dicht war und die Dunkelheit hereinbrach, trabte er recht rasch bergan, als ob er seines Weges sicher sei, und ab und zu wandte er den Kopf nach links und wieherte vergnügt. Immer hielt er sich rechts vom Wege. Ein paarmal versuchte Dr. Fothergill, ihn dazu zu bewegen, die Mitte zu benutzen, wo der Weg bequemer war, aber das Pferd reagierte nicht auf den Druck der Zügel. Es blieb auf der rechten Seite.

Es war der eigentümlichste Ritt, den Dr. Fothergill jemals erlebt hatte. Der Nebel lichtete sich ein wenig, aber die Dunkelheit nahm zu. Manchmal ritt er unter dem dunklen Dach tropfender Bäume, manchmal im offenen Gelände. Zweimal kamen sie zu einem Tor, und Dr. Fothergill mußte absteigen und es öffnen. Jedesmal trabte Noah vertrauensvoll hindurch und hielt sich weiter auf der rechten Seite. Einmal meinte der Doktor, er müsse sich in der Nähe eines Dorfes befinden, denn er glaubte, einen Hahn krähen zu hören. Dann ging der Weg weiter durch dichten Wald und steil aufwärts in die Dunkelheit. Aber Noah hatte keine Schwierigkeit, dem Pfad zu folgen, und Dr. Fothergill, der zwar nicht die leiseste Ahnung hatte, wo er sich befand, fühlte sich eigentümlich sicher und glücklich wie schon die ganze Zeit, seitdem er sich Noah untergeordnet hatte. Der Wald lichtete sich, und sie galoppierten unter einem Torbogen in einer steinernen Mauer hindurch und weiter eine Wagenauffahrt hinauf. Am Fuß einiger Treppenstufen, vor einem Haus, aus dem Licht durch die Ritzen der Fensterläden eines Zimmers im unteren Stock hindurchschien, stand Noah unvermittelt still. Dr. Fothergill stieg ab, ging die Stufen hinauf und über die Terrasse und klopfte an die Tür. Sie wurde von Martin geöffnet, der eine Laterne in der Hand hielt. Er sah verstört und sehr erregt aus, seine roten Haare waren zerzaust und seine Augen umschattet.

«Ich bin der Doktor», sagte Dr. Fothergill ruhig.

«Der Doktor!» Martin senkte die Laterne und schaute dem alten Mann ins Gesicht. «Mein Gott! Dr. Fothergill!» Seine Hand schoß hervor und packte den Doktor an der Schulter. «Wie konntet Ihr das wissen? Es geht um Maria. Sie bekommt das Baby und fühlt sich sehr schlecht. Geht schnell hinein. Ich nehme Euer Pferd.» Er rannte über die Terrasse, nahm Dr. Fothergills Satteltaschen herunter und brachte sie ihm. «Beeilt Euch, Doktor», sagte er, «das Zimmer links. Beeilt Euch um Gottes willen!»

«Bleibt ruhig, junger Mann», sagte Dr. Fothergill. «Ich

bezweifle sehr, daß es schlecht geht. Schaut nach meinem Pferd. Es ist ein gutes Pferd.»

Als er ins Haus trat, hörte er in der Entfernung eine Uhr schlagen. Mitternacht. Der Heiligabend war vorüber. Der Weihnachtstag war angebrochen.

Beim ersten Hahnenschrei, jenem geheimnisvollen Augenblick, wenn, wie gesagt wird, alle Lebewesen aufwachen, sich regen, wieder einschlafen und nur die Hähne sich hören lassen, wurde der Junge geboren. Er war klein, aber recht kräftig und hatte sich sehr damit beeilt, noch als «Christkind» geboren zu werden. Während er und seine Mutter schliefen und Martin über sie wachte, ging Dr. Fothergill zur Küche, um sich die Hände zu waschen und sich herauszuputzen, ehe er heimritt, um Marias Eltern die gute Nachricht von einem Enkel zu überbringen. Mrs. Appledore, die Hebamme, die Martin vom Dorf mitgebracht hatte, kam mit ihm, damit sie beide den glücklichen Ausgang der Niederkunft, die einen gewissen Augenblick sehr bedroht schien, besprechen konnten.

«Ihr kamt gerade noch rechtzeitig, Sir, glaube ich», sagte Mrs. Appledore.

«Ihr hättet es allein geschafft, meine Liebe», antwortete Dr. Fothergill.

«Ich bin nicht sicher, Sir. Der junge Herr, der arme Kerl, war mir keine Hilfe. Die junge Frau – half sich selbst. Sie schien sich keinen Augenblick zu fürchten.»

«Sie ist ein beherztes Mädchen, obwohl schrecklich eigenwillig», bekräftigte Dr. Fothergill. «Wem gehört dieses Haus? Nichts drin außer ein paar Lumpen und zerbrochenen Möbeln, doch man hat das Gefühl, es sei bewohnt.»

«Der Besitzer befindet sich im Ausland, Sir», sagte Mrs. Appledore. «Er ist ein wunderlicher Herr. Als sein Bruder starb und das Haus ihm zufiel, verkaufte er alle wertvollen Möbel und ließ zurück, was übrig war. Er vermietete die Ställe an einen Bauern aus der Nachbarschaft, aber das Haus vermietete er nie. Es hieß, daß er eines Tages hier leben wollte, wurde mir gesagt.»

Sie gingen hinaus in die Diele. Neben der Eingangstür befand sich ein Fenster, durch das das erste Licht des Weihnachtsmorgens hereinflutete. Der Westwind von der See hatte den Nebel hinweggefegt, und ein großer Stern leuchtete noch immer am klaren, grünlichen Himmel. Vor dem Fenster hob sich das bewaldete Land scharf von dem hohen Moor ab. Einen Moment stand Dr. Fothergill am Fenster, denn obwohl er das Moor so gut kannte, konnte er es nie, so unerwartet wie jetzt, ohne tiefe Ergriffenheit ansehen. Als er sich wieder vom Fenster abwandte, erblickte er ein Porträt, das nahe dem Fenster an der getäfelten Wand hing. Es stellte einen Mann in mittleren Jahren mit gepudertem Haar, zum Zopf geflochten, dar. Er hielt sich sehr gerade, und sein Gesicht drückte große Rechtschaffenheit aus. Dr. Fothergill, sehr bewegt von diesem Bild, betrachtete es eine ganze Zeit lang.

«Wer ist das?» fragte er. «Der Besitzer?»

«Nicht der gegenwärtige Besitzer, Sir. Sein Bruder, der starb.»

«Wie lang ist das her, daß er starb?»

«Vor zehn Jahren, Sir.» Plötzlich wurde Mrs. Appledore geschwätzig. «Er und seine Gattin lebten hier viele Jahre. Sie liebten den Ort. Sie lebten hier mit einem alten Neger als Diener. Er hing sehr an ihnen. Sie hatten keine Kinder, und das bereitete dem Herrn Kummer. Plötzlich dann meinte die Dame, daß ein Kind unterwegs sei. Sie war darüber so glücklich, und ihr Gatte und der alte Diener auch. Sie waren wie die Kinder, so glücklich. Aber sie starb, Sir, und das Kind auch. Ihrem Gatten und dem alten Diener brach das Herz. Sie verschlossen das Haus und gingen in fremde Länder, aber nach wenigen Monaten überfiel sie beide ein Fieber, und sie starben dort. Ich war beruhigt, als ich es hörte. Niemand hätte es ihnen gewünscht, ohne meine Lady zu leben.»

Es schien eine traurige Geschichte zu sein, aber es war kein trauriges Haus. Dr. Fothergill empfand, daß er selten glücklicher gewesen war. Behutsam öffnete er die Tür zum Salon, um einen letzten Blick auf seine Patientin zu werfen, dann nickte er Mrs. Appledore zu, damit sie käme und auch hineinschaue.

Sie hatte Decken vom Dorf mitgebracht, und Maria ruhte auf einem Stapel von ihnen vor dem Feuer. Sie lag im Schlummer, ihr Baby an sich geschmiegt. Martin hatte sich auf dem Fußboden neben ihr ausgestreckt und schlief ebenfalls. Ganz entspannt im tiefen, traumlosen Schlaf der Erleichterung und Erschöpfung sahen beide viel jünger aus, als sie an Jahren waren. Sie glichen einem Jungen und einem Mädchen. Im Schlaf hatten sie sich einander zugewandt, das Kind zwischen sich, und Martin hatte einen Arm schützend über Frau und Kind ausgestreckt.

Die beiden älteren Leute gingen auf Zehenspitzen wieder hinaus und in die Diele. Nachdem er die Tür geschlossen hatte, schneuzte sich Dr. Fothergill laut die Nase. Nie konnte er sich daran gewöhnen. Schon vor langer Zeit hatte er die Zahl der Kinder vergessen, die er zur Welt hatte bringen helfen, doch immer schien es ihm ein neues Wunder zu sein. Er ging hinaus und trat auf die Terrasse, und der zweite Hahnenschrei ertönte. In der stillen, kristallklaren Luft konnte er die kleinen Trompeten in allen Richtungen hören. Dann erstarb die Fanfare, einen Moment lang herrschte Stille, und die Weihnachtsglocken begannen zu läuten. Ein Kind war geboren worden.

Einen Monat später wurde Dr. Fothergill an das Bett eines kranken Mannes gerufen. Es handelte sich um einen Landstreicher, hinter dem die Obrigkeit schon seit einiger Zeit her war und der zuletzt auf frischer Tat ertappt worden war: bei einem Raubüberfall, und Dr. Fothergill mußte ihn zusammenflicken, ehe er nach der nächsten Gerichtssitzung gehängt werden sollte. Doch zu seiner Erleichterung lag der Mann bereits im Sterben. Es würde nicht länger als eine Stunde währen; und er konnte nichts für ihn tun, außer dem armen Kerl Gesellschaft leisten. Er hatte einen hartgesottenen, verbrecherischen Charakter – aber er war ein Mensch, und das Mysterium des Todes hatte Dr. Fothergills Erbarmen selten weniger erregt als das Wunder der Geburt. Er saß neben ihm, seine Hand lag leicht auf des Mannes Handgelenk, und fragte ihn nach seinem Namen. Die Antwort lautete: Tom Badger. Er wiederholte den Namen ruhig, doch mit Nachdruck, als ob er ihm gefalle. Er war der Ansicht, daß es den Sterbenden das Gefühl ihres eigenen Wertes, das Gefühl, daß man um sie als Individuum besorgt war, vermittelte, wenn man ihren Namen so aussprach. Besonders bei einem Kerl wie diesem Landstreicher, um den sich vermutlich nie jemand im mindesten gekümmert hatte.

Eine Weile schwieg der Mann, dann sagte er: «Ihr hattet Glück, Doktor.»

«Glück?» fragte Dr. Fothergill.

«Ihr hattet beinah mein Messer in Eurem Rücken am Weihnachtsabend.»

Dr. Fothergill antwortete freundlich: «Wieso, Tom?»

«Erinnert Ihr Euch an den Jungen, der Euch eine Botschaft von Longbarton Farm brachte? Ich bestach ihn dafür. Ich war hinter Eurer Uhr und Euren Ringen her und nach dem Geld in Euren Taschen. Ich war verzweifelt in jener Nacht.» Seine Stimme erstarb, und Dr. Fothergill wartete. Sogleich fuhr er fort, als ob er darum kämpfe, seine Geschichte mit der letzten Kraft, die ihm verblieben war, zu erzählen. «Auf Eurem Hinweg verfehlte ich Euch, der Nebel war zu dicht. Beim Herabsteigen glaubte ich, es müßte mir gelingen. Es war in den Büschen, genau unterhalb der Kreuzung. Ich war Euch beinahe so nah wie jetzt. Ich hätte Euch vorbeigehen lassen und Euch dann angefallen.»

«Was hinderte Euch, Tom?»

«Ihr seid rechts abgebogen, und ich fürchtete mich, Euch zu folgen. Ich wagte es nicht. Nicht Euch beiden.»

Dr. Fothergill sagte: «Ich war allein, Tom.»

«Nein, Sir. Ein anderer Reiter war an Eurer Seite.»

Dr. Fothergill blieb ruhig und entspannt in seinem Stuhl sitzen, aber einen Augenblick lang schien der elende kleine Raum um ihn zu schwanken. Dann hörte es auf, und er sagte: «Wie sah er aus, Tom?»

«Er ging sehr aufrecht. Graues Haar, mit einem Band zusammengebunden. Ich seh sein Gesicht klar vor mir, weil der Mond draufschien, obwohl's komisch ist, wenn Ihr Euch erinnert, wie dick der Nebel war. Aber ich seh sein Gesicht klar vor mir, und ich fürchtete mich vor ihm.»

Dr. Fothergill mußte sich noch nach vorn beugen, um die letzten Worte zu verstehen, der Mann schien zu sterben. Aber ein paar Minuten später öffnete er seine Augen noch einmal und sagte klar: «Am besten verlaßt Ihr mich jetzt, Doktor, Ihr hättet mein Messer im Rücken gehabt, wenn ich nicht Angst gehabt hätte.»

Dr. Fothergill verstand die Bedeutung dieses Satzes. Der Mann wollte nicht in seiner Sterbestunde unbillige Zuneigung beanspruchen. Im letzten Augenblick war in dieser Seele eine Empfindung für die Wahrheit wach geworden.

Die Hand des Doktors schloß sich ein wenig um das Handgelenk des Sterbenden. «Ich werde Euch nicht verlassen, Tom», sagte er.

Die letzte Predigt des Mr. Adam

Jedes Jahr um halb sechs Uhr am Weihnachtsabend erhob St. Michael seine mächtige Faust und schlug die halbe Stunde – und alle Glocken der Kathedrale begannen zu läuten. Sie läuteten eine halbe Stunde lang, und in der ganzen Stadt und in allen Dörfern, in die der Wind die Klänge trug, wußte man, daß nun Weihnachten dasei. Viele Leute in der Marsch warfen ihre Mäntel um, traten vor die Tür und schauten zur Stadt auf dem Berg hinauf. Dieses Jahr war es bitter kalt, aber der Wind hatte die Wolken weggefegt, die Kathedrale oben auf dem Gipfel ragte in die Sterne, und aus ihren Fenstern fiel Licht. Die flimmernden Lichter der Stadt waren wie Leuchtkäfer im Grunde. Das gewaltige Glockengeläute, das den Turm erbeben ließ und durch die Stadt dröhnte, klang hier draußen so lieblich und fern, als käme es von den Sternen selber, und es griff den Menschen ans Herz. «Jetzt ist Weihnachten», sagten sie zueinander, wie ihre Vorfahren durch Jahrhunderte gesagt hatten, hinaufblickend zu der Stadt auf dem Berg und dem großen Gotteshaus, das ebenso ein Teil von ihrem Fleisch und Blut war wie die Marsch selber. «Jetzt ist Weihnachten», sagten sie glücklich und gingen ins Haus zurück.

In der Stadt machte sich jedermann bereit, sobald die Glocken zu läuten begannen, und alsogleich strömten fast aus jedem Haus Gruppen von Menschen hervor und wanderten über die steilen Straßen zur Kathedrale hinauf. Ganz kleine Kinder erhielten die Erlaubnis, zum Weihnachtsgottesdienst aufzubleiben, und sie schwatzten und piepsten wie die Sperlinge, während sie hinaufstapften, fest eingeknöpft in ihre dicken Mäntel, die Buben mit Gamaschen und wollenen Halstüchern, die Mädchen mit

Pelzhauben und Muffen. Es war Brauch in der Stadt, am Weihnachtsabend brennende Kerzen in die Fenster zu stellen, und sie zusammen mit den Laternen verwandelten die Straßen in Leitern von Licht, die sich an den Berg anlegten. Für die Erwachsenen wurden sie an diesem Abend zu Jakobsleitern in den Himmel. Sie waren leicht zu ersteigen, denn die Glocken und die Kinder zogen die Großen hinauf.

Fast jedermann betrat die Kathedrale durch das Westtor; denn es war ein besonderer Reiz, in der Sternennacht den weiten Platz zu überqueren, die Treppe hinaufzusteigen, mit dem Blick auf das Westtor, und dann durch das Engelsportal hineinzugehen, unter den dröhnenden Glokken hindurch. Manche kamen nur an diesem einzigen Tag des Jahres in die Kathedrale, doch wenn sie das Schiff betraten, waren sie von ihrer Schönheit ebenso überwältigt wie ihre ständigen Besucher: Es wirkte immer wie ein Schlag vor den Kopf, besonders am Abend und ganz besonders am Weihnachtsabend, denn da war jeder voll von ehrfürchtiger Erwartung. Viele Lampen brannten im Hauptschiff, doch sie konnten nur da und dort Flecken von Gold hinspritzen, sie vermochten nicht das Dunkel oben und die dämmrigen unbeleuchteten Kapellen und die halb unsichtbaren Grabsteine zu erhellen. Die hohen Säulen verschwanden in schwarzer Finsternis, und die Seitenschiffe verflossen in undurchdringliche Schächte. Kerzen flimmerten im Chor, und der Hochaltar loderte von Blumen; aber all die unzähligen Flammen waren nicht mehr als eine Perlenstickerei auf einem schwarzen Mantel. Das riesige Kruzifix war von Schatten verhüllt. Alles in dem Raum verlor sich in Geheimnis. Die Menge winziger Menschen strömte ins Schiff und zu den Bänken. Das Geräusch ihrer Schritte, ihrer flüsternden Stimmen, ihrer raschelnden Kleider ging unter in der ungeheuren Weite. Orgelmusik rauschte über ihnen auf – und sie waren still.

Einige wenige kamen auch durch das Südtor, und Tom Hochicorn, der Pförtner der Kathedrale, begrüßte jeden mit einer Verbeugung – Tom, dieser herzensgute alte Mann, der an Gott glaubte. Der Fischverkäufer vom Markt, Albert Lee, hatte auf Wunsch des Dekans schnelle und gute Arbeit geleistet. Er hatte Holzkohlen besorgt, das Kohlenbecken heraufgebracht und das Feuer entzündet, bevor noch die Glocken zu läuten begannen. Dann hatte er sich auf die steinerne Bank gesetzt und ein wenig mit dem alten Tom geplaudert, aber als die ersten Kirchenbesucher heranzuströmen begannen, bekam er es mit der Angst zu tun und wollte die Flucht ergreifen, doch Tom packte ihn am Rock und hielt ihn mit bemerkenswerter Kraft fest.

«Geh hinein, Bert», befahl er.

«Was, ich?» Albert Lee sperrte den Mund auf. «Da hinein? Da kannst du lange warten.»

«Warum nicht, Bert?»

«Lauter feine Leute drin.»

«Die wirst du gar nicht sehen», versetzte Tom. «Bemerkt man gar nicht drin. Sie schauen aus wie bunte Käfer, die auf dem Boden herumkriechen. Geh nur hinein, Bert. Hast doch keine Angst?»

«Angst? Hab noch nie vor was Angst gehabt.»

«Dann geh hinein!» Tom öffnete das Tor und zeigte hinein. «Schau her, siehst du die Säule? Die bei dem Kohlebecken? Dahinter ist ein Stuhl, niemand wird dich sehen, wenn du hinter der Säule sitzt, und wenn du hervorschaust, kannst du den Dekan sehen, wenn er predigt.»

Er hielt Albert am Rockkragen fest. Dieser wollte eine Szene vermeiden und auch nicht den Eindruck erwecken, als hätte er Angst; so fand er sich auf einmal drinnen und hörte, wie das Tor sich leise hinter ihm schloß. Heftig schwitzend schlich er zu dem Stuhl hinter der Säule und ließ sich auf dessen äußerstem Rand nieder.

Das war ein Raum, du meine Güte! Tom hatte recht: niemand bemerkte einen hier, man war ein Nichts. Ein unheimlicher Ort, finster wie die Nacht. Aber die Tür war in der Nähe und ebenso das behaglich aussehende Kohlebecken. Eine Weile blieben seine Augen an der Tür hängen, dann aber, als die Wärme des Feuers ihm entgegenströmte, legte sich seine Angst. Es war behaglich und warm hier in der Ecke. Das Glockengeläute war hübsch, aber diese ohrenbetäubende Musik, die ihm in alle Glieder fuhr, nein, die mochte er nicht. Sie verstummte und die Glocken auch. Stille trat ein – und dann hörte er in weiter Ferne Knaben singen.

Ihr Gesang kam näher und näher – und sie sangen wie die Vögel in der Marsch im Frühling. Männerstimmen fielen eine nach der andern ein – und dann begann die ganze Versammlung von Männern und Frauen, die er kaum sehen konnte, mitzusingen. Der Gesang wurde lauter und stieg empor in das weite Dunkel über ihm. Es riß ihn auf die Füße. Er kannte die Worte nicht und auch nicht die Melodie, aber er hatte in seiner Knabenzeit mit den Zigeunern gesungen, in der Menge am Lagerfeuer sitzend, und er hatte schnell eine Melodie heraus, so auch jetzt. Er wagte nicht, seine heisere Stimme zu erheben, aber die Musik sang in seinem Blut wie der Saft, der in einem Stamm aufsteigt. Als das Lied zu Ende war, hörte er ein eigentümliches Rascheln ringsum, als rauschten in einem großen Walde die Blätter; zuerst wußte er es sich nicht zu erklären, bis er darauf kam, daß es die feinen Leute waren, die alle in die Knie sanken. Auch er tat es, die zerschlissene Mütze zwischen den Händen, und das leise Geräusch seines Niederkniens ging unter in der großen Bewegung. Dann war wieder Stille. In weiter Ferne hörte er die Stimme des Dekans, der das Fürbittgebet sprach. Er konnte nicht ein Wort verstehen, aber die vertraute Stimme bannte die letzte Spur von Angst in ihm. Als das Gebet zu Ende war, sagte er «Amen», so laut wie jeder andere, und dachte nicht mehr, daß er allein sei, und von da an bis zum Ende dachte er überhaupt nicht mehr an sich.

So ging es fast allen – und das machte diese Weihnachtsmesse an diesem Weihnachtsabend so denkwürdig, denkwürdiger als irgendeine im Gedächtnis der Stadt. Sie war nicht anders als sonst, die vertrauten Hymnen und

Lieder wurden eins nach dem andern gesungen, in der gewohnten Reihenfolge; der Chor sang: «Wunderbar, Herrlicher, der starke Gott, der Ewigkeiten Vater und Friedefürst!» – so schön wie immer, nicht schöner; denn die Sänger gaben immer ihr Bestes bei diesem Stück. Der Unterschied bestand darin, daß die Gemeinde, anstatt *sich* zu erfreuen, indem sie sich am Gottesdienst erfreute, selber Freude in den Gottesdienst trug. An diesem Abend befanden sie sich in einer anderen Region menschlichen Erlebens. Sie waren, als sie auf der Jakobsleiter der erleuchteten Straßen von der Stadt zur Kathedrale hinaufstiegen, um eine Sprosse höher gestiegen als sonst.

Noch ein anderer Unterschied war da. Die Form des Gottesdienstes war dieselbe wie immer, doch das Gewicht lag heute woanders. Sonst war der Höhepunkt des Ganzen jener Chorgesang, aber heute war es das Weihnachtsevangelium, wie immer vom Dekan gelesen.

Adam Ayscough ging mit festem Schritt zum Lesepult, setzte seine Brille zurecht und schlug die Stelle auf. Als er mit seiner Frau Elaine das Dekanat verlassen hatte, um in die Kathedrale zu gehen, war er in großer Angst gewesen, ob er überhaupt den Gottesdienst würde durchhalten können, so schwach fühlte er sich. Als sie dann durch den Garten gegangen waren, hatte sie ihre Hand in die seine gelegt – und da hatte er gewußt, daß alles gut gehen werde. Er räusperte sich und verkündete laut: «Erster Vers des ersten Kapitels nach Johannes.» Er fand, daß er schlechter sehe als gewöhnlich, die Zeilen verschwammen vor seinen Augen. Doch das schadete nichts, denn er kannte das Kapitel auswendig. So hob er den Kopf und blickte über die Gemeinde: «Im Anfang war das Wort, und das Wort war bei Gott, und Gott war das Wort.»

Seine Stimme klang, wenn auch heiser, wie eine Posaune, eine solche Kraft stand hinter ihr. Die Menschen lauschten, ohne sich zu regen, und obgleich sie alle gekommen waren, erfüllt von Dankbarkeit, weil er heute nach langer Krankheit wieder hier in ihrer Mitte stehen durfte, dachten sie nicht an ihn wie sonst, sie dachten nicht, wie häßlich er sei, wie ungeschickt, aber dennoch an seinem Platz hier am Lesepult, hoch aufragend über sie alle in seiner seltsamen, rauhen Kraft, sie dachten nur an das, was er sagte: «Das Wort ist Fleisch geworden und hat unter uns gewohnt.»

War das wirklich wahr? Konnte das wahr sein? Wenn ja, dann war das Kruzifix dort oben die Stütze der Welt, die allem und allen Sicherheit gewährleistete, daß niemand mehr Angst zu haben brauchte. Für viele wurden die von Adam Ayscough gesprochenen Worte des Weihnachtsevangeliums in dieser Nacht zur Brücke vom Zweifel zum Glauben, vielleicht weil sie so unmittelbar zu ihnen kamen, so wunderbar frei aus seinem Munde. Er blieb nach den letzten Worten noch einige Sekunden stehen und blickte über die Menge, dann verließ er das Lesepult und ging zurück zu seinem Kirchenstuhl. Seine Augen waren heute zu schlecht, um die Menschen zu sehen; er wußte auch nicht, daß er ihnen etwas Gutes getan hatte, noch wußte er, als am Ende des Gottesdienstes der Bischof, die Geistlichkeit, die Sänger und die ganze Gemeinde zum westlichen Ausgang des Kirchenschiffs strömten, um wie immer «Nun danket alle Gott» zu singen, daß an diesem Abend seine Anwesenheit in ihrer Mitte eine der Hauptursachen ihres Dankgefühls war. Doch als der Bischof den Segen erteilt hatte und die Sänger in die Sakristei gegangen waren, tat er, was kein Dekan vor ihm je getan: er begab sich zum Westtor und stellte sich dort auf, um die Kirchenbesucher beim Hinausgehen zu begrüßen. So gegen die Tradition zu handeln war durchaus nicht seine Art, denn er verehrte die Tradition, aber es war, als zöge ihn etwas unwiderstehlich dorthin.

Er hatte keine Ahnung gehabt, daß so viele Menschen am Weihnachtsabend in die Kathedrale kämen. Es mußte beinahe die ganze Stadt sein. Die meisten wagten nur scheu zu lächeln, als sie an ihm vorübergingen, aber einige kühnere Geister sprachen ihn an und sagten ihm, wie sie sich freuten, daß es ihm besser ginge, und erwiderten seine Weihnachtswünsche.

Im Dekanat erwartete ihn noch vielerlei zu Erledigendes, und erst spät am Abend konnte er sein Arbeitszimmer aufsuchen, um die Predigt fertigzuschreiben. Er las sie von Anfang an, um sich ins Gedächtnis zurückzurufen, was er geschrieben hatte, und war verzweifelt. Es war eine schreckliche Weihnachtspredigt, die doch von Freude und Liebe handeln sollte: eine schwerverständliche, weitschweifige, gelehrte Abhandlung. Warum konnte er ein Buch schreiben, aber keine Predigt? Er sagte sich selbst, daß eine Predigt eine Sache persönlichen Kontaktes sei, und hierin hatte er immer jammervoll versagt. Beim Umblättern der Seiten dieser wirklich ganz elenden Predigt spürte er schon förmlich die Welle von Langeweile und Mißbehagen, die ihm immer entgegenschlug, wenn er versuchte, von der Kanzel zu seiner Gemeinde zu sprechen, und er sank mutlos in seinen Stuhl zurück. Trotz allem: die Predigt mußte fertiggeschrieben und mußte gehalten werden. So ergriff er seine Feder, tauchte sie ins Tintenfaß und begann zu schreiben.

Zu seinem Schrecken entdeckte er, daß er nicht lesen konnte, was er schrieb. Er blätterte zurück und fand, daß die früher geschriebenen Seiten plötzlich ebenso vor seinen Augen verschwammen wie der Evangelientext bei der Lesung in der Kirche. Er sagte sich, daß er zu müde sei, um jetzt die Predigt vorzubereiten, ja zu müde, um überhaupt noch länger hier an seinem Schreibtisch zu sitzen, Angst packte ihn. Die Trübung seiner Sehkraft hatte heute abend nichts zu bedeuten gehabt, denn er hatte den Text auswendig gewußt, aber morgen auf der Kanzel würde sie verhängnisvoll werden, denn er war nie imstande gewesen, frei zu sprechen. Die Worte des Weihnachtsevangeliums waren aus seinem Herzen gekommen. Aus dem Herzen? Es war, als hätte eine Stimme zu ihm gesprochen. Eine große Einfachheit hatte in diesen letzten

Monaten sein Leben gewandelt, eine Gnade, die ihm geschenkt war durch den Umgang mit einfachen Menschen. Konnte er nicht morgen aus seinem Herzen heraus predigen statt aus seinem Verstand? Konnte er nicht mit seinem inneren Auge in sein Herz schauen und sagen, was er dort geschrieben fand? Des Menschen Herz war die Schreibtafel Gottes, auf die er schrieb, was er wollte. Er nahm das Manuskript seiner Predigt, riß es mitten durch und warf es in den Papierkorb.

Hierauf zündete er die Kerze an, die auf einem Nebentisch stand, löschte die Lampe aus und ging in die finstere Halle hinaus. Langsam stieg er mit der Kerze in der Hand die Treppe empor, und während er hinaufstieg, brach wieder das Geläute der Glocken los. Es war Mitternacht, die Stunde der Geburt Christi. Auf dem Treppenabsatz war ein Fenster. Er stellte seine Kerze auf das Fensterbrett und blieb eine Weile betend stehen. Dann öffnete er den alten Rahmen ein wenig, und der Klang der Glocken brauste mit einem kalten Windstoß zu ihm herein. Er schloß das Fenster wieder und sah, daß eine Schneeflocke auf seiner Hand lag.

In dieser Nacht schlief er tief und fest, was ihm seit Monaten nicht mehr widerfahren war; er erwachte zu seiner gewohnten frühen Stunde, kleidete sich an und hielt seine Morgenandacht. Dann verließ er das Haus, um zur Christmette in die Kirche zu gehen. Als er die Tür, die zum Garten hinunterführte, hinter sich geschlossen hatte, stand er still vor Staunen – denn er war nicht in die erwartete Finsternis getreten, sondern in Licht. Das Licht kam weder von der Sonne noch vom Mond, sondern vom Schnee. Der Wind hatte sich gelegt, und es war vollkommen still. Der Schnee war nicht tief, aber er bedeckte den Boden mit Licht. Er ging ein paar Schritte und blickte um sich. Das Dach der Kathedrale, jede Brüstung, jeder Sims, die Dächer der Häuser und die Zweige der Bäume, alle trugen ihre schimmernde Hülle von Schnee. Langsam ging er durch den Garten, in ehrfürchtiger Freude, und dachte an die Myriaden von Schneeflocken unter seinen Füßen, jede ein ganzes Bündel zauberhafter Formen von Sternen und Blättern, alle so klein, daß kein Auge sie zu sehen vermochte außer dem ihres Schöpfers, und doch gab jede von ihnen Licht. Das war es, warum er sich immer weiße Weihnachten wünschte. So winzig klein war der Allmächtige gewesen, so klein wie der Kristall einer Schneeflocke im Vergleich zu der Welt, die er geschaffen hatte.

«So viel Licht!» murmelte er, das Tor der Kathedrale öffnend. «So viel Licht!»

In der Kathedrale war es noch finster, denn er war sehr früh gekommen, wie er es gerne tat, nur die Lichter vor dem Hochaltar brannten, aber er hätte seinen Weg durch die Kathedrale blind gefunden. Er ging in die Kapelle, kniete dort nieder, und als er zu beten begann, fand er, daß es licht war in seinem Geist und in seinem Gemüt. Die Finsternis von gestern war gewichen.

Was für ein merkwürdiges Ding war doch das menschliche Gemüt. Gestern voll Qual und Dunkelheit, war er heute ruhig und glücklich, und obwohl ein körperliches Übelbefinden ihn jetzt kaum je verließ, fühlte er sich doch angenehm entspannt.

Er ging mit Elaine auf die Bastei hinauf, um das Wunder der Lindenallee im Schnee zu sehen. Die Sonne schien jetzt an einem wolkenlos blauen Himmel, und die Herrlichkeit der weißen Welt flößte auch Elaine ein Gefühl der Ehrfurcht ein. Über die ganze Stadt klangen die Glocken, und die glitzernde Stille des Schnees schien ihnen zu antworten. Sie gingen langsam zum Südtor, über einen vom Schnee gesäuberten Pfad; zu beiden Seiten war er zu kleinen, von blau und silbern schimmernden Kämmen gekrönten Schneegebirgen gehäuft.

«Solche weiße Weihnachten hatten wir immer in meiner Kindheit», sagte Adam Ayscough still beglückt.

«Wie fühlst du dich heute, Adam?» Sie fürchtete sich

bereits wieder vor seiner Predigt, und so klang aus ihrer Stimme ehrliche Besorgnis heraus.

«Sehr gut. Erinnerst du dich an unseren Gang durch den Garten gestern abend? Du hast mir Kraft gegeben, indem du deine Hand in meine gelegt hast. Es ist so: durch jede liebende Berührung stärkt Gott unsere Kraft.»

Sie waren beim Südtor angelangt, und Tom Hochicorn strahlte vor Freude neben seinem Kohlebecken und machte eine unnachahmliche Verbeugung. Der Dekan blieb stehen, um ein paar Worte mit ihm zu sprechen, und Elaine ging voraus in die Kathedrale.

Die Zahl der am Christtag zum Morgengottesdienst versammelten Gläubigen war nicht so groß wie am Weihnachtsabend, wo das Hochamt in der Kathedrale das einzige in der Stadt war. Es fand sich die übliche Sonntagsgemeinde ein, nur etwas größer wegen des hohen Feiertags. Es war eine erlesene Versammlung, die Blüte der Stadt. Als der Dekan im Zuge der Geistlichkeit an den zwei Reihen wohlgekleideter, wohlgenährter Menschen vorbeischritt, stieg der Duft feinen Parfüms, der Geruch kostbaren Pelzwerks und auf Hochglanz polierter Schuhe in seine Nase – und auf einmal bemächtigte sich seiner wieder die Angst, und diesmal konnte er sie nicht unterdrükken. Wie hatte er sich nur einbilden können, er werde eine einfache Extempore-Predigt vor diesen Leuten halten? Sie würden sich beleidigt fühlen, er würde Schande über den Bischof und seine hochgelehrten Mitbrüder im Kapitel, über die Kathedrale und über Elaine bringen. Er war ja nicht fähig, frei zu sprechen. Nervös und ängstlich, wie er immer war, wenn er in der Öffentlichkeit reden mußte, hatte er das niemals versucht. Seine Angst hatte sich so gesteigert, daß seine Hände feuchtkalt und zittrig waren, als er beim Chor anlangte. Doch als er in seinem Kirchenstuhl saß, wie eine Statue in ihrer Nische, kam Beruhigung über ihn von dem gewaltigen, freudeerfüllten Raum. Er war ja genauso ein bescheidener Teil dieser Kathedrale wie der Hirte an dem Chorgestühl, wie die Ritter auf ihren Grabplatten, die Heiligen und die Engel in den Fenstern, wie die Steine und Balken, aus denen sie gebaut war. Sie alle hatten ihre Aufgabe zu erfüllen bei der heiligen Weihnachtsfeier, und nicht das geringste Teilchen würde durch Gottes Gnade aus dem Gefüge fallen.

Als das Tedeum emporrauschte zur Decke der Kathedrale und zum Himmel, um auf unsichtbaren Flügeln weitergetragen zu werden bis ans Ende der Welt, da fühlte er sich wie eingebaut in die tönenden Steine und alle die jubilierenden Figuren ringsum. Das Stampfen der Einhörner, das Brüllen der Löwen, der Schall der Posaunen am Munde der Engel übertönte das Dröhnen der Orgel. Die Ritter sangen auf ihren Gräbern und die Heiligen in den Fenstern, und die schlichten Hirten und die kleinen Vögel unter den Sitzen, sie alle sangen. Adam Ayscough war nicht überrascht. Er hatte ähnliches erlebt vor langer, langer Zeit, als Kind, er hatte es nur vergessen bis zu diesem Augenblick. Das menschliche Gehirn war ein Organ, dazu bestimmt, Grenzen zu ziehen, Gefängnismauern gleich. Es beschränkte das Bewußtsein des Erwachsenen von der ihn umgebenden Welt auf das für ihn Notwendige und Nützliche. Ohne das würde er wohl kaum imstande sein, sich genügend zu sammeln, um seine Aufgaben zu erfüllen. Aber in der Kindheit und im Alter sind diese Mauern aus weniger starrem Stoff gemacht, und manchmal haben sie Risse ...

Die gewaltige Musik tönte fort in seinem Innern, nachdem das Tedeum geendet hatte, aber sie hinderte ihn nicht daran, alles zu tun, was ihm oblag. Er sprach die richtigen Responsorien, er ging zum Lesepult, um das Evangelium vorzulesen, er kehrte zu seinem Sitz zurück, und während des Liedes, das vor der Predigt gesungen wurde, kniete er in seinem Kirchenstuhl nieder, um zu beten wie immer. Doch heute betete er nicht um Kraft für sich, um auf der Kanzel bestehen zu können, denn daran dachte er kaum. Er betete für die Stadt.

Als er jedoch die Kanzel erstiegen hatte, straffte er unwillkürlich seinen Körper gegen die Welle von Kälte und Langeweile, die jedesmal gegen ihn heranbrandete, wenn er hier oben stand, fern über der Gemeinde. Doch die Welle kam nicht. Sie waren ihm nicht fern; sie alle da unten, sie waren ihm so nah wie sein eigener Körper. Er sah heute besser und blickte auf sie hinab. Adam Ayscough vergaß alle die wohlgekleideten, kritischen Menschen, die ihm so einen Schrecken eingejagt hatten, als er an ihnen vorübergeschritten war – die letzte Weihnachtspredigt seines Lebens richtete er an den alten Hirten, der da vor ihm saß und dankbar zu ihm aufblickte.

Er nahm seinen Text aus dem 68. Psalm: «Gott ist der Herr, durch den wir dem Tod entrinnen.» Er sprach von der Liebe – und ein Kind hätte ihn verstehen können. Er sagte, daß nur in der Krippe und an dem Kreuz die Liebe in ihrer Vollkommenheit zu finden sei; denn auf Erden sei sie uns nur dieses eine Mal enthüllt worden. Auf der Erde, unter den Menschen, sei sie selten mehr als ein Samenkorn in den Herzen derer, die sie erwählt hätten. Wenn sie überhaupt wachse, sei sie nicht mehr als ein verkrüppeltes und oft gefährdetes Gewächs; denn ihr wahres Wachstum und ihre Läuterung gingen erst nach dem Tode vor sich. Dort lerne sie, sich selbst auszuschütten, bis kein Selbst mehr übrig sei. Dann, in der Hand Gottes, in die sie sich selbst ausgeschüttet habe, bleibe sie sein in alle Ewigkeit. Wenn es kein Leben nach dem Tode gäbe, sagte er, könnte es auch keine Vollendung der Liebe geben und keinen Gott, denn Er selbst sei dieses Leben und diese Liebe. Nur durch Liebe entrönnen wir dem Tode – und nur Liebe allein sichere uns ein ewiges Leben. Gäbe es keinen Frühling, dann würde es auch kein Samenkorn geben. Der kleine braune Kern, der Samen eines blühenden Apfelbaumes, beweise, daß es Sonenschein geben müsse und singende Vögel.

Er stieg von der Kanzel, ging zurück zu seinem Kirchenstuhl und setzte sich beruhigt darin nieder, und da war er wieder eingefügt in den gewaltigen Bau, in seine

Nische, in die er hineingehörte. Als das letzte Lied verklungen war, stieg er die Stufen zum Altar empor und segnete die Versammelten.

In der ganzen Stadt strömten Männer, Frauen und Kinder aus den Kapellen und ließen Ausrufe des Entzückens über die Schönheit des Tages vernehmen. Es sei so schön wie ein Bild, sagten sie. Infolge des Frostes hielt sich der glitzernde Schnee auf Dächern und Schornsteinen, und doch war es wieder nicht so kalt, daß es den Genuß der Schönheit störte. Kein Windhauch regte sich. Sooft sich auf ihrem Heimweg eine neue Fernsicht eröffnete, konnten die Menschen stehenbleiben und sich daran erfreuen, ohne vor Kälte zu zittern. Der Blick auf die lang hingestreckte, schneebedeckte Marsch benahm ihnen fast den Atem, so herrlich lag sie da unter dem blauen Bogen des Himmels. Sie glich dem Meer, wenn es sich unter dem gleißenden Sonnenlicht in Silber verwandelt. Wenn sie sich umwandten und zur Kathedrale emporsahen, schienen deren schneebedeckte Türme in die Unendlichkeit zu ragen. Und dann stieg ein wundervoller Duft in ihre Nasen. In dunsterfüllten Küchen waren die Fenster geöffnet worden, weil es draußen wärmer wurde, die Truthühner und die Plumpuddings wärmten sich ebenfalls, und in vierzig Minuten mußten sie den Grad der Vollendung erreicht haben. Ganz jäh verwandelte sich das Gesicht des Christtags. Das Blau und Silber von Glocken, Hymnen und Engeln war verschwunden, und an die Stelle trat das Rot und Gold flammenzüngelnder Puddings und brennender Kerzen. Man eilte, so schnell man konnte, nach Hause.

Im Dekanat war der erste Weihnachtsfeiertag einer der anstrengendsten Tage des Jahres. Wenn die Vormittagsgottesdienste vorüber waren, kam das feierliche Ritual des Weihnachtsdinners, zu dem Elaine nach dem Wunsch ihres Gatten alle alleinstehenden Personen im Umkreis der Kathedrale einladen mußte, als da waren: die Junggesellen unter den Domherren und die Witwen kirchlicher

Würdenträger. Dieses Festessen war gewöhnlich eine Qual für alle Beteiligten, aber heute konnte nicht einmal der Anblick des riesigen toten Truthahns dem Dekan die Stimmung rauben, und die alte Mrs. Ramsay, deren peinliches Privilegium es war, zur Rechten des Hausherrn zu sitzen, fand in ihm diesmal einen geradezu unübertrefflichen Gastgeber.

Als die letzten Gäste spätabends gegangen waren, streckte sich Elaine aufgelöst auf dem Sofa aus.

«Bist du sehr müde, Liebling?» fragte Adam Ayscough. «Es war ein anstrengender Tag für dich.»

«Nicht so müde wie sonst», antwortete sie, ihre Ringe abstreifend und auf den Toilettentisch legend, und fügte, ohne ihn anzusehen, freundlich hinzu: «Es war ein schöner Weihnachtstag, deine Predigt hat mir gut gefallen, Adam.» Das hatte sie noch nie gesagt, und es war, als mache sein Herz eine physische Bewegung der Freude.

«Alles ist wahr, Elaine. Alles, was ich so ungeschickt gesagt habe, ist wahr. Ich freue mich, daß es dir gefallen hat. Gute Nacht, Liebste. Schlaf gut.»

Sie hob ihr Gesicht zu ihm auf, und als er ihre glatte, kühle Wange küßte, spürte er plötzlich, daß er sie jetzt nicht verlassen könne. Er wollte sie fragen, ob er sich eine kleine Weile in ihren Armstuhl setzen dürfe, in ihrem warmen, nach Parfüm duftenden Zimmer, und ihr zusehen, wie sie ihr Haar bürstete. Es war Jahre her, daß er ihr wunderschönes Haar nicht mehr offen auf ihren Schultern gesehen hatte. Doch ihr fielen die Augen vor Müdigkeit fast zu, und er fürchtete, ihr lästig zu fallen. So ging er auf den Fußspitzen aus ihrem Zimmer hinaus und schloß die Tür leise hinter sich.

Er begab sich in sein Studierzimmer. Unsagbar müde war er freilich, aber er fühlte sich nicht krank. Ein wenig wollte er noch arbeiten, bevor er zu Bett ging. Er öffnete ein tiefes Schubfach in seinem Schreibtisch und entnahm ihm zwei Stöße von Papieren. Der eine war das Manuskript seines Buches und der andere die Baupläne. Das unvollendete Buch rief nach ihm, aber er legte es zur Seite; es war er selbst und mußte daher zurückgestellt werden. Zum hundertsten Male entfaltete er dagegen die Pläne. Sie hatten schon Eselsohren und Flecken da und dort; denn sie waren durch so viele Hände gegangen, und lange und hitzige Kämpfe waren über ihnen ausgefochten worden. Und nun mußte alles von Anfang an wieder durchgemacht werden. Morgen würde er den Kampf von neuem beginnen. Er dachte mit Schrecken daran, aber dieses Krebsgeschwür der Slums durfte nicht im Körper der Stadt verbleiben. Er erinnerte sich an den 68. Psalm: «Das ist der Berg, den Gott sich zum Wohnsitz erkor.»

Mit welchem Schmerz mußte Gott auf die Elendsviertel und auf die dort verkommenden Menschen herabblicken! Adam Ayscough zog ein Blatt Papier zu sich heran, schrieb die Psalmworte mit seiner feinen Handschrift darauf und legte das Blatt auf den Stadtplan. Dann begann er auf einem anderen Blatt die Kosten der Abbrucharbeiten und des Neubaus ganz genau durchzurechnen. Wenn es ihm nur gelänge, die Kosten ein wenig zu senken, würde er vielleicht auf geringeren Widerstand stoßen. Doch er fürchtete, viele Feinde zu haben. Mit zuviel Zorn und Verachtung für seine Gegner hatte er vor Jahren, vom Anblick des Leids der Armen fast bis zum Wahnsinn gepeinigt, Reformen durchgesetzt. Er war jetzt ein sanfterer Mann geworden, aber nun war es zu spät.

Eine Stunde arbeitete er so weiter, bis die Ziffern vor seinen Augen verschwammen und der Bleistift ihm aus der Hand fiel. Ich muß zu Bett gehen, dachte er und versuchte aufzustehen. Da kam es wieder: die panische Angst in seinem Körper, die Verengung der Kehle, als würde ein Strick immer fester und fester um seinen Hals zusammengezogen, ein Tosen in den Ohren und die tödliche Qual des Ringens um Luft. Diesmal empfand er nicht die Freude wie damals, denn es war zu arg, aber eine laute Stimme rief in der zusammenstürzenden Finsternis seiner Seele: «Gepriesen sei Gott!»

An den Wassern Babylons

Die ägyptische Sklavin Iras war ein eigenartiges Mädchen, und obgleich erst fünfzehn Jahre alt und seit kaum drei Jahren ihrer Heimat fern, trug sie doch schon die Spuren der Verbannung an Körper, Seele und Geist. Verschlossen war ihr Geist, ihre Erinnerungen umfalteten ihn, wie die Blätter einer noch nicht aufgeblühten Knospe sich um ihr Herz falten, verbittert war ihre Seele von ungestillter Sehnsucht, ihr kleiner Körper mager und erschöpft von Gram.

Nie verblichen ihre Erinnerungen, denn ihre Träume hielten sie frisch. Wenn sie schlief, sah sie die alte, graue Stadt wieder, darin sie geboren war – diese Stadt, aus einem felsigen Hügel in der Wüste gewachsen, mit den kühlen Palmen, den Orangenhainen und den Kleefeldern, die sie umschlossen, bewässert von den Brunnen, die diese Oase zu einem irdischen Paradies in der Ebene ringsum gemacht hatten. Und sie hörte die Lieder, die man ihr abends vorgesungen hatte, spürte die Arme ihrer Mutter um sich und beobachtete zwischen den Orangenblüten hindurch, die in Töpfen an dem hohen Fenster ihres Heims wuchsen, wie die Karawane des Vaters zurückkehrte, sich über den goldenen Sand zu ihr hinschlängelte ... Dachte sie aber tagsüber an die Karawane, so weinte sie; denn nie würde die Karawane mehr heimkehren. Ihr Vater war in diesem Lande ihrer Knechtschaft getötet worden, und sie, die mit ihm zog, war dabeigewesen, als er starb.

Es war ein Tag, da die Sonnenstrahlen vom brennenden Himmel wie ein Schauer herabfielen, als sie und ihr Vater in das Land der Juden aufgebrochen waren. Sie hatte stolz vor ihrem Vater auf dem vorwärtsstapfenden

Kamel gesessen, und rund um sie ritten Dienstleute mit Schwertern und Dolchen; denn die Lasttiere waren mit wertvollen Waren beladen, mit Gewürzen, verzierten Gürteln, reichen Seidenstickereien, Halsketten aus blumenfarbenen runden Glasperlen. Viele dieser lieblichen Dinge hatte Iras' Mutter selbst angefertigt, und Iras hatte geschickt die Perlen auf Schnüre aufgereiht. Das hatte ihr viel Vergnügen bereitet; und dann hatte sie ihren Vater gebeten, sie mitzunehmen, wenn er eines Tages in das Land der Juden zog, um die Ketten den Frauen der römischen Eroberer zu verkaufen, die dort in neuen weißen Villen in den alten Olivenhainen jenes unruhigen kleinen Landes wohnten ... Es wäre ein Wahnsinn, das Kind mitzunehmen, hatte Iras' Mutter gesagt, die Reise sei viel zu gefährlich ... Aber Iras hatte so inständig gebettelt und gefleht, daß ihr Vater schließlich nachgegeben hatte und sie mit ihm gezogen war.

Es war eine wunderbare Reise durch die Wüste gewesen, wunderbare, sonnendurchtränkte Tage, da man zwischen dem brennenden Blau und dem brennenden Gold einherschwankte, wunderbare Nächte, wenn ihr Vater nach den Sternen feststellte, daß sie auf dem richtigen Weg waren, und sich dann unter diesen Sternen zum Schlaf niederlegte; sie lag neben ihm, sein Mantel deckte sie beide, seine Hand war in Reichweite ihrer tastenden Finger, für den Fall, daß sie sich im Dunkeln fürchten sollte. Aber sie hatte sich nie gefürchtet. Seine bloße Gegenwart war in ihren Augen eine Sicherung gegen alles Unglück. Er und sie hatten miteinander über die Befürchtungen der Mutter gelacht, als die Reise in aller Feierlichkeit ihrem Ende zu ging und sie nun über die schöne neue Römerstraße zogen, nicht weiter als eine Stunde von ihrem ersten Rastplatz entfernt, der kleinen jüdischen Stadt Bethlehem.

Und just da, als sie sich so sicher gefühlt hatte, war das Unheil über sie hereingebrochen. Ihres Vaters Kamel hatte angefangen zu lahmen. Es war ein wertvolles Tier, und ihr Vater wollte es nicht antreiben. Die Karawane, die bisher ihre Wanderung so rasch zurückgelegt hatte, war nun gezwungen, sich dem Schritt des lahmenden Kamels anzupassen.

«Es wird dunkel werden, bevor wir Bethlehem erreichen», hatte einer von ihres Vaters Dienern warnend gesagt.

«Das tut nichts», hatte ihr Vater lachend erwidert. «Wir sind auf einer Hauptstraße, und im Sommer glänzen die Sterne hell.»

Um keine Angst in Iras aufkommen zu lassen, hatte er einen Arm um sie gelegt und ihr leise eines der Lieder ihres Landes vorgesungen, das Lied, das der Pharao Echnaton zum Preise des einzigen Gottes niedergeschrieben hatte. Doch Iras empfand ein unerklärliches Grauen, als die Schleier der Dämmerung sich über sie senkten und ein kalter Wind von den kahlen, hohen Hügeln herabwehte. Als sie einen Olivenhain erreichten, dessen Zweige sich über die Straße wölbten, und es dunkel wurde, da hatte ihre Furcht sich zu wildem Schrecken gesteigert ... Aber ihr Vater hatte nicht aufgehört, ihr vorzusingen, und sein Singen war die letzte klare Erinnerung, die sie an ihn hatte.

Die Räuber waren jäh wie ein heftiger Sturm über sie hergebraust. Eben noch waren keine anderen Geräusche vernehmbar gewesen als das Stapfen der Kamelfüße auf der Straße, das Seufzen des Windes in den Olivenhainen, das Singen ihres Vaters, und im nächsten Augenblick war die Luft von Geschrei und Flüchen erfüllt, vom Brüllen der Kamele und dem Klirren der Waffen. Ein wüster Kerl hatte ihren Vater angesprungen, ein blinkendes Messer in der Hand, und sie war von dem stürzenden Kamel in die Blumen neben der Straße geschleudert worden. Da lag sie denn, betäubt und entsetzt, und sie hatte den Eindruck, als tobe der Kampf rund um sie stundenlang, bis es wieder still wurde und sie nur den Wind in den Zweigen seufzen hörte.

Und dann hatte eine Hand sich auf ihre Schulter gelegt, hatte sie geschüttelt, und sie hatte sich aufgesetzt, einen Arm gehoben, um ihr Gesicht vor Schlägen zu schützen. Im Licht einer Fackel beugte sich ein Mann über sie, ein Mann mit dunklem, kühnem Gesicht, der über einer scharlachfarbenen Tunika eine schimmernde Rüstung trug, über die Schulter fiel ihm ein scharlachroter Mantel, auf dem Kopf hatte er einen Helm. Das Licht hatte sich in den Rüstungen anderer Männer gespiegelt, die wie er, aber weniger reich, gekleidet waren, und auf das, was wie Bündel zerrissener Kleidungsstücke aussah, die unordentlich auf die Straße geworfen worden waren. Doch das konnte sie nicht deutlicher betrachten, denn der Mann war rasch zwischen diese Bündel und sie, das kleine Mädchen, getreten. Sie hatte den Arm gesenkt, den sie zum Schutz erhoben hatte; denn vermochte sie auch kein Wort von dem, was der Mann sagte, zu verstehen, so erkannte sie doch, daß seine Augen gütig blickten.

Und so war es gekommen, daß Iras die Sklavin Claudias wurde, der Gattin des Zenturios Lucius, dessen schöne, weiße römische Villa in den Olivenhainen außerhalb der Mauern von Bethlehem stand. Er und seine Leute waren zu spät gekommen, um den Kaufleuten das Leben zu retten, aber Iras hatten sie gerettet. Sie war nicht sehr dankbar dafür. Selbst als sie soweit war, daß sie die Sprachen des Landes verstand, sowohl die Sprache der Römer wie die Sprache der Juden, und sich an das Leben einer Sklavin in einer schönen Villa gewöhnt hatte, war sie noch immer nicht dankbar. Sie war ihrer Heimat entrissen. Das einzige Lied der Juden, das sie ihrer Herrin vorzusingen bereit war, begann mit den Worten: «An den Wassern Babylons saßen wir und weinten, wenn wir dein gedachten, o Zion!» Sonst aber sang sie die Lieder ihres eigenen Landes, das Lied von dem reifen Weizen, der sich im Niltal in Ägypten im Winde wiegt, das Lied von den Wasserrosen, die auf den großen Teichen vor dem Palast des Pharao schwimmen, und das Lied, das ihr Vater sang, bevor er starb. Claudia liebte es, wenn Iras ihr vorsang, denn das Mädchen hatte eine süße kleine Stimme, dem Zirpen eines Vogels ähnlich. Auf ihre lässige Art hatte Claudia die Kleine gern. Sie nahm sie immer mit, wenn sie sich in ihrer Sänfte nach Bethlehem tragen ließ, wo sie sich damit vergnügte, bei den Ständen, welche die engen, gepflasterten Gäßchen der kleinen Stadt säumten, Blumen, Obst oder Gemüse zu kaufen ...

Und bei einem dieser Ausflüge war es gewesen, daß Iras das Kind entdeckte, und ihr ganzes Leben war verwandelt.

Es war ein heller, klarer Tag gegen Ende des Winters, und man fühlte bereits den Frühling nahen, als Claudia in ihrer Sänfte, von einem Bewaffneten und einigen wenigen Lieblingssklavinnen begleitet, durch die Olivenhaine und über die Straße nach Bethlehem getragen wurde.

Aus der Entfernung, auf einem kleinen Hügel zwischen schlanken Zypressen gebaut, sah Bethlehem wie eine Stadt aus einer anderen Welt aus, verzaubert, unirdisch; kam man aber näher, ging durch die dunkle Tür in der Stadtmauer hindurch, dann war man in einem wimmelnden, stinkenden, lärmenden Nest, wo die Menschen sich in den Gäßchen drängten, wo holzvergitterte Fenster aus den alten Steinwänden der Häuser lugten, die beinahe über den Köpfen der Vorübergehenden aneinanderstießen, während unten hell leuchtende Waren vor den dunklen Höhlungen der Läden zur Schau gestellt wurden. Aber Iras fand Gefallen daran. Eine Hügelstadt im Osten gleicht ungefähr jeder anderen, ein naturgegebenes Herauswachsen aus Felsen und Höhlen, die Füchsen und Kaninchen als Schlupfwinkel gedient hatten, und das Bild erleidet im Lauf der Jahrhunderte keine Veränderung. Bethlehem war nicht sehr verschieden von der Hügelstadt, die Iras' Heimat gewesen war. Wenn sie hier war, hatte sie den Eindruck, ihrer Heimat fast ebenso nahe zu sein wie in ihren Träumen.

An jenem besonderen Tag war Claudia in bester Laune und ließ sich in ein heiteres Geschacher mit einer sehr alten Frau ein, die verlockende Kuchen verkaufte; die Kuchen lagen, in grüne Blätter gebettet, auf einem kleinen, scharlachroten und blauen Teppich vor dem Eingang zu einer Höhle, die auch ein kleiner Laden war.

«Hast du sie selber gebacken, Alte?» fragte Claudia und kostete einen der Kuchen. Sie war erstaunt, denn die Kuchen schmeckten köstlich und waren ungemein zierlich angerichtet, während der Laden dahinter eine armselige Höhle war und die alte Frau lahm und schwach.

«O große Dame, meine Mieterin hat sie gebacken», sagte die alte Frau und wies aufwärts, wo rauhe Steinstufen zu einem Häuschen führten, das über die Höhle gebaut worden war. «Sie ist seit der Zeit der Steuerschätzung bei mir. Es ist hart, große Dame, daß arme Leute so weit reisen müssen, um eingeschätzt zu werden. Den weiten Weg von Nazareth hat Maria mit ihrem Mann wandern müssen, und sie, die arme Seele, kurz vor ihrer schweren Stunde. Das Kind ist im Stall eines Wirtshauses geboren worden, denn im Haus war kein Platz gewesen. Viel wurde sie umhergeschoben, bevor ihr Mann diese Unterkunft hier bei mir fand. Ja, das sage ich, große Dame, es ist hart, daß arme Leute so weit wandern müssen ...»

«Schon gut, schon gut», unterbrach Claudia sie scharf. Als Frau eines römischen Zenturios konnte sie nicht stehenbleiben und abfällige, wenn auch sehr berechtigte Kritiken an der Regierung dulden, und die Alte gehörte zu jener geschwätzigen Menschenart, die sehr wohl stundenlang weiterreden konnte.

«Spring die Stufen hinauf, Iras», sagte sie, «und frag diese Maria, ob sie mir einmal in der Woche etliche von diesen Kuchen backen kann.»

Und Iras sprang die Stufen hinauf, klopfte oben an die Tür, hob den Riegel und trat ein.

Der kleine, gewölbte Raum mit den steinernen Wänden war vom Sonnenschein erfüllt, der durch das Holzgitter des Fensters drang. Es war ein nettes, ordentliches Zimmer, der Fußboden gereinigt, und die Matten, die als Betten dienten, lagen säuberlich zusammengerollt in einer Ecke. Am Fenster saß Maria und nähte an einem Kleidchen, und in einer Wiege neben ihr lag ihr Kind und spielte mit seinen Zehen. Es war das glücklichste, schönste Kind, das Iras je gesehen hatte, und mit einem Schrei des Entzückens kniete sie neben der Wiege und hielt ihm einen Finger hin. Es griff danach, hielt den Finger fest, wie kleine Kinder das tun, und lachte sie an. Seine reizende junge Mutter lachte auch und fädelte einen scharlachroten Faden in ihre Nadel. Es schien sie weiter gar nicht zu überraschen, daß Iras bei ihr eingetreten war; offenbar war sie es gewöhnt, daß völlig fremde Menschen zu allen Tagesstunden kamen, um das Kind zu bewundern; aber sie warf Iras einen Blick voll raschen, mütterlichen Verständnisses zu, und dieser Blick bemächtigte sich des Mädchens ebenso, wie der Griff des Kindes sich Iras' Fingers bemächtigt hatte. Plötzlich hatte Iras die Empfindung, sie gehöre zu diesen beiden; wo sie waren, da wollte auch sie sein. Drei Jahre lang war sie eine Verbannte gewesen, jetzt aber, mochte ihr Körper auch in fremdem Land weilen, war ihre Seele heimgekehrt.

Sie dachte nicht mehr an Claudias Kuchen, und fast ohne sich dessen bewußt zu werden, hatte sie Maria schon von ihrer fernen Heimat erzählt; und auch Maria erzählte von ihrer Heimat, und so wurden sie Freundinnen. Und dann saß sie auf dem Boden, wo die Sonnenstrahlen ihn wärmten, das Kind in den Armen, und fühlte sich durch und durch erwärmt und getröstet, an Leib, Seele und Geist.

Doch allzubald kam eine andere Sklavin die Stufen heraufgesprungen und pochte an die Tür. Die Herrin sei schon auf dem Heimweg; sie habe sich sehr darüber geärgert, daß Iras so lange verweilte. Jetzt solle Iras die Kuchen bestellen und ihr augenblicklich folgen. Und Iras sprang auf, Furcht in den Augen, denn die Sklaven wurden manchmal gezüchtigt, wenn sie Claudias Mißfallen erregt hatten; sie richtete ihren Auftrag aus und zog davon.

Doch sie kam wieder. Sie kam einmal in der Woche, um die kleinen Kuchen zu holen, die Maria für Claudia buk; und obgleich Iras nicht zu lange bei Maria und dem Kind zu bleiben wagte, waren es doch diese Tage, an denen sie wirklich lebte. Die Spanne zwischen ihnen war eine Art Wachtraum, der die großen Tage miteinander verband, wie eine Halskette die Edelsteine miteinander verbindet.

An einem jener wie im Traum vergehenden Tage saß sie abends bei Claudia in dem üppigen, warmen, durchdufteten Raum und sang ihr vor, während ihre Herrin auf den herrlichen Seidenkissen lag. Es war ein stiller, friedlicher Abend, draußen sammelte sich die Dämmerung, die Flamme von Claudias kleiner Lampe leuchtete in ihrer Silberschale wie eine Blume, und Iras sang das Lied des Pharao zum Preis des einzigen Gottes, und während sie sang, dachte sie an das Kind. Ob es jetzt wohl schon schlief? Hatte Joseph, der Zimmermann, sein Tagewerk beendet, so saß er mit Maria an dem vergitterten Fenster und betrachtete die untergehende Sonne, bevor sie die Matten entrollten und sich zur Ruhe legten. Und Claudia dachte an Rom, die herrliche Stadt ihrer Geburt, die Stadt, die sie aus Liebe zu ihrem Gatten verlassen hatte; und dann weinte sie Tränen des Heimwehs in ihre Kissen. Aber sie war nicht eigentlich unglücklich und Iras auch nicht. Die Dämmerung war weich und schön, und die Flamme der kleinen Lampe schimmerte wie eine Blume.

Just in diese friedliche Frauenstunde platzte brüsk der Zenturio Lucius lärmend, wütend herein, der Schlamm haftete an seinen Stiefeln und der Geruch des Stalls an seinem Mantel. Er warf das Schwert in eine Ecke des Zimmers, den Helm in eine andere und den aufreizenden

Mantel auf Claudias Füße. Sich selber aber warf er in einen Stuhl und fluchte, wie er in Gegenwart seiner Frau nicht hätte fluchen dürfen. Claudia nahm den Mantel zwischen Daumen und Zeigefinger, schob ihn zur Seite und sagte ihrem Gatten, was sie von ihm dachte. Lucius, in seiner Wut über irgendeine Untat, die sich ereignet hatte, und Claudia, in ihrem Ärger über sein bäurisches Betragen, hatten Iras völlig vergessen. Sie saß in einem dunklen Winkel und lauschte angestrengt, während ihre Haut prickelte und das Blut ihr kalt durch die Adern rann.

«... jedes Kind unter zwei Jahren in Bethlehem und dem Land ringsum ermorden lassen!» knurrte Lucius zornig. «Das ist der Befehl dieses abscheulichen Herodes, des Vierfürsten von Galiläa! Und warum? Weil er ein Altweibergewäsch gehört hat! Ein König sei in Bethlehem geboren worden, größer als er selber! Nichts als ein Ammenmärchen, das irgendwelche Wahnsinnige aus der Wüste ihm erzählt hatten. Der Mann ist ja selber toll!»

Claudia fuhr auf und setzte die Füße auf den Boden. Sie sah plötzlich krank und elend aus.

«Wann?» fragte sie.

«Heute nacht», erwiderte Lucius grimmig. «Er schickt seine eigenen Mörder aus. Dafür danke ich den Göttern. Meine Mitwirkung verlangt er nicht.»

«Aber du wirst das doch nicht zulassen?» flüsterte sie. Lucius zuckte die Achseln. «Herodes ist der Beherrscher dieser Provinz, und ich bin ihm unterstellt», sagte er. «Und meine Befehle erlauben mir keine Einmischung.»

Iras legte die Hand auf den Mund, um einen Schrei zu unterdrücken. Der Zenturio Lucius war kein böser Mensch; er liebte seine Frau, und zu den Sklaven war er gütiger als Claudia. Nie würde Iras vergessen, wie freundlich er sie in jener Nacht aufgenomen hatte, da ihr Vater ermordet worden war. Und doch würde er jetzt beiseite stehen und diesen Frevel geschehen lassen, nur weil der Befehl so lautete! Wie konnte er nur? Sie sah ihn an, den verbissenen Ausdruck um den Mund, die brütenden Augen, die schwere Gestalt, die beinahe verzweifelt in dem Stuhl lag; und da begriff sie etwas von der Entsetzlichkeit der Militärmaschinerie, deren er ein Teil war. Fast die ganze Welt hatte die Maschinerie jetzt erobert – und das nur durch jene eiserne Disziplin, die gutmütige Männer wie Lucius dazu vermochte, lieber Taten von ungeheuerlichen Scheußlichkeiten zu dulden, als einem Vorgesetzten den Gehorsam zu verweigern ... Und Herodes war doch nicht einmal ein Römer! Er war ein Eingeborener dieses kleinen Landes und hatte beschlossen, sein Schicksal an das Schicksal der Eroberer zu knüpfen, nur um seinen Pomp, seinen Prunk bewahren zu können. Er war ein verächtliches Geschöpf und würde offenbar vor nichts zurückschrecken, um seinen königlichen Rang zu behaupten – nicht einmal vor einem Mord ...

Mit einemmal hörte Iras auf, an Herodes zu denken, denn nun kamen ihr Maria und das Kind in den Sinn. Blitzschnell erhob sie sich und schlich durch die Schatten der Tür. Das letzte, was sie sah, war Claudia, zu den Füßen ihres Mannes, seine Knie umfassend, weinend, flehend. Doch nun war keine Zeit mehr, auf einen möglichen, aber sehr unwahrscheinlichen Umschwung zu warten ... keine Zeit ... keine Zeit ...

Ganz dunkel war es, als sie aus dem Haus lief, und die großen Sterne blinkten schon am Himmel. Sie lief durch den Olivenhain auf die Straße, allein in der Nacht; aber sie vergaß jede Angst, denn ihre Gedanken waren nur bei Maria und dem Kind, und beim Laufen dachte sie darüber nach, was nun zu tun wäre. Am besten wäre es, meinte sie, Joseph und Maria nichts davon zu sagen, daß auch andere Kinder bedroht waren; denn bei dem Versuch, die anderen zu warnen, konnten sie ihre eigene Flucht verzögern, bis es zu spät war. In ihrem Herzen empfand sie, daß kein furchtbareres Verhängnis die Welt befallen konnte, als wenn dieses Kind nicht zum Mann heranwuchs. Hatte sie erst einmal Maria und Joseph gewarnt, so würde sie ihr möglichstes tun, um auch die anderen Kinder zu retten ... Und vielleicht hatte Claudias Flehen Erfolg. Vielleicht stellte Lucius sich diesen bösen Männern in den Weg. Noch war Hoffnung.

Sie erreichte das Tor von Bethlehem, und zu ihrer großen Erleichterung war es noch nicht geschlossen. Sie lief durch die steilen, sternenhellen Gassen, bis sie bei dem Laden ankam, und als sie aufschaute, sah sie Joseph auf der obersten Stufe sitzen, den Mantel um sich geschlungen, den Kopf auf der Brust.

«Joseph!» rief sie und sprang die Stufen hinauf.

Er hob den Kopf und sah sie an. Seine gütigen dunklen Augen blickten verstört und sorgenvoll aus dem runzligen Gesicht mit dem grauen Bart. Das war weiter nicht auffallend, denn Joseph war zu allen Zeiten verstört und sorgenvoll; die außerordentliche Anziehungskraft, die seine Frau und sein Kind ausübten, verwirrte ihn, und die Zahl vollkommen fremder Menschen, die beständig die Stufen seiner Wohnung hinaufstiegen, ohne um Erlaubnis zu fragen, den Riegel hoben, das Kind anbeteten und stundenlang vor Maria ihre Sorgen auspackten, als ob sie hier zu Hause wären und nicht er, reizte ihn. Auch machte es ihm Sorgen, daß alles so seltsam verlief. Da waren jene Hirten gewesen, die sich noch in der Nacht der Geburt des Kindes in den Stall gedrängt und vor der Krippe niedergeworfen hatten. Und dann jene merkwürdigen Männer aus dem Morgenland, die dem Kind so geheimnisvolle und kostbare Gaben gebracht hatten, daß es geradezu peinlich war! Warum das alles? Da gab es irgend etwas, was er nicht verstand. Maria war es zufrieden, alle diese Ereignisse in ihr Herz zu verschließen und geduldig auf die Zeit zu warten, da sich ihr der Sinn des Geschehenen offenbaren würde; ihm aber fehlte ihre überlegene Gelassenheit. Er hätte die Dinge lieber gleich verstanden. Auch ihn marterte das Gefühl, daß irgendeine Gefahr seinen geliebten kleinen Sohn, dieses Kind seiner späten Jahre, das Licht seiner Augen, bedrohen könnte ... So viele Fremde, die über die Schwelle traten, waren krank, widerwärtig, waren Diebe, Landstreicher, man dürfte sie nie in die Nähe eines gesunden kleinen Kindes lassen, sie wären sehr wohl imstande, ohne viel Federlesens eine ganze Familie zu ermorden ... Und der Gipfel von allem war jener Traum gewesen, den er eben geträumt hatte, als er dort drin mit Maria und dem Kinde schlief. Von Angstschweiß bedeckt, war er aufgewacht, und ohne Maria zu wecken, hatte er den Raum verlassen, hatte sich hier unter die Sterne gesetzt, um dem Sinn seines Traumes nachzugrübeln.

Beim Einschlafen war das Vorgefühl einer Gefahr stärker in ihm gewesen als gewöhnlich, und wahrscheinlich war dieses Vorgefühl ihm in den Traum gefolgt. Er hatte einen wirren, aber furchtbaren Traum gehabt, von Schwertern, die gegen den Nachthimmel blitzten, vom Kreischen von Frauen und Wimmern von Kindern. Als er aufwachte, war er in die frische Luft hinausgetaumelt und hatte sich auf die oberste Stufe gesetzt. Aber er war noch nicht völlig wach, als das Geräusch von Schritten und der Klang einer Stimme, die seinen Namen rief, ihn veranlaßten, den Kopf von der Brust zu heben.

«Joseph! Nimm Maria und das Kind mit dir und flieh! König Herodes will dein Kind morden! Schnell, Joseph, schnell!» Sie war jetzt bei ihm und rüttelte ihn wild. «Wach auf, Joseph, wach auf! Was ich dir sage, ist wahr! Ich habe es von dem Zenturio Lucius gehört. Herodes hat Angst vor deinem Kind. Er hat gehört, daß große Männer aus dem Morgenland gekommen sind, um es anzubeten!»

Vater Abraham! Das war ja die kleine ägyptische Sklavin! Jetzt war Joseph hellwach und im Nu aufgesprungen. Von den vielen, die in sein Heim eindrangen, war Iras eine der wenigen, deren Anwesenheit ihn nicht störte. Sie war ein tapferes, verständiges Mädchen, und unter dem Einfluß seines Traumes zweifelte er keinen Augenblick, daß sie die Wahrheit sprach. Er kannte König Herodes, er wußte, daß der König so böse war, daß man ihn beinahe für verrückt halten mußte; er kannte die Machtgier des Königs, seinen Haß gegen jene, die seine Stellung bedrohten, diesen Haß, der alle Grenzen überstieg. Die Absichten, die Iras ihm zuschrieb, stimmten durchaus zu seinem arglistigen Wesen. Er stellte Iras keine weiteren Fragen mehr, jetzt plagte seinen trägen, müden Geist eine neue Sorge.

«Wohin, Iras, wohin? Heim nach Nazareth? Wenn Maria kräftiger wäre, hätten wir uns ohnehin auf den Weg nach Nazareth gemacht.»

«Nein, nein, verlaßt das Land!» rief Iras leidenschaftlich. «Geht über die Grenze, dorthin, wo Herodes keine Macht über euch hat!» Wie eine Vision sah sie in der Nacht ihre eigene Heimat, auf den Berg gebaut, den sie friedlich krönte, rundum die Orangenhaine, die Dattelpalmen, die Kleefelder, die Brunnen mit süßem Wasser und dahinter der leuchtende goldene Sand der Wüste. «Nach Ägypten», sagte sie. «Und ich werde euch führen!»

«Das ist ein weiter Weg», sagte Joseph, «und du warst ein Kind, als du ihn zum letztenmal gewandert bist.»

«Ich werde euch führen», wiederholte sie. Und sie zweifelte nicht daran, daß ihr irgendwie, von irgendwoher die Kraft erwachsen würde.

Wenn ihr während der drei Jahre, die vergangen waren, der Gedanke gekommen war, sie könnte doch versuchen, in ihre Heimat zu entfliehen, hatte sie ihn stets verworfen; es war unmöglich! Doch seither war sie älter geworden, und das Gefühl, daß etwas auf dem Spiel stand, gewaltiger, als sie begreifen konnte, weckte in ihr einen Wagemut, der ihrer Aufgabe gewachsen sein sollte. Mit einemmal wurde sie die Führerin dieser verzweifelten Wanderung.

«Maria kann nicht den ganzen Weg zu Fuß gehen», sagte sie. «Beeil dich, Joseph, schaff einen Esel zur Stelle! Kauf ihn, leih ihn dir, stiehl ihn!»

Lautlos verschwand er in der Nacht, und sie ging und weckte Maria. Zusammen packten sie alles in Bündel, dessen sie bedürfen würden: Lebensmittel, Wasserflaschen, die Iras am Brunnen hinter dem Haus füllte, die Kleidchen des Kindes und ihre geringen Ersparnisse. Maria blieb, im Angesicht der furchtbaren Gefahr und der tollkühnen Wanderung in ein unbekanntes Land, tapfer und gelassen. Sie arbeitete schnell, doch ohne jede ängstliche Hast. «Möge mir geschehen nach deinem Wort», war das ganze Gebet, zu dem sie Zeit fand.

Als sie mit dem Packen fertig waren, nahmen sie das Kind aus der Wiege und wickelten es in seine kleine gestreifte Decke. Der Knabe wimmerte leise, als er so plötzlich aus dem Schlaf gerissen wurde; doch im Arm seiner Mutter, warm an ihrem warmen Körper, schlief er bald wieder ein.

Iras überließ es der Mutter, ihr Kind in den Schlaf zu singen, und schlich lautlos hinaus. Jetzt, bevor Joseph zurückkehrte, war die Gelegenheit günstig, um alle anderen Mütter zu warnen. Sie lief die Stufen hinunter und sah Joseph mit einem Esel kommen. Auch er hatte sie bereits erblickt, winkte und beschleunigte seine Schritte. Nun war keine Zeit mehr übrig. Eine furchtbare Beklommenheit überwältigte die Sklavin Iras. Ihre Knie zitterten, und sie mußte sich, schwach und elend vor Grauen, auf eine Stufe setzen. Es war, als würde die Welt nachtschwarz um sie, und dann beugte sich Joseph zu ihr, schüttelte sie, wie sie ihn vorher geschüttelt hatte.

«Jetzt ist nicht die Zeit, schwach zu werden», sagte er rauh. «Hol Maria! Beeilt euch!»

Sie traten ihre Wanderung durch die stillen Gassen an. Maria saß, das Kind im Arm, auf dem Esel; die Bündel waren hinter ihr festgebunden. Das Stadttor war noch nicht verriegelt, und sie zogen hindurch in das tiefe Schweigen des Landes. So friedlich war es hier draußen, daß in Iras, trotz des offenen Tores, das sie nur als verhängnisvolles Vorzeichen deuten konnte, die wilde Hoffnung auftauchte, Claudias Bitten könnten erfolgreich gewesen sein und Lucius werde die Mordgesellen zurückhalten. Doch kaum war diese Hoffnung geboren, so starb sie auch schon, denn aus der Ferne tönte Hufschlag, und ein scharfer Befehl zerriß die stille Luft wie ein Peitschenhieb. Joseph führte den Esel von der Straße seitwärts ins Dunkel eines Olivenhains, und mit pochenden Herzen sahen sie die Schar vorübermarschieren. Es waren die Leute des Herodes, sie trugen seine Farben, die Waffen glänzten im Schein der Sterne, kein Wort war zu hören; aber in ihren Gesichtern war etwas von der Bosheit des Herodes und in ihren Herzen etwas von seiner Verzweiflung. Klägliche Geschöpfe waren es, einem Willen hörig, der nicht ihr eigener war.

«Arme Seelen», klagte Maria, denn das empfand sie als das Schlimmste, was Menschen geschehen konnte.

Und Iras, bebende Hände vor dem Gesicht, kauerte am Boden, und Marias Klage widerhallte in ihrem Herzen; aber sie dachte nicht an die Soldaten des Herodes, noch an Lucius, der ja am Ende keiner Überredung zugänglich gewesen war, sondern an die Mütter von Bethlehem und ihre Kinder. Konnte ihr je vergeben werden, daß sie nicht gewagt hatte, sie zu warnen? War es möglich, daß sie ihr das irgendwie, irgendwo vergeben würden? Ach nein, sie sah keinen Hoffnungsstrahl der Verzeihung. Die Bürde dieses Entsetzens mußte sie tragen bis an ihr Ende.

Sie zogen weiter, und Iras achtete darauf, daß sie rasch wanderten; kein Laut aus der kleinen Stadt sollte sie erreichen, die sie hinter sich gelassen hatten.

Bis an ihren Todestag vergaß Iras die abenteuerliche Flucht nach Ägypten nicht. Wenn sie als alte Frau daran dachte, dann sah sie diese Reise als das Sinnbild aller Reisen, aller Abenteuer an, insbesondere jener mühevollen Reise von der Geburt bis zum Tode, die wir das Leben nennen. Jede schlimme Seite des abenteuerlichen Lebens war auf dieser Reise erlebt worden: Gefahr, Schwierigkeit, Schmerz, Angst und manchmal sogar Verzweiflung. Am Tage brannte sie die Sonne, und in der Nacht durchkältete sie der Frost. Ihre Füße waren wund, die Körper erschöpft, hungrig, durstig, und bisher waren Sonne und Sterne ihre einzigen Führer zu jener fernen, beinahe sagenhaften Stadt, die ihre müden Augen manchmal als Trugbild aufschimmern sahen und die ihre stolpernden Füße doch nie erreichen konnten. Sie waren immer gefährdet: durch Diebe, durch ihre Furcht, durch ihre eigene Verzweiflung, die sie manchmal dazu verlocken wollte, sich niederzulegen, den Kampf aufzugeben und der Wohltat des Todes die Arme entgegenzustrecken.

Und dennoch lag ein Glanz über dieser ganzen Reise. Gegen jede Mühe, jede Qual, die sie anfallen wollte, erhob sich Marias heiterer Mut, Josephs geduldige Kraft, Iras' entschlossene Ausdauer, und diese Dinge waren immer größer als Gefahr und Schmerzen. Das ist es, was Gott ist, dachte Iras; eine Stimme, die immer gewaltiger tönt als die Stimme, die sie herausfordert, eine unverbrüchliche Zusicherung, daß das Ende gut sein werde ... Und über allem war das Kind, die Ursache für alles, der Mittelpunkt ihres Daseins, ihres Strebens, ihre Freude, ihr Stolz, ihre Heimat. Jenes Zimmer über dem Laden, wo seine Wiege gestanden hatte, war eine Heimat gewesen. Wo immer sie jetzt in der Dämmerung sein Bett aufschlugen, war Heimat. Jene Stadt auf dem Hügel, nach der sie wanderten und wo er in Sicherheit Ruhe finden könnte, wäre abermals die Heimat. Er, Marias Sohn, wäre das Ende von all dem, denn er war auch der Anfang gewesen; er war das Jetzt und das Immer, das aus zwei Dingen eins machen konnte.

Doch noch war kein Sieg über Schwäche und Verzweiflung der endgültige Sieg; sie kehrten immer wieder zurück und vor allem zu Iras, die so jung war und die doch den ganzen Jammer von Bethlehem tragen mußte, wohin sie auch gingen. Nachts lag sie da, starrte in das Dunkel, fragte sich, ob sie recht getan hatte, versuchte auszudenken, wie anders sie hätte handeln können, und es wurde ihr, wie Tausenden vor ihr und nach ihr, elend zumute vor diesem furchtbaren Netz des Bösen, dessen Schlingen Schuldige und Unschuldige in so unerbittlichem Würgegriff halten, daß kaum eine Seele unbefleckt entkommen kann. Wie sollte es möglich sein, daß irgendwie, irgendwo diese Mütter, diese Kinder ihr vergeben würden? Solch ein Schmerz kann nicht dauern. Er muß schließlich seinen Gipfel erreichen und entweder zum Wahnsinn oder zur Erlösung führen. Und das erlebte auch Iras in jener Nacht, da die Sterne sich verbargen.

Als sie sich zum Schlaf niederlegten, da wußten sie, daß sie verloren waren. Sie waren jetzt in Ägypten und in Sicherheit vor König Herodes, aber sie hatten keine Ahnung, wie sie Iras' Heimat finden sollten. Sie selber wußte nur, daß die Stadt in östlicher Richtung lag, und nun waren sie tagelang gegen Osten gewandert und hatten nichts gesehen als den goldenen Sand der Wüste, den brennenden Himmel bei Tag und die Sterne bei Nacht. Sie waren keinen Karawanen begegnet, von denen sie Auskunft über den Weg erhalten konnten. Nichts. Die Angst lastete auf ihnen wie nie zuvor.

Und jetzt, an diesem Abend, war der Himmel bewölkt, und die Sterne hielten sich verborgen. Unweit von ihnen mußte ein Sturm getobt haben, der diesen seltsamen grauen Schleier am Himmel gelassen hatte. Sie konnten nicht einmal feststellen, in welcher Richtung Osten war. Maria und Joseph waren so erschöpft, daß sie, trotz ihrer Angst, schliefen, aber Iras war an dem entscheidenden Punkt angelangt. Mit ihren Gedanken belastet, meinte sie, würde sie nie wieder Schlaf finden.

In ihrer Selbstquälerei vermochte sie nicht, still zu liegen. Sie kroch hinüber, wo das Kind in seiner Mulde lag, die in den Sand gegraben worden war, kauerte neben ihm, betrachtete eifrig das winzige schlafende Gesicht, dessen Züge sie in der Dunkelheit kaum unterscheiden konnte. Wirst auch du sterben? fragte sie. Ist all das Leid von Bethlehem vergebens gewesen? In ihrem Gram wiegte sie sich hin und her, aber völlig lautlos, um das Kind nicht zu wecken. So bestimmt hatte sie gewußt, daß dieses Leben um jeden Preis gerettet werden mußte, und doch, war der Preis nicht zu hoch gewesen? Was vermochte dieser Knabe der Welt zu geben, dieses Kind einfacher Leute, dessen Leben in Armut und Verbannung begann und dem böse Menschen nachstellten? Bei solchem Beginn, wie sollte da das Ende anders sein, als daß die Verfolger ihn umzingelten und ihre Beute zu Tode hetzten? Sie bückte sich tief und weinte. Alles Leid der Armen, der Verbannten, der Verfolgten vom Anfang der Welt bis heute war in dieser abgründigen Stunde in ihr lebendig. Vom Beginn und vom Ende her flossen zwei Ströme von Kummer und vereinigten sich in dieser Mulde in der Wüste, darin das Kind so friedlich schlummerte. Der Knabe schlief immer friedlich, wo er auch sein mochte. Er war hier, im tiefsten Leid, ebenso daheim, wie er es in den glücklichen Tagen in Bethlehem gewesen war.

Plötzlich hörte sie neben sich in der Nacht den leisen, fröhlichen Laut, den ein Kind von sich gibt, wenn es erwacht und etwas betrachtet, das ihm gefällt, einen Laut, mehr ein Vogelschrei im Morgengrauen, ein zufriedenes Krähen. Sie öffnete die Augen und sah sich um, und so weich und strahlend war das Licht, daß sie zunächst meinte, der Mond und die Sterne müßten den Wolkenschleier durchbrochen haben und wieder am Himmel scheinen. Doch der Himmel war dunkel wie zuvor. Aus der Wüste selbst schimmerte das Licht, aus einem hellen Kreis, der sie umgab, und strahlte von den lachenden Gesichtern und den funkelnden Gewändern einer Vielzahl kleiner Kinder, die sich schützend um sie gesammelt hatten. Iras atmete schwer, rieb sich die Augen und schaute wieder; doch sie waren noch immer da, Engelskinder, nicht von dieser Welt, und doch das Menschliche ihres Lachens bewahrend, noch immer von der Liebe ihrer Mütter umhegt, aber einen Heiligenschein um jedes schimmernde Köpfchen. Sie waren wie Sterne in der Nacht, wie die Blumen des Paradieses, deren Duft von ihnen ausstrahlte; jungfräuliche Lilien und die Rosen des Martyriums und all die vertrauten Blumen, deren Geruch für jeden Verbannten unter der Sonne wie der Atem der Heimat ist. Laut aufschluchzend vor Glück, streckte Iras die Hände nach den Kindern aus. Aber sie konnten nicht in ihre Arme kommen, denn sie waren nicht von dieser Welt; doch das Licht, das sie umgab, drang in Iras' Seele. In die Verzeihung der Kinder gehüllt wie in einen leuchtenden Mantel, legte sie sich auf den Boden und schlief.

Sie erwachte, als das erste Morgengrauen den bewölkten Himmel versilberte; aber nichts hatte sich geändert, nirgends zerrissen die Wolken, um zu zeigen, wo die Sonne aufging, die Flüchtlinge waren noch immer hungrig, in der Wüste verloren, und ihre Füße waren wund. Aber Iras' Verzweiflung war geschwunden, denn mit ihren eigenen Augen hatte sie jene Engelskinder im Kreis um sich gelagert gesehen, sie fühlte sich geborgen, und hier, in der höchsten Not, war ihr so heimatlich zumute wie dem Kind.

Sie weckte Maria und Joseph, sie aßen gemeinsam die letzten Datteln und tranken wenige Tropfen aus der Wasserflasche. Dann ließ Maria das Kind trinken, während Iras und Joseph die Bündel schnürten und auf dem Rükken des Esels festbanden. Sie redeten nur sehr wenig, im Dämmerlicht waren ihre Gesichter blaß; doch auch die wenigen Worte, die sie sprachen, waren heiter.

«Wenn dies das Ende ist», sagte Maria, «so werde ich Gott nicht verfluchen, ob ich auch sterbe, denn ich habe ihn auf dieser Wanderung ganz bestimmt kennengelernt. Ich habe ihn in meinen Armen gehalten, in dem Leib meines Kindes, habe ihn in der leuchtenden Sonne gesehen, seine Stimme im Brausen des Windes gehört, seine Liebe in meinem Herzen, seinen Mut in meiner Seele gefühlt. Selbst in der Hölle werde ich mich dessen entsinnen, und meine Seele wird den Herrn preisen.»

Und Joseph sagte: «Amen!»

Dann hob er mit Iras' Hilfe Maria und das Kind auf

den Rücken des Esels, und sie setzten ihre Wanderung fort, ohne zu wissen wohin, taumelten vor Müdigkeit, die Blicke dorthin gerichtet, wo Iras den Himmel am hellsten zu sehen glaubte. Das war die einzige Führung, die sie jetzt besaßen: Iras' Vorstellung, daß just dort die Sonne aufging.

Spät am Tage machten sie halt, tranken die letzten Tropfen des Wassers, und Maria legte sich, das Kind in den Armen, nieder und schlief. Selbst Joseph, den Kopf auf die Brust gesenkt, döste ein wenig. Iras aber entfernte sich von ihnen und ging einige Schritte weiter. Wo waren jene Felsen, die aus der Wüste emporragten und auf denen ihre Heimat lag? Nichts war in der ungeheuren Weite des grauen Himmels und der gewellten Wüste zu sehen, was ihr helfen konnte, keine Landmarke, die sie erkannte. Jetzt hatten sie den letzten Tropfen getrunken, und vor ihnen gab es nichts mehr als ein unsäglich furchtbares Sterben. Und dennoch hatte sie keine Angst; denn sie wußte, daß die Engelskinder sie umgeben hatten, und sie fragte sich nur, was man zu tun hatte, wenn das Ende nahte. Und dann erinnerte sie sich daran, was Maria am Morgen gesagt hatte: «Selbst in der Hölle wird meine Seele den Herrn preisen!» Das vermochte man zu tun. Man konnte Gott preisen, dem alle Dinge entstammten und zu dem alle Dinge zurückkehrten, den einzigen Gott des Pharaos Echnaton, das Alpha und das Omega der Juden, den Anfang und das Ende, den Gott, dessen Antwort immer größer war als irgendeine Herausforderung, selbst als die letzte Herausforderung des Todes.

Sie kniete nieder und betete, wie es die Völker des Ostens tun, die Stirn auf den Boden gebeugt, die Arme ausgestreckt. Und während sie abgerissene Worte flüsterte, um Gott zu verehren und zu preisen, sank sie in ihrer Schwäche immer tiefer, bis sie flach auf dem Boden lag; und so verharrte sie lange, nur halb bei Bewußtsein, und ihre Finger tasteten im Sand, wie eines Kindes Finger nach der Mutterbrust greifen. Und da, als sie wieder zu vollem Bewußtsein erwachte, fand sie, daß ihre Finger irgend etwas im Sand Verstecktes berührt hatten. Sie setzte sich auf und betrachtete es; ein Sträußchen verwelkter Orangenblüten, wie sie sie in den Töpfen am Fenster in ihrer Heimat gesehen hatte. Sie hielt die Blüten an ihr Gesicht und atmete den schwachen Duft ein; er war ihr vertraut, nicht bloß aus glücklicher Vergangenheit, sondern aus der Vision der letzten Nacht, denn der Duft der Orangenblüten hatte sich mit dem Duft der jungfräulichen Lilien und Rosen des Martyriums gemischt. Sie neigte die Stirn auf den Boden, und abermals pries sie den Herrn.

Dann kehrte sie zu Maria und Joseph zurück und zeigte ihnen, was sie gefunden hatte. «Seht», sagte sie, «Blüten des Paradieses! Engelskinder haben sie auf dem Weg in die Heimat fallen lassen, um auch uns den Weg zu zeigen!» Und Maria streckte mit der wortlosen Sehnsucht jener, denen der Tod als die einzige Wohltat erscheint, die Hände nach den Blüten aus.

Aber so phantasievolle Deutungen wollte Joseph nicht gelten lassen. Schnell ging er zu der Stelle, wo Iras die Blüten gefunden hatte, und begann den weichen, verwehten Sand fortzuräumen.

«Hier ist eine Karawane vorübergezogen», sagte er. «Der Sturm, der den Himmel verdunkelte, hat frischen Sand über die Spuren geweht. Sieh nur, Iras, ein kleiner, zerbrochener Topf! Und Kamelspuren! Und hier, im härteren Sand, eine Stelle, wo Wasser vergossen wurde!»

Ihre tödliche Erschöpfung war verschwunden, als hätten sie sie nie gespürt. Rasch wanderten sie weiter, erfrischt wie Kinder, die aus dem Schlaf erwachen, und plötzlich waren sie auf dem Pfad des Sturmes, und die Spuren einer Karawane, die eben erst vorübergezogen sein konnte, waren klar zu erkennen und leicht zu verfolgen.

«Die Wolken zerreißen», sagte Maria, und sie sprach nicht in Bildern, sondern es war buchstäblich wahr. Der seltsame, unheilverkündende Dunst wurde dünner, erhellte sich, rollte zurück und ließ einen herrlich leuchtenden Zipfel des goldenen Himmels sehen, und davor, im strömenden Licht hochaufgetürmt, fern, und doch klar und deutlich, am Ende der Spur, der sie folgten, erhob sich eine Stadt, auf einem Hügel erbaut.

Nie sollte Iras solch ein Glück empfinden, nicht bis zu der letzten Heimfahrt, da sie über die Pforten des Todes hinauswandern würde. Näher und näher kamen die vertrauten Umrisse der geliebten Stadt im kühlen Grün der Dattelpalmen, umringt von Orangenhainen und Kleefeldern. Schon glaubte sie das Haus zu sehen, wo sie daheim war. Die Töpfe mit den Orangenblüten würden im Fenster stehen, und dahinter würde ihre Mutter am Webstuhl sitzen.

«Sie ist in den Felsen gebaut wie Bethlehem», sagte Maria wehmütig.

«In der ganzen Welt gleichen Städte, die auf Hügeln gebaut sind, einander», meinte Joseph. «Das wird uns gegen das Heimweh helfen.» Er wandte sich um und lächelte Maria zu, die jetzt neben ihm ging, denn nun war Iras an der Reihe, das Kind in den Armen, auf dem Esel zu reiten. «Erinnere dich daran, Maria, daß unser Volk immer an den Wassern Babylons seine Lieder singt. Unser Kind wäre kein echter Sohn seines Volkes, wenn er dieses Leid nicht auch erleben müßte. Aber eines Tages werden wir doch heimkehren. Jede Verbannung findet ihr Ende.»

In all ihrem Glück war es Iras, als ob plötzlich ein Schwert ihr Herz durchbohrte, da sie nun auf den Knaben in ihren Armen hinunterschaute. Wie sollte sie leben, wenn er wieder von ihr ging? Und dann erinnerte sie sich, wie sie, in dem Entsetzen jener Nacht, die vorbeigegangen war, ihn im Mittelpunkt von allen gesehen hatte. In den Jahren, die da kommen sollten, würde sie in ihrem eigenen Land eine alte Frau werden, und er würde in seinem Land zum Mann heranwachsen, und zwischen ihnen würde die Wüste liegen. Doch auch in diesem Kummer würde sie ihn finden – und wo er war, da würde die Heimat sein.

Der Sonnengesang

Bruder Clemens, der alte Franziskaner, erhob seine Stimme und sang laut vor Glück, während er, etwas hinkend, denn er war ein wenig lahm in einem Bein, über die umbrischen Berge wanderte. Er sang den Gesang seines Ordensvaters Franziskus nach einer von ihm selbst erfundenen Melodie, einer in der Tat recht hübschen Melodie, denn er hatte ein feines Ohr für Musik, nur daß leider seine Stimme durch das Alter und die Unbilden des Wetters, denen er sich tagaus, tagein aussetzte, so zerbrochen war, daß man hiervon nichts merkte. Da jedoch niemand da war, der ihn hätte hören können außer dem Wind und den Hügeln und dem Sonnenschein und Gott, dessen Ohr mehr abgestimmt ist auf die Musik eines ihn liebenden Herzens als auf die Töne der Stimme, die so vergänglicher Natur sind, daß sie kaum irgendwelche Beachtung verdienen, so tat das nichts zur Sache.

«Höchster, allmächtiger, gütiger Herr», sang der Alte, «dein ist der Preis und der Ruhm und die Ehre und jeglicher Segen.»

Lobpreisen war für ihn so natürlich wie atmen. Den ganzen lieben langen Tag sang er Loblieder, und wann immer er in der Nacht erwachte (was sehr häufig der Fall war, weil er nie in einem Bett schlief und sein Lager, was es auch sein mochte – ein Straßengraben, eine Felsenspalte oder ein leerer Stall –, kaum je so weich war, daß es ihm viel Schlummer brachte), begann er gleich wieder zu singen. Die armen Leute, die in den verstreut liegenden Bergstädtchen und den einsamen Gehöften in den Tälern wohnten, wußten immer, wer es war, sobald sie dieses eigentümliche Krächzen vernahmen, und ihre Herzen schlugen höher vor Freude ob des zu erwartenden Trostes, den seine Gegenwart ihnen brachte, beinahe als wäre das seltsame Geräusch der silberhelle Trompetenklang, der das Nahen eines Königs ankündigt.

Doch obgleich er kein König war, sang er im Gefühl unendlichen Reichtums. Als Angehöriger des Dritten Ordens vom heiligen Franziskus, also als einer jener Mönche, die im 13. Jahrhundert ihr Leben damit verbrachten, barfuß von Dorf zu Dorf zu wandern, den Ärmsten das Evangelium zu predigen, die Kranken zu pflegen, die Trauernden zu trösten, ohne irgend etwas ihr eigen zu nennen, war er dahin gelangt, die ganze Welt zu besitzen. Nachdem er das letzte und teuerste von all seinen Besitztümern weggegeben hatte, eine schöne Laute, auf der er als junger Mann sehr hübsch zu musizieren pflegte und von der er sich nur mit Schmerz zu trennen vermochte, weil sie ein Geschenk der geliebten Frau gewesen war, hatte er die erstaunliche Entdeckung gemacht, daß Gott in die so entstandene schmerzliche Leere eingezogen war und sich dort sehr häuslich niedergelassen hatte. Und indem er so den Schöpfer besaß, entdeckte er weiter, daß die ganze Fülle der Schöpfung ihm gehörte ... die Sonne, der Mond und die Sterne, all die verschiedenen Arten des Wetters, die die Geschöpfe der Erde und der Luft am Leben erhalten, die sanfte Windstille, die Regenwolken, der Sturm, Wasser und Feuer und die Erde selbst, die den Schatz von Früchten, Gras und Blumen hervorbringt, dazu die menschlichen Wesen, die liebenden und verzeihenden, die tapfer und ergeben duldenden, und auch der Tod, der dort am Ende des Weges stand mit einer Krone in der Hand ... Dies alles zu besitzen war sehr viel. Hätte er nicht singen dürfen, er hätte die Freude des Besitzens kaum ertragen können.

Und ganz besonders an einem Morgen wie diesem. Es war der 24. Dezember und kalt, aber keine einzige Wolke stand am Himmel, und die Sonne strahlte herrlich von seiner tiefblauen Kuppel hernieder, goß ein Wunder von kristallenem Licht über die schneebedeckten Berge, schuf aus der Schneelast der Bäume eine Frühlingshülle weißer Blüten mitten im Winter, malte die Ferne in den strahlenden Farben von Amethyst und Smaragd, hell, klar und scharf wie Emailarbeit, umhüllte jeden Fels und jeden Strauch mit einem leichten, azurblauen Schattenmantel, gleich dem Mantel, den ein König von seinen Schultern gleiten läßt, und verwandelte jede Vertiefung des Bodens in einen Becher randvoll goldenen Weines. Welch eine Verschwenderin war doch die Sonne! Im Schenken war ihr niemand gleich, ausgenommen Gott selber.

«Gepriesen seist du, Herr, in allen deinen Geschöpfen», sang Bruder Clemens, «insonderheit in unserer Schwester, der Sonne, die uns den Tag bringt und das Licht. Und schön ist sie und strahlt in großem Glanz. Von dir, o Allerhöchster, ist sie das Sinnbild.»

Es hätte wohl einer sagen können, daß die Sonne zu hell strahlte für eine so frühe Morgenstunde, daß die klaren Farben des Horizonts und der blendende Glanz des Lichtes Sturm bedeuteten, aber Bruder Clemens gehörte nicht zu denen, die Unheil voraussehen, er war stets viel zu sehr beschäftigt, Gott zu preisen für das, was er heute hatte, um daran zu denken, was er morgen vielleicht nicht haben würde. So bemerkte er nichts Drohendes in der Luft.

Und doch waren, ganz entgegen seiner sonstigen Gewohnheit, seine Gedanken heute mit Gedanken an morgen durchsetzt. Aber das war ganz in Ordnung, denn morgen war Christtag, und wenn ein Christenmensch nicht an den Christtag denkt, solang er einen Verstand zum Denken hat, ist er kein Christ. Und welch ein Christtag stand Bruder Clemens bevor! Bei dieser Vorstellung brach er in einen Jubelgesang aus, denn den morgigen Weihnachtstag sollte er in Assisi selbst verbringen. Der Gründer seines Ordens war schon vor längerer Zeit gestorben, und eine herrliche Kirche war zu seinem Gedächtnis in Assisi gebaut worden. Jahrelang schon hatte sich Bruder Clemens gesehnt, einmal der Christmette in dieser Kirche beizuwohnen, und jetzt endlich sollte dieser

Wunsch in Erfüllung gehen. Vor vielen Jahren, als er als Jüngling fröhlich zu seiner Hochzeit ritt, hatte er den großen Heiligen gesehen. Er stand predigend auf einem Feld, das Volk drängte sich um ihn, seine Worte zu hören, und die Vögel, die er so liebte, flatterten um sein Haupt. Clemens hatte sein prächtig gezäumtes Pferd angehalten und eine Weile gelauscht ... Und der Heilige hatte den jungen Bräutigam bemerkt, hatte einen Augenblick in seiner Predigt innegehalten, ihn angeblickt und gelächelt. Es war eine große Güte in diesem Lächeln gewesen, aber auch Mitleid und so etwas wie eine gebieterische Macht, als hätte er durch das Glück des jungen Fremdlings hindurch bis an das Ende gesehen und aus dem Fremden einen ihm Zugehörenden gemacht. Clemens hatte, obgleich verwirrt durch den Blick, das Lächeln erwidert und dann dem Pferd die Sporen gegeben und war weitergeritten. Und obgleich der Heilige bald darauf gestorben war, ohne daß der junge Clemens ihn je wiedergesehen hatte, so war doch jener einzige Blick, mehr als irgend etwas anderes, der Ansporn dazu gewesen, daß er schließlich das Gewand des heiligen Franziskus nahm. Immer hatte es ihn nach einer innigeren Vereinigung mit diesem Mann verlangt, und seitdem die große Kirche in Assisi erbaut worden war, hatte er in dem Gedanken gelebt, daß, wenn er nur einmal eine Festmesse dort würde mitfeiern können, sein Wunsch gewiß erfüllt würde. Ganz sicher würde dort mehr als irgendwo sonst auf der Erde an einem solchen Tag der Geist des Heiligen zugegen sein.

Dennoch hatte er all die Jahre über niemals zu Weihnachten, zu Ostern oder zu Pfingsten seine Schritte mit Vorbedacht nach Assisi gelenkt, denn das hätte bedeutet, nach seinem eigenen Willen zu handeln, und dies widersprach durchaus seiner Überzeugung. Die Festzeiten fanden ihn immer in irgendeinem von einer Seuche heimgesuchten Flecken oder einem einsamen Bergbauernhof, wo man ihn brauchte, und er hätte es auch gar nicht anders haben wollen. Jedoch gestern, da er auf dem Wege war, eine Botschaft von einer sterbenden Frau im Tal deren Bruder zu überbringen, der oben in den Bergen wohnte, hatte er sich im Nebel verirrt und war den ganzen Tag gewandert, ohne zu wissen, wohin sein Weg ihn führte. Am Abend aber hatte der Nebel sich plötzlich gehoben, und er fand sich, bis auf die Knochen durchfroren, erschöpft mit wunden Füßen und schmerzendem Bein von dem Klimmen, auf einer felsigen Berghöhe, von der sich ihm in den Strahlen der sinkenden Sonne eine herrliche Aussicht bot, und fern, am äußersten Ende des Horizonts, da hatte er eine goldene Stadt erblickt, mit Toren von Perlen – die Stadt Gottes, Civitas Dei. Er war auf die Knie gesunken und hatte laut gesungen zu des Himmels Lob und Preis und, auf die Stadt hinblickend, hatte er in seinem Herzen beinahe den Wunsch entdeckt, daß ihm im Nebel irgendein Unfall begegnet sein möchte, daß er von einem Felsen gestürzt oder von einem wilden Tier gefressen worden wäre. Natürlich hätte er dann in der Finsternis und der Kälte und dem eisigen Schatten des Todes nichts von der Nähe der goldenen Stadt gewußt, aber der Todeskampf hätte ja nicht lange gedauert, und jetzt wäre er ja schon drüben gewesen. Nachdem er seinen Lobgesang beendet hatte, war er aufgestanden und hatte der himmlischen Schau entschlossen den Rücken gekehrt. Noch war er ja nicht drüben, noch war er hier, und seine Botschaft mußte bestellt werden. Nach langem Suchen hatte er den im Nebel verlorenen Pfad wiedergefunden und bei Einbruch der Dunkelheit das Bauernhaus erreicht. Dort hatte er die Botschaft bestellt und war herzlich aufgefordert worden, die Nacht über zu bleiben.

Als er sich am nächsten Morgen zum Aufbruch bereitmachte und mit Dank und Segenswünschen für seinen Wirt und dessen Haus das Brot und die getrockneten Feigen, die der freundliche Bauer ihm gab, in seinen Pilgersack steckte, hatte der Mann ihn gefragt, wohin er unterwegs sei. Ausnahmsweise hatte er keine Antwort gewußt. Gewöhnlich führte eine Tat der Barmherzigkeit zur anderen, so wie ihn sein Besuch bei der sterbenden Frau im Tal zu deren Bruder geführt hatte, aber diesmal hatte er noch keinen Fingerzeig erhalten, welchen Weg er nun einzuschlagen habe.

«Ich dachte, Ihr seid vielleicht unterwegs nach Assisi», hatte sein Gastgeber gesagt. «Es ist nicht mehr als eine Tagereise, wenn man gut zu Fuß ist. An einem klaren Tag können wir die Stadt sehen.»

Ein jäher Strahl von Glück hatte Bruder Clemens durchzuckt. So war es also Assisi gewesen, was er gesehen hatte, und keine himmlische Vision. Nicht die Stadt Gottes am Ende der Reise, sondern die Stadt des heiligen Franziskus, erbaut als ein Rastplatz am Wege. Und heute war ja der Morgen des Heiligen Abends! Eine Tagereise ... Er würde zurecht zur Mitternachtsmette in Assisi sein. So war es ihm also doch endlich vergönnt! Das, wonach er sich so gesehnt und was er dennoch nicht aus eigenem Willen angestrebt hatte, war ihm vom lieben Gott als Weihnachtsgeschenk in die Hände gelegt worden. Freudig hatte er seinem Wirt Lebewohl gesagt und sich auf den Weg gemacht.

Und so wanderte er jetzt dahin in dem herrlichen Sonnenschein, singend und in seinem Herzen musizierend zur Ehre Gottes, des Herrn.

Während er so wanderte, umzog sich der heitere Himmel ein wenig, und eine eisige Luft drang durch die abgetragenen Stellen seiner Kutte und griff an seine alten Knochen in einer Weise, die er gar nicht mochte. Obgleich er zäh und rüstig war für sein Alter, so bekam er doch seit nicht gar langer Zeit in steigendem Maße Anfälle von Gicht in seinem lahmen Bein zu spüren. Das wäre hübsch, dachte er, wenn gerade heute wieder die Schmerzen kämen und ihn zu langsamerem Gehen zwängen und er zuletzt doch zur Mette zu spät käme. Es war nicht seine Art, über Vergangenes zu grübeln, aber heute grämte er sich bitter über seine alte Wunde, die ihm das lahme Bein eingetragen hatte. Wenn er nur ein gutes Paar tüchtiger Beine sein eigen genannt hätte, er wäre nicht in Sorge gewesen, zu spät in die Mette zu kommen.

Damals, als ihm das mit dem Bein zugestoßen war, hatte er dieses Mißgeschick für gering erachtet. Das große Unglück seines Lebens war der Verlust Katharinas und seiner Kinder gewesen. Auch jetzt noch, nach so vielen Jahren, vermochte er nur mit Entsetzen an das zu denken, was geschehen war, und obgleich er täglich für das Seelenheil Katharinas und ihrer Kinder betete, wies er die Erinnerung an die Ereignisse, die ihrem Tod vorausgegangen und gefolgt waren, soviel er nur konnte, von sich. Doch es gab Gelegenheiten, wo er daran denken mußte, und Weihnachten war eine solche. Das war die Zeit des Friedens und des guten Willens, und er mußte um Verzeihung für seinen Feind beten. Als junger Mann hatte er alles besessen, was das Leben zu geben vermag: vortreffliche Gesundheit, einen großen Namen, ansehnlichen Reichtum, mit dem er, ein gastliches Haus führend, freigebig schaltete, ein junges Weib, das er leidenschaftlich liebte, und zwei kleine Kinder, deren liebliches Aussehen und Wesen ihn beständig zu seinem Entzücken daran erinnerten, daß er und Katharina mehr an holdem Gottessegen besaßen als irgendein Ehepaar in der Gegend. Sie genossen ihr Leben in vollen Zügen. Ihr Haus quoll über von Fröhlichkeit, Farben und Glanz, von Tanzen, Lachen und Musik; und ein klein wenig Arbeit, ein klein wenig Gelehrsamkeit und Gottesdienst war auch dabei in Gestalt eines Gutsbetriebs, einer Bibliothek und einer Hauskapelle, gerade so viel, um das ganze zusammenzuhalten und zu verhindern, daß es wie ein Springbrunnen in die Lüfte schieße und in einem Schauer von Regenbogentropfen auseinandersprühe. Doch die Arbeit, die Gelehrsamkeit und der Gottesdienst durften nicht den geringsten Schatten auf die Fröhlichkeit werfen. Die Bibliothek wurde nicht oft betreten, und der Hauskaplan hatte lange friedliche Stunden für sich allein. Es gab auch keinen Schatten, ausgenommen die Eifersucht, die Clemens quälte, denn Katharina war schön und heiter, und die Männer drängten sich um sie, und sie schätzte ihre Bewunderung mehr als alles andere im Leben und ganz besonders von einem: Antonio Vespiriani. Und gerade auf diesen, mehr als auf alle anderen, war Clemens übermäßig eifersüchtig. Vor Katharinas Heirat waren Vespiriani und Clemens ihre zwei bevorzugten Anbeter gewesen. Sie hatten miteinander um ihre Gunst gestritten, mit einer Leidenschaftlichkeit des Hasses, der nur die Leidenschaftlichkeit der Liebe für die Angebetete gleichkam. Clemens, der fünf Jahre jünger war als Vespiriani und mit Katharina gleichaltrig, hatte den Sieg davongetragen, dank ihrer gemeinsamen Liebe zur Musik, die schon immer ein Band zwischen ihnen gewesen war, dank seiner Jugend und seiner knabenhaften Anmut. Es war ein plötzlicher Ausbruch mütterlichen Fühlens gewesen, das eines Abends über Katharina kam, als er bei Mondlicht im Garten zu der Laute sang, die sie ihm geschenkt hatte – ein einfaches kleines Liebeslied, von ihm selbst gesetzt. So bezaubernd sah er aus, wie ein liebliches Kind, daß sie plötzlich ihre Arme um seinen Hals schlang und versprach, seine Frau zu werden. Vespiriani hatte seine Niederlage mit vollendetem Anstand hingenommen, aber sich nicht so zurückgezogen, wie Clemens es als richtig empfunden hätte. Statt dessen nahm er bei dem jungen Paar die Rolle eines wohlwollenden Gönners an, suchte häufig Katharinas Gesellschaft und behandelte den jungen Ehemann bei jeder Gelegenheit mit freundlicher Herablassung. Katharina fand die Aufmerksamkeit ihres alten Verehrers im höchsten Maße schmeichelhaft. Obgleich er durchaus nicht schön im gewöhnlichen Sinne des Wortes, ja sogar fast häßlich zu nennen war, so machten sein hageres, lebhaftes Gesicht mit dem gebrochenen Nasenbein und den schwarzen blitzenden Augen, seine Körpergröße, seine schmalen, schönen Hände, deren rechte eine sternförmige, von einer Rapierwunde herrührende Narbe trug, und seine unnachahmliche Eleganz aus ihm eine Erscheinung, der aller Augen mit einer an Ehrfurcht grenzenden Bewunderung folgten. Sein Reichtum war nicht so groß wie der seines Rivalen, sein Name aber noch vornehmer, und er hatte so hervorragende Geistesgaben, einen so scharfen Verstand und ein so vollendetes Benehmen, daß es schien, als könne es keine hohe Stelle im Lande geben, die er nicht hätte einnehmen können, wenn er sie nur anstrebte. Er erklomm Stufe um Stufe einer glänzenden Laufbahn, während Clemens blieb, was er immer gewesen war: ein einfacher Landedelmann mit einem kindlichen Gemüt und einer nicht unbedeutenden Begabung im Lautenspiel. Manchmal, wenn eine trübe Stimmung über ihn kam, was nicht allzu häufig geschah, fragte sich Clemens ganz traurig, ob wohl Katharina ihre Wahl bereue. Sie war eine stets liebevolle Gattin und Mutter, aber im Laufe der Jahre glaubte er eine leichte Entfremdung von ihrer Seite zu spüren, als ob ihr Herz nicht mehr so ganz ihm gehöre wie früher.

An einem Vorfrühlingstag sollte Clemens eine Reise in die einige Tagesritte entfernte Stadt antreten, um dort ein Rechtsgeschäft zu erledigen. Gewöhnlich freute er sich sehr an solchen Unternehmungen, sprach wochenlang vorher davon und brach an dem festgesetzten Tag mit der Fröhlichkeit eines Schuljungen auf, der einen Tag jagen darf. Ganz besonders genoß er es, wenn Katharina ihn begleitete, was sie bei schönem Wetter sehr gern tat, denn sie war ein ebenso guter Reiter wie er und ebenso lebensfroh. Doch diesmal wollte sie nicht, obwohl er sie inständig darum bat. Es sei zu früh im Jahr, sagte sie. Er wies darauf hin, daß es ungewöhnlich warm sei und das Wetter beständig, aber sie wollte dennoch nicht. Sie meinte, eine Erkältung sei bei ihr im Anzug, und es sei vernünftiger, zu Hause zu bleiben. Er war von einer so tiefen Enttäuschung erfüllt, wie sie eigentlich in keinem Verhältnis zur Sache stand, und als der festgesetzte Morgen kam, erklärte er plötzlich, er werde nicht reisen; er wolle abwarten, bis sie auch mitkommen könne. Da aber wurde sie heftig. Alles sei zu seiner Abreise vorbereitet, seine Satteltaschen gepackt, sein Gefolge bereit, sein Rechtsberater erwarte ihn. Nicht zu gehen wäre unvernünftig, dumm und selbstsüchtig. Sie hatte den stärkeren Willen, und nach einer erregten Auseinandersetzung gab er nach, küßte sie und ritt mit seinem bewaffneten Gefolge davon.

Jedoch seine gewöhnliche Fröhlichkeit hatte ihn verlassen. Trotz der Lieblichkeit des Morgens ritt er, in schwere, traurige Gedanken versunken, dahin. Er hatte mit Katharina gestritten, und es war wenig Liebe in ihrem Abschiedskuß gewesen. Einer von seinen Leuten, der seine Niedergeschlagenheit bemerkte, schlug eine kleine Ablenkung vor. Bei diesem guten Wetter, meinte er, komme man schnell vorwärts. Warum sollten sie nicht statt ihres gewöhnlichen Weges durch das Tal den längeren über die Berge nehmen? Die Aussicht würde herrlich sein, die Bergluft erfrischend, und droben im Wald sei ein vortreffliches Wirtshaus, berühmt wegen seiner guten Küche. Clemens willigte ein, seine Reiselust stieg augenblicklich, sie ritten in bester Laune den ganzen Tag.

Doch die Freude war von kurzer Dauer. Sie erreichten das Wirtshaus gegen Sonnenuntergang. Clemens sprengte fröhlich in den Hof hinein und schickte sich an abzusteigen, aber niemand kam auf ihr Rufen, und es war deutlich, daß andere Reisende ihnen zuvorgekommen waren, denn Pferde standen angebunden neben dem Holztrog, würzige Speisedüfte strömten aus dem Haus, und laute Stimmen und Gelächter waren von drinnen zu vernehmen.

«Gebe der Himmel, daß wir eine gleichgestimmte Gesellschaft an ihnen finden!» sagte Clemens im Absteigen.

«Das werden wir, Signor», antwortete einer seiner Männer. «Ihr werdet einen Freund drinnen finden. Seht, die Farben Signor Vespirianis.»

Einen Fuß noch im Steigbügel, sah sich Clemens um und blickte auf die Pferde, die aus dem Trog tranken. Vespirianis Farben, Kirschrot und Heliotrop, schmückten ihr Sattelzeug, und Vespirianis berühmte weiße Stute war darunter. Wortlos schwang sich Clemens wieder in den Sattel und ritt aus dem Hof hinaus.

«Wir werden im Wald übernachten», rief er seinen erstaunten und enttäuschten Männern zu, die ihm folgten.

Er ritt ohne Aufenthalt bis zum Einbruch der Nacht, jeden Gedanken in sich unterdrückend, einzig und allein dem blinden Trieb folgend, eine möglichst große Entfernung zwischen sich und den verhaßten Mann zu legen. Als es so finster war, daß sie nichts mehr sehen konnten, stiegen sie von den Pferden und fanden zwischen den Pinien eine geschützte Höhle für die Nacht. Sie hatten Essen bei sich und warme Mäntel, und im Freien zu schlafen war bei solchem Wetter kein Ungemach. Seine Männer schliefen bald, aber Clemens lag, etwas abseits von ihnen, steif auf dem Rücken und starrte, ohne irgend etwas zu sehen, hinauf in die Herrlichkeit des Nachthimmels, wo über den Wipfeln der Pinien der Mond und die Sterne standen. Mit einer Heftigkeit, die ihm kaum mehr erträglich schien, folterten ihn die Gedanken, die er beim schnellen Reiten unterdrückt hatte und die jetzt Pfeilen gleich seinen Körper und sein Gemüt durchbohrten. Das Wirtshaus dort oben lag an der direkten Straße zwischen Zecca, wo Vespiriani sein Stadthaus hatte, und seinem eigenen Wohnsitz Loreto. War Vespiriani auf dem Weg nach Loreto? Hatte er diesen Tag gewählt, weil er wußte, daß der Herr des Hauses nicht daheim war? Erwartete ihn Katharina? Die ganze Nacht schwankte sein gequältes Herz zwischen den zwei Wegen, die ihm nun offenstanden. Er konnte bei Tagesanbruch nach Hause zurückreiten und seinen Verdacht auf die Probe ankommen lassen, oder er mochte Katharina weiterhin vertrauen, wie er es bisher getan hatte, und seine Reise in die Stadt fortsetzen, um das geplante Geschäft zu erledigen. Als die Sterne zu erbleichen begannen, hatte die seiner Natur eigene Vertrauensseligkeit den Sieg davongetragen. Schließlich gab es viele Orte außer Loreto, wohin Vespiriani auf dem Weg sein konnte. Und wenn selbst Loreto das Ziel war, so wußte er wahrscheinlich nichts von seiner Abwesenheit, und Katharina hatte ihre alte Amme bei sich und den Diener und den Hauskaplan. Sie war in guter Hut. Nach Hause zu reiten und spionieren würde eine Beleidigung der Liebe und des Vertrauens bedeuten, die immer zwischen ihnen geherrscht hatten. So setzte er am nächsten Morgen die Reise mit seinen Leuten fort.

Gegen Ende des dritten Tages näherten sie sich einer Straßengabelung. Die eine Straße führte nach Trajano, der Stadt, wohin sie unterwegs waren, die andere nach Zecca, wo Vespiriani sein schönes Haus hatte. Unweit der Kreuzung sahen sie einen Mann auf einem Pferd ihnen entgegenjagen, als sei der Teufel hinter ihm her. Doch als Clemens und seine kleine Schar an ihn herankamen, zügelte er sein Pferd und fragte heiser, das Antlitz aschfahl: «Wohin reitet Ihr?»

«Nach Trajano», erwiderte Clemens.

«Das ist gut», war die Antwort des Reiters. «In Zecca ist die Pest.» Damit gab er seinem Pferd die Sporen und sprengte davon.

Clemens ritt, so schnell er nur konnte, nach Trajano, das er knapp nach Einbruch der Nacht erreichte. Er klopfte seinen Rechtsberater aus dem Bett und bestand darauf, daß sie die ganze Nacht durcharbeiteten, um ihr Geschäft zu erledigen. Am nächsten Morgen jagte er, ohne einen anderen Menschen aufgesucht oder sich eine kleine Zerstreuung gegönnt zu haben, wie er sonst bei seinen Besuchen in der Stadt zu tun liebte, ohne ein Auge zugedrückt zu haben und kaum einen Bissen im Magen, wie der Sturmwind nach Hause. Eine eiskalte Furcht krampfte sein Herz zusammen. War Vespiriani vor der Pest geflohen, um Schutz in Loreto zu suchen, wo eine schöne junge Frau und zwei kleine Kinder wohnten? Kaum war es denkbar, daß er einer solchen Unmenschlichkeit fähig gewesen sein sollte, und doch, ein selbstsüchtiger Mann kann wohl in Angst um sein eigenes Leben mitunter jede Menschlichkeit einbüßen.

Dem armen Clemens schien es, als ob ihm alles, was nur möglich sei, ihn aufzuhalten, auf dieser schrecklichen Reise zustieße. Einer seiner Leute, der am Ende eines langen Tages achtlos dahinritt, tat einen bösen Sturz vom Pferd und verletzte sich so schwer, daß sie eine Bahre anfertigen mußten und ihn so, mit einer Langsamkeit, die Clemens fast zum Wahnsinn brachte, zum nächsten Gasthof schleppten, woselbst sie ihn in Obhut und Pflege zurückließen. Um die verlorene Zeit einzuholen, wählten sie einen Abkürzungsweg und fanden eine Brücke, die über einen reißenden Gebirgsstrom führte, weggerissen, so daß sie wieder umkehren mußten. Dann kam ein Unwetter, das ihnen weiteren Aufenthalt verursachte. Schließlich lahmte sein Pferd.

Als endlich die Türme von Loreto in Sicht kamen, war mehr als eine Woche vergangen seit jenem Tag, der jetzt hundert Jahre her schien, an welchem er Katharina und den Kindern Lebewohl gesagt hatte.

Der Hof seines Hauses war verlassen, als er einritt; nicht einmal das Bellen eines Hundes begrüßte ihn, nur jene Grabesstille, die ein entsetzliches Unglück anzeigt. Der alte Diener öffnete auf sein wildes Klopfen, und der verstörte Blick des Greises sagte ihm alles, was ihn zu wissen verlangte. Wie ein verwundetes Tier, das die Hand beißt, die ihm helfen will, schlug er den treuen Gehilfen und stürmte dann die steinerne Treppe hinauf, die zum Gemach seiner Frau führte. Sie lag auf dem Bett, das kleine Kind in ihren Armen, das ältere neben ihr. Sie waren alle tot, auch die alte Amme, die auf dem Fußboden neben dem Bett lag. Clemens warf sich auf das Bett zu den Toten und umschlang seine kleine Familie mit den Armen. Er hatte nur einen Gedanken – selbst die Pest zu bekommen von ihren Leichen und ihnen dorthin zu folgen, wohin sie gegangen waren.

So überzeugt war er, daß Gott auch ihn würde sterben lassen, daß er eine Stunde später, als der Diener und der Hauskaplan in das Zimmer kamen, wo sie ihn vermuteten, freundlich und gelassen aufstand und sich mit einer ruhigen Sicherheit, über die sie nicht genug staunen konnten, daranmachte, zu tun, was getan werden mußte. Erst nach vielen Tagen, nachdem das Sterben in Loreto aufgehört hatte und es klargeworden war, daß unter denen, welche die Seuche verschont hatte, sich der Herr des Hauses befand, kam die Verzweiflung über ihn. Die einfache Flucht aus dem Leben durch den Tod an der Pest war ihm nicht beschieden. Er mußte leben oder aber durch eigene Hand sterben. Jedoch bevor er die Wahl zwischen Tod und Leben traf, gab es Dinge, die er wissen mußte. Und er begann Fragen zu stellen. Er erfuhr, daß Vespiriani in Loreto gewesen war, aber er sei in fröhlicher Laune gekommen und habe kein Wort davon gesagt, daß in Zecca die Pest herrsche. Er sei zwei Tage geblieben und dann wieder fortgeritten, der alte Diener wußte nicht wohin, nur daß er die Straße nach Norden genommen habe. Erst am Abend des Tages, an dem er Loreto verlassen hätte, sei Katharina als die erste im Hause erkrankt.

Der Bericht des Dieners beantwortete keine der Fragen, die Clemens folterten. Er wußte nicht, ob Vespiriani willentlich vor der Pest nach Loreto geflohen war oder ob er zu dem Zeitpunkt, da er die Stadt verließ, nichts davon geahnt hatte, daß die Seuche ausgebrochen war. Er wußte nicht, ob Vespiriani über die Abwesenheit des Hausherrn unterrichtet war, als er sich gerade diesen Zeitpunkt zu seinem Besuch in Loreto wählte, oder ob er erwartet hatte, Clemens dort zu treffen. Er wußte nicht, ob Vespiriani und Katharina einander geliebt hatten, ob seine Frau ihm treu oder untreu gewesen war. Es gab nur einen Menschen, der ihm diese Fragen beantworten konnte: Vespiriani selbst.

Er hatte seine Vermutung, wohin der andere geritten war. In den nördlichen Bergen lag ein Benediktinerkloster, dem Vespirianis Vetter als Prior vorstand. War er vor der Pest geflohen, dann war dies ein guter Zufluchtsort. Hatte er die Gelegenheit der Abwesenheit des Gatten benutzt, um Katharina zu besuchen, so war ein Rasttag in Loreto auf halber Strecke zu seinem Vetter kein schlechter Vorwand.

Clemens machte sich allein auf den Weg ins Kloster. Er wies jede Begleitung zurück, auch die des treuesten seiner Diener. Er wollte allein sein. Die vollkommene Unfähigkeit derer, die am Leben geblieben waren, seinen Kummer zu beschwichtigen oder auch nur seine Fragen zu beantworten, waren nur dazu angetan, den Schmerz und die quälende Ungewißheit zu vermehren. Eine Linderung seines Schmerzes konnte er nur von Gott erhoffen, was das zweite betraf, so blieb Vespiriani allein, der ihm hier helfen konnte.

Drei Tage und drei Nächte ritt er durch die einsamen Wälder hinauf zum Kloster und machte nur halt, um seinem müden Pferd Ruhe zu gönnen. Es war Vollmond, und so ritt er auch manchmal bei Nacht, denn er konnte keinen Schlaf finden, und wenn er still lag und nichts tat, so fühlte er sich wie ein Verdammter in der Hölle. Das einzige, was auf diesem Ritt überhaupt in sein Bewußtsein drang außer seiner eigenen Qual, war der Schein des Mondes und der Sterne. In irgendeiner Weise boten sie ihm Trost. Die Sonne, deren strahlender Schein wie zum Hohn seine leere Welt erhellte, schreckte ihn, aber der Mond und die Sterne ließen gnädig einen Schleier über der Leere und gaben doch Licht.

Es war spät am Nachmittag, als er in der Ferne auf dem Berggipfel, von Felsen umringt, die grauen Mauern des Klosters erschaute und am Fuße der Felsen das liebliche Grün der Berghalden. Im goldenen Licht der untergehenden Sonne war es wie ein plötzlich sich öffnender Blick ins Paradies. Doch im nächsten Augenblick hatte er ihn verloren, denn sein Weg führte in einen dichten Pinienwald, dessen Dunkelheit sich um ihn schloß. Er ritt jetzt mit klopfendem Herzen, denn er spürte in jeder Fiber seines Körpers den glühenden Haß gegen Vespiriani, und nichts, nichts war in ihm außer diesem Haß.

Der Wald lichtete sich, vor ihm breiteten sich die grünen Matten, und auf ihn zu kam, ein offenes Buch in der Hand, knietief in Blumen wandelnd – Vespiriani. Die elegante Ungezwungenheit in der Haltung des Mannes, die offenkundige Behaglichkeit, mit der er sich an sich selbst, dem Buch und all der Schönheit um ihn her erfreute, trafen Clemens wie ein Schlag. Dies war ein schlimmerer Hohn als der Sonnenschein. Er stieß einen erstickten Schrei aus, sprang vom Pferd und zog sein Schwert. Bei dem Schrei blickte Vespiriani auf, sah, wer es war, der da auf ihn zukam, ließ sein Buch fallen und erbleichte. Es mochte nichts anderes gewesen sein als sein plötzliches Auftauchen, das eines Mannes, der so offensichtlich entstellt war von Gram und Haß, was Vespiriani einen Augenblick hatte erbleichen lassen, aber Clemens las darin nichts als Schuldgefühl und schrie ihm eine Flut von Verwünschungen und Beschuldigungen ins Gesicht, die in das liebliche Bild der blumigen Wiese eindrangen wie der Gestank der Hölle ins Paradies. Vespiriani hatte nach der einen Sekunde des Erschreckens seine Fassung völlig wiedergewonnen, hörte die Anklagen des Rasenden aufmerksam an, fand jedoch keine Möglichkeit, sie zurückzuweisen, denn Clemens stürzte sich plötzlich wie ein wütender Hund auf ihn, so daß er gerade nur noch Zeit fand, sein eigenes Schwert zu ziehen, um sein Leben zu retten.

Als Clemens langsam wieder ins Bewußtsein zurückkehrte, lag er auf einem Strohsack in einem der Gästezimmer des Klosters und blickte durch ein schmales Spitzbogenfenster hinaus auf den Mond und die Sterne. Eine kurze Weile sah er sie an, in dem Wissen, daß er wieder er selbst sei, daß der Teufel nicht länger Besitz hatte von ihm und daß der Mond und die Sterne klar und lieblich am Himmel standen. Dann sank er wieder zurück in den Traumzustand, der ihn gnädig umhüllt hatte von dem Kampf auf der Wiese an bis zum Erwachen auf dem Strohsack. Lange, so schien ihm, trieb er hin und her zwischen den Ufern von Traum und Wachen im besänftigenden Rhythmus eines Pendels. Dann wurden die Zeitabschnitte, da er sich im Zustand des Wachens befand, immer länger und das Bewußtsein klarer, bis endlich der Tag kam, da er wieder ganz in der Wirklichkeit weilte, sich an alles erinnerte, da er wieder Clemens war: ein kranker Mann, der von den Brüdern des Bergklosters treulich gepflegt wurde und sich von einer schweren Wunde am Bein, die ihm Vespiriani in Notwehr beigebracht hatte, rasch erholte, wie auch von einem schweren Anfall von Fieber und Geistesverwirrung, hervorgerufen durch Überanstrengung, großen Haß und großen Gram.

Die zwei letztgenannten Ursachen seiner Krankheit, Haß und Gram, waren weit schwerer zu überwinden als die Krankheit selbst, aber durch das Leiden seines Körpers, das sich darübergelegt hatte, waren die Fesseln, in die sie seinen Geist geschlagen hatten, gelockert worden und endlich, dank den Gebeten und dem weisen Zuspruch der Brüder und des Priors, ganz von ihm abgefallen. Vespiriani hatte, so erzählte ihm der Prior, sobald er annehmen konnte, daß der von ihm verwundete Mann nicht sterben werde, das Kloster verlassen und war nach Rom gereist. Und nun habe er, in einer diplomatischen Mission an den spanischen Hof gesandt, auch Italien verlassen. Vor seiner Abreise aus dem Kloster habe er, der Prior, ihn über die Anschuldigungen befragt, die Clemens in seinen Fieberphantasien in wilder Leidenschaft immer wieder gegen ihn ausgestoßen hätte. Er habe alles in Abrede gestellt. Der einzige Grund für seinen Besuch im Kloster, so habe er erklärt, sei der Wunsch gewesen, seinen Vetter zu sehen. Er habe bei seiner Abreise aus Zecca nicht gewußt, daß dort die Pest ausgebrochen sei, wenn auch diese Angst ihn befallen habe, als am Tag nach seinem Abschied von Loreto einer seiner Leute daran erkrankt und tags darauf gestorben sei. Er habe in Loreto seine Reise unterbrochen, ohne von der Abwesenheit des Hausherrn zu wissen. Obgleich er Katharina immer geliebt habe, sei er nie ihr heimlicher Liebhaber gewesen und stets als treuer Freund zu Clemens gestanden. Daß irgendeine Entfremdung zwischen Katharina und ihrem Gatten seinetwegen eingetreten sein sollte, daß er ahnungslos die Pest nach Loreto gebracht und so den Tod Katharinas und ihrer Kinder verursacht haben könne, beklage er tief, aber für beide Tragödien sei er moralisch nicht verantwortlich.

«Wie kann ich wissen, ehrwürdiger Vater, ob er die Wahrheit gesagt hat oder nicht?» fragte Clemens, den Blick auf den Prior geheftet.

«Mein Sohn, das kannst du nicht wissen», erwiderte der Prior. «Du kannst ihm nur verzeihen, sei es für seine Sünde oder für seine Nachlässigkeit, und, solange du lebst, für seine unsterbliche Seele beten. Und für dein Eheweib und deine Kinder mußt du auch beten in dem Wissen, daß sie für dich nicht verloren sind, sondern nur eine Weile deinen Augen verborgen, wie der Mond und die Sterne durch das Licht des Tages verborgen sind. Sie scheinen jetzt in einer anderen Welt als der deinen, und an dem festgesetzten Tag wirst du sie wiedersehen.»

Da wendete Clemens sein Gesicht zur Wand und weinte. Der Prior verließ erfreut seine Zelle, denn dies war das erstemal, daß er geweint hatte, und es würde ihm guttun, dessen war der Prior gewiß. Die Brüder gewannen Clemens sehr lieb, und als es sich nach seiner Genesung zeigte, daß er ein völlig neuer Mensch geworden war, an Körper und Seele, ganz und gar unfähig, in das alte weltliche Leben zurückzukehren, da hofften sie, er werde einer der Ihren werden. Doch das wollte er nicht, und nicht einmal dem Prior konnte er den Grund hierfür erklären, denn der schien ihm so lächerlich. Es war der Blick, den Franziskus an seinem Hochzeitstag auf ihn gerichtet hatte, jener Blick des Mitleids, in dem aber auch Befehlsgewalt gelegen hatte, die Befehlsgewalt des Vaters, der Gehorsam von seinem Sohn fordert. Er hatte ihn nie vergessen, und die ganze Zeit über, während er in Fieberphantasien lag, war dieser Blick nicht von ihm gewichen und hatte ihn vor dem Wahnsinn bewahrt. Wenn er die Welt verlassen sollte, dann wollte er ein Sohn des heiligen Franziskus werden und niemandes sonst.

Und so kam es, langsam, allmählich. Er hatte einige Stufen zu überwinden. Fünf Jahre später war er ein Tertiar des heiligen Franziskus, einer der jüngsten des Ordens. Und nun war er einer der ältesten. Er hatte ein glückliches Leben gehabt, aber die Tragödie seiner jungen Mannesjahre war etwas, das er nicht vergessen konnte. Er wußte nicht, was aus Vespiriani geworden war, aber er betete für ihn, und die meiste Zeit glaubte er, ihm alles Unrecht, das jener ihm vielleicht angetan haben mochte, verziehen und sich auch mit der Tatsache abgefunden zu haben, daß er die Wahrheit nie erfahren würde. Und doch, manchmal, wenn er sehr niedergeschlagen oder sehr müde war, dann war er nicht ganz so sicher – ja, er fürchtete sehr, daß er in seinem Innersten das Verlangen, die Wahrheit zu erfahren, nicht gänzlich aufgegeben habe. Und wenn er, selbst jetzt noch, entdecken würde, daß Vespiriani in seiner Selbstsucht ihm die Liebe und das Leben seiner Frau geraubt hatte, wenn er jetzt seinem Feind gegenüberzutreten hätte, würde er dann finden, daß er ihm wirklich vergeben habe? Nein, in solchen Augenblicken war er dessen nicht sicher.

Jedoch in seinen guten wie in seinen schlechten Zeiten wußte er, daß er Katharina, selbst wenn sie sich gegen ihn verfehlt haben sollte, verziehen habe. Nichts als Liebe für sie und seine Kinder war jetzt in seinem Herzen, und er sah mit freudigster Erwartung dem Tag entgegen, da er seinen Körper verlassen und sie alle wiederfinden würde. Sooft er den Mond und die Sterne anblickte, sandte er Dankgebete zum Himmel.

«Gepriesen seist du, Herr», so sang er im Wandern, «in unserem Bruder, dem Mond, und den Sternen, die du hell und lieblich und schön an den Himmel gesetzt hast.»

Das Wetter wurde immer drohender, der Himmel verfinsterte sich, die eisige Luft wandelte sich in einen schneidenden Wind, dessen Stöße wie grausame Geißelhiebe daherkamen. Bruder Clemens schauerte und bemerkte, daß der dunkle Himmel eine gelbe Färbung annahm. Alles deutete auf einen Schneesturm hin, noch vor Einbruch der Nacht. Es war die Art von Wetter, die er am wenigsten leiden mochte. Doch was konnte es ihm anhaben? Heute abend würde er wohlgeborgen in Assisi sein, bei der Mitternachtsmette in der großen Kirche des heiligen Franziskus, und je schlimmer das Wetter draußen, um so herrlicher würden die Wärme, die Helle, die Farben und die Musik drinnen sein. Welch ein Wetter auch sein mochte, er pries Gott dafür, wie es seine Pflicht war, doch bei Nordwestwind neigten seine Lobpreisungen meist zu einer gewissen Lauheit. Nicht so heute, da die Aussicht auf die ihn erwartende Freude und Wärme in seine Kälteschauer auch Schauer des Glücks einfließen ließ.

«Gepriesen seist du, Herr, in unserem Bruder, dem Wind», sang er, «und in der Luft und den Wolken, der Windstille und jeglichem Wetter, durch das du das Leben erhältst und alle Geschöpfe.»

Aber manch ein Wetter, dachte er, ist schlimm für diese Geschöpfe. Das fröhliche Zwitschern der Vögel verstummte, während der Himmel sich verfinsterte und der Wind sich stärker erhob. Sie kauerten sich zusammen und plusterten die Federn auf gegen die Kälte und waren traurig. Und auch die Pelztiere mit ihren sonst so hellen Augen waren traurig, obgleich sie warme Höhlen und Löcher hatten, sich darin vor der Kälte zu bergen, war es doch ihre Lust, draußen in der Sonne zu spielen und zu tollen, und wenn die große Segensspenderin ihr Antlitz verhüllte, wurden sie niedergeschlagen. Bruder Clemens achtete immer auf die Tiere ringsum, und sie achteten auf ihn. Sie liebten ihn und hatten keine Angst vor ihm. Vielleicht hielten sie ihn in seinem braunen, erdbeschmutzten Gewand für einen der Ihren, oder vielleicht erreichte seine liebevolle Güte ihr Inneres und zog sie zu sich heran. Was auch immer der Grund war, sie flüchteten nie vor ihm, wenn er in ihre Nähe kam, und manchmal lief ein Hase, ein Wolf oder ein Kaninchen neben ihm her wie ein Hund und leistete ihm Gesellschaft.

So war er gar nicht überrascht, als er, nach Stunden des Wanderns im Schutz eines Felsens rastend, um das Stück Brot und die getrockneten Feigen zu essen, die der Bauer ihm gegeben hatte, einen Hasen und zwei Krähen gewahrte, die ihn mit sichtlicher Aufmerksamkeit beobachteten. Obwohl er sehr hungrig war, hörte er sogleich auf zu essen und teilte seinen kargen Vorrat in vier gleiche Teile, denn die, welche etwas haben, müssen immer mit denen teilen, die nichts haben, das ist Gottes Wille. Doch als er seinem Bruder, dem Hasen, und seinen Schwestern, den Krähen, ihre Portionen reichte, machten sie keine Anstalten, das Dargebotene zu nehmen. Essen war offenbar nicht das, was sie wollten. Sie schienen etwas anderes von ihm zu erwarten.

«Nun, was wollt ihr?» fragte Bruder Clemens. Die Krähen öffneten ihre Schnäbel und antworteten ihm, aber obgleich sie großen Lärm machten, war er nicht imstande, ihrem Gedankengang zu folgen. «Bruder», sagte er zu dem Hasen, «ich bin nicht schnell im Begreifen, aber wenn du irgendeinen Dienst von mir haben willst, dann geh voran, und ich werde dir folgen.» Der Hase sprang sogleich von dem Baumstumpf, auf dem er gesessen hatte, und hopste durch die Büsche hinunter, die den neben der Straße hinlaufenden tiefen Graben verbargen, die Krähen flatterten hinterdrein. «Nicht so schnell!» rief Bruder Clemens, indem er das kaum berührte Essen in seinen Pilgerranzen stopfte und ihnen nacheilte. «Denkt daran, daß euer armer Bruder keine Flügel hat und nur zwei Beine und schon alt geworden ist im Dienste Gottes.»

Sie verlangsamten ihre Geschwindigkeit, aber auch so fiel es Bruder Clemens schwer, sie im Auge zu behalten, während er gleitend und strauchelnd den steilen Abhang hinter ihnen herhastete, und er hätte sie gänzlich aus den Augen verloren, hätten sie nicht, unten angekommen, haltgemacht und neben einem dort liegenden Gegenstand gewartet. Der Gegenstand erwies sich als ein Mann, der mit ausgebreiteten Armen wie tot dort lag; er war offenbar von dem Weg oben hinuntergestürzt oder -geworfen worden. Der Hase und die Krähen warteten geduldig neben ihm, bis Bruder Clemens nachgekommen war.

Der Franziskaner war an soviel Unglück und Jammer gewöhnt, an Schmutz und Armut, Aussatz und Krankheit jeglicher Art, an den Tod in den schrecklichsten Formen, so beugte er sich ohne jede Furcht oder Abscheu, nur mit tiefem Mitleid über den auf dem Boden Liegenden. Er war nicht tot, nur bewußtlos. Auch war er kein armer Mann, denn er war schön und reich gekleidet, in ein scharlachrotes Wams und einen kostbaren pelzverbrämten Mantel, aber er war alt und schwer verletzt durch seinen Fall. Bruder Clemens vermutete, daß man ihm aufgelauert und ihn auf der Straße oben ausgeraubt hatte, denn obgleich er offensichtlich ein reicher Mann war, trug er keine goldene Kette um den Hals, keinen Ring an seiner Hand, und Schwert und Reisetasche fehlten. Er mußte entweder allein geritten sein oder von verräterischen Dienern begleitet. Bruder Clemens vermutete das letzte, denn obgleich er viele Hufspuren oben auf dem Weg gesehen hatte, war doch kein Zeichen eines Kampfes zu erblicken gewesen, und nach dem finsteren, entschlossenen Gesicht des Mannes zu urteilen, war er einer, der sich gewehrt hätte, wenn es möglich gewesen wäre. Er mußte ganz plötzlich von einer Übermacht überwältigt, beraubt und hier heruntergeworfen worden sein.

Bruder Clemens richtete sich auf und kratzte sich in einiger Verlegenheit den Kopf. Die ersten Schneeflocken fielen, es war bitter kalt, und die Dunkelheit brach herein. Er mußte irgendein Obdach für diesen armen Menschen finden, bevor der Sturm losbrach und es völlig Nacht wurde, sonst würde er sicher sterben. Assisi war die nächste Stadt, aber auch die war noch viele Meilen entfernt, und bis er dorthin gelangte, um Hilfe zu holen, und wieder zurück, konnte es zu spät sein, oder es konnte auch der Schneesturm so heftig werden, daß ein Zurückkommen unmöglich wäre.

Eine der Krähen schlug mit den Flügeln, krächzte und hüpfte ein wenig fort. «Wenn du uns Obdach in deinem Hause anbietest, Schwester», sagte Clemens zu ihr, «wird dich Gott zweifellos für die Güte deines Herzens belohnen, aber ich fürchte, das Dach wird zu niedrig sein, um ein menschliches Wesen einzulassen.»

Die Krähe ließ sich jedoch nicht entmutigen, sie hüpfte flügelschlagend noch ein Stück weiter und krächzte noch lauter, und Bruder Clemens folgte ihr, während der Hase voll offenbaren Mitleids neben dem Verletzten sitzen blieb.

Die Krähen führten Clemens zwischen den Fichtenstämmen und dem dichten Unterholz, mit dem die Schlucht bewachsen war, hindurch zu einer dunklen Höhle, die sich bei näherem Zusehen nicht als ein Felsenloch, sondern als die verlassene Behausung eines Hirten oder Holzfällers erwies. Die Wände bestanden aus roh aufeinandergetürmten Steinen, die Decke aus Pinienzweigen, die Fenster waren Löcher in der Wand, und eine Tür gab es nicht; aber auch so bildete die Hütte mitten im Wald einen guten Schutz vor dem Sturm und auch vor den Blicken umherziehender Wegelagerer, die sie von der Straße aus durch das dichte Gestrüpp nicht sehen konnten. Mancherlei Zeichen deuteten darauf hin, daß sich vor nicht langer Zeit Menschen darin aufgehalten hatten: da war ein Haufen trockenen Heus in einer Ecke auf dem Boden, ein geschwärzter Herdstein, über dem sich ein Loch in der Decke befand, für das Entweichen des Rauchs bestimmt, und ein Topf, der offensichtlich zum Kochen verwendet worden war.

«Das ist genau der Platz, den wir brauchen», rief Bruder Clemens aus, «aber ohne eure Hilfe, Schwestern, hätte ich ihn nie gefunden!» Die Krähen krächzten vor Freude und flogen zu der kleinen Behausung hinauf, die sie für sich selbst in dem Piniendach eingerichtet hatten. Bruder Clemens ging zurück zu dem Verunglückten.

Obgleich alt und knochendürr, war der Franziskaner doch außerordentlich zäh, und er brachte es zuwege, gefolgt von dem Hasen, den Mann zu der Hütte zu schleppen, wo er ihn auf das Heu niederlegte. Als er sich über ihn beugte, bemerkte er einen großen dunklen Fleck auf seinem Wams, den er vorher nicht gesehen hatte. Die Wunde rührte von einem Dolch her.

Er wird nicht mehr lange leben, sagte sich Bruder Clemens, aber trotzdem, ich sollte etwas Wasser suchen und die Wunde waschen.

Er nahm den Topf, wandte sich zu dem Hasen und sagte höflich: «Würdest du so gut sein, Bruder, und mir zeigen, wo du deinen Durst löschst?» Der Hase führte ihn auf der anderen Seite der Schlucht ein Stückchen den Abhang hinauf, zu einer Stelle, wo Wasser aus dem Felsen sprang. Bruder Clemens füllte seinen Topf und kehrte zu dem Verwundeten zurück, der sich jetzt bewegte, stöhnte und aus seiner Ohnmacht zu erwachen schien. Clemens sah, daß die Wunde sehr schwer war, aber er konnte nichts anderes tun, als ihn mit dem frischen Wasser und einem feinen Batisttuch, das er in einer der Taschen des schönen, pelzbesetzten Mantels gefunden hatte, zu waschen. Dann hob er den Kopf des kranken Mannes und gab ihm zu trinken.

«Gepriesen seist du, Herr, in unserem Bruder, dem Wasser», murmelte er, als er sah, mit welchem Genuß der Unglückliche trank, «dem Wasser, das so wohltätig ist und bescheiden und kostbar und rein.»

Nachdem er getrunken hatte, öffnete der Mann die Augen und sah Bruder Clemens bei vollem Bewußtsein an. Er hatte schöne, dunkle Augen, die durch das Alter keineswegs getrübt waren, und irgend etwas an ihrem harten Glanz kam Bruder Clemens bekannt vor. Er beugte sich tiefer über ihn und blickte dem alten Mann schärfer in das magere, gebräunte Antlitz. Da bemerkte er, daß er ein gebrochenes Nasenbein hatte, dann fiel ihm die Länge des Mannes auf und die Schönheit der Hände, die kraftlos auf dem Mantel lagen, und mit einem Mal war ihm, als ob die Erde sich um ihn drehe und über ihm zusammenstürzen wolle. Er hob die rechte Hand des Mannes auf, sah sie näher an und erblickte die weiße, sternförmige Narbe der Rapierwunde, zugleich aber bemerkte er auch, daß die Hand eiskalt war. Die Kälte der Hand gab ihm seine Fassung wieder und sagte ihm, was er jetzt zu tun hatte.

«Bruder», sprach er, «ich muß Euch einen Augenblick verlassen. Ich muß Holz holen und ein Feuer machen. Die Nacht bricht herein, und wir brauchen Wärme und Licht.»

Die Lippen des Verwundeten bewegten sich, und er schloß wieder die Augen. Bruder Clemens, der spürte, wie ein entsetzlicher Haß heiß in ihm aufwallte, so daß er vom Kopf bis zu den Füßen glühte, war dankbar, ihn verlassen zu dürfen und mit den Krähen als Begleitern – der Hase blieb bei dem Kranken sitzen – in den Wald hinausgehen zu können, um Holz zu sammeln.

Es war jetzt schon fast finster, die Schneeflocken fielen dichter, und der Wind ächzte in den Baumkronen. Bruder Clemens sammelte viel mehr Holz, als nötig war, mit einem ganz unangemessenen Aufwand an Hast und Eifer, in dem vergeblichen Bemühen, durch angestrengte Tätigkeit seinen Haß zu besiegen. So also hatte er seinem Feind verziehen? Gott mochte ihm, Clemens, vergeben: in dem Augenblick, da er ihn erkannte, hatte er denselben Haß empfunden wie damals, als er Katharina tot auf ihrem Bett liegend erblickte, oder dann, als er, aus dem Waldesdunkel herauskommend, Vespiriani mit einem Buch in der Hand durch die blumigen Wiesen auf sich zukommen sah. Am liebsten hätte er ihn auf der Stelle erdrosselt, so wie er da vor ihm auf dem Heu lag ... Und er hätte es auch vermocht, kräftig wie er war, trotz seines Alters.

«Gott, verzeih mir», flüsterte er. «Gott, hab Erbarmen mit mir Sünder.» Doch trotz seines ingrimmigen Hasses fuhr er fort, zu tun, was zu tun war, sammelte er weiter Holz, und als er übergenug gesammelt hatte, schleppte er es in die Hütte, schlug Funken aus Stahl und Stein, die er bei sich trug, und machte ein herrliches Feuer. Er verwendete viel Zeit auf diese Arbeit, in dem Wunsch, den Augenblick hinauszuschieben, da er sich wieder umdrehen und seinen Feind pflegen mußte. Während er das Feuer in Gang brachte, betete er immerfort; krampfhaft klammerte er sich an Gott, wie ein zu Tode erschöpfter Schwimmer an einen Felsen, auf daß die Wogen seines Hasses ihn nicht hinwegschwemmten in das höllische Feuer, aber sobald die Flammen aufloderten, verwandelte sich sein Gebet um Erbarmen in vertraute Worte des Dankes und der Lobpreisung.

«Gepriesen seist du, Herr, in unserem Bruder, dem Feuer, durch welches du uns Licht gibst in der Finsternis und das hell ist und freundlich und mächtig und stark.»

Er sagte die Worte wieder und wieder, und es war, als träfe das Feuer des Dankes auf das Feuer des Hasses und ersticke es. Es schwelte noch immer, aber nun war es Bruder Clemens möglich, sich umzudrehen und mit Freundlichkeit und Heiterkeit seinem Feind Handreichungen zu leisten. Er hob ihn in eine angenehmere Stellung und bot ihm sein kostbares kleines Mahl so verlockend wie möglich auf einem flachen Stein dar.

Vespiriani war jetzt vollständig bei Bewußtsein. Er sah deutlich den Ort, wo er sich befand, und den Mann, der sich um ihn bemühte, aber sosehr auch Bruder Clemens ängstlich seine Gesichtszüge durchforschte, er sah kein Erkennen darin aufleuchten, und in demselben Augenblick wurde ihm auch klar, daß es nichts, aber auch wirklich gar nichts an dem alten Bettelmönch gab, der er jetzt war, was Vespiriani an den schönen Widerpart erinnern konnte, den er einst gekannt hatte. Dies war Grund genug zu tiefer Dankbarkeit, und ganz von selbst kam, laut, wie es seine Gewohnheit war, der nächste Vers seines Lobgesangs aus seiner heiseren Kehle.

«Gepriesen seist du, Herr, in unserer Mutter, der Erde, die uns trägt und erhält und mannigfache Früchte und Blumen von vielerlei Farben hervorbringt und Kräuter.»

«Leider seh ich sie nicht», kam es leise von den Lippen des Verwundeten.

Bruder Clemens fuhr schmerzlich zusammen, denn obgleich die Stimme schwach war, hatte er darin Vespirianis spöttischen Tonfall erkannt, und er sah auch den ihm so wohlvertrauten höhnischen Zug um seine Lippen. Doch er antwortete ruhig: «Du liegst auf dem duftenden Gras, Bruder, und Brot und Feigen sind hier neben dir, wenn du essen willst. Und die Blumen, die fallen draußen – Schneeblumen, so lieblich als Gott je welche geschaffen hat.»

Vespiriani blickte mit Ekel auf das Brot und die Feigen. «Die würden mir in der Gurgel stecken bleiben», stieß er mühsam hervor, dann aber fügte er mit einer schwachen Gebärde der Höflichkeit hinzu: «Wenn Ihr aber glaubt, Ihr holt Euch nicht den Tod daran, dann eßt.»

Bruder Clemens teilte die kleine Mahlzeit wieder in vier gleiche Teile. Zwei Teile reichte er den Krähen hinauf, die nebeneinander in den Pinienästen des Daches hockten, einen Teil gab er dem Hasen, der geduldig zu Vespirianis Füßen lag, und den letzten verschlang er dankbar selbst, denn er war entsetzlich hungrig. Seine Schwestern und sein Bruder aßen ebenfalls gierig, denn auch sie waren jetzt hungrig.

Vespiriani beobachtete die drei mit Verblüffung. So seltsam, ja phantastisch war das von den flackernden Flammen beleuchtete Bild, daß er geglaubt hätte, er träume, hätte er nicht die Eiseskälte, die langsam, aber unerbittlich seinen Körper hinaufkroch, nur zu deutlich gespürt. Mit einemmal erkannte er, was diese Kälte zu bedeuten hatte, und das Staunen wich aus seinen Augen und machte nacktem Entsetzen Platz. Er sah auf die Kutte des

Mannes neben sich, streckte seine Hand aus und berührte sie. «Ihr seid Priester?» fragte er.

«Nein, Bruder», antwortete Clemens. «Ich bin ein Franziskaner, aber Laienbruder.»

«Ihr könnt mir nicht die Absolution geben?»

«Nein, Bruder», sagte Clemens voll Mitleid, denn die Verzweiflung in Vespirianis Antlitz griff ihm ans Herz, ob er auch sein Feind war, «aber ich kann mit euch und für euch beten, und seid versichert, daß die Liebe unseres Herrn eine reuige Seele nicht von sich stößt.»

«Dann betet», sagte Vespiriani, «denn ich bin ein arger Sünder, und der Schlund der Hölle gähnt vor meinen Füßen.»

Bruder Clemens kniete neben seinem Feind nieder, betete ein Paternoster und mehrere Aves, und dann versuchte er die Sterbegebete zu sprechen, aber obgleich er sie unzählige Male gesprochen hatte, konnte er jetzt die Worte nicht finden. Er war schrecklich müde und bis ins Innerste erschüttert, und sein Gedächtnis spielte ihm schlimme Streiche, ja, ganz schlimm stand es um ihn, denn ihm schien, als seien die Jahre verflogen, als sei er nicht mehr ein alter Mann, sondern jung, der junge Clemens, und der alte sterbende Mann neben ihm ebenfalls jung, der junge Vespiriani. Er versuchte der Gegenwart wieder habhaft zu werden, sich der Worte zu entsinnen, die er sagen sollte, aber er vermochte es nicht. Nach einigen Minuten der Stille hörte er seine Stimme wieder, aber sie sprach nicht die Worte, die er zu sprechen beabsichtigt hatte, sondern den nächsten Vers des Lobgesangs seines Vaters Franziskus.

«Gepriesen seist du, Herr, in allen, die einander verzeihen um der Liebe willen und die Krankheit und Trübsal tragen: Selig sind die, welche geduldig tragen, denn du, Allerhöchster, wirst ihnen eine Krone schenken.»

Die einander verzeihen ... die einander verzeihen ... Er, der junge Clemens, war nicht ohne Schuld, er hatte Vespiriani um Katharinas willen mit glühendem Haß verfolgt, er hatte alles getan, was er konnte, alles gesagt, was er konnte, um ihn in ihren Augen herabzusetzen, ohne sich dabei um die Wahrheit zu kümmern. Er hatte Vespiriani damals auf der Wiese vor dem Kloster angefallen und hätte ihn getötet, wenn er gekonnt hätte, ohne ihm die Möglichkeit zu seiner Verteidigung zu geben. Viel und schwer hatte er gesündigt als junger Mann – und war sich dessen bis heute kaum bewußt gewesen. Jetzt aber war er sich all seiner Sünden bewußt. Er, der junge Clemens, sah sich selbst zum erstenmal so, wie er wirklich war, und senkte voll Scham sein Haupt.

Dann wurde er plötzlich in die Gegenwart zurückgestoßen. Er wußte wieder, was er jetzt war, wo er sich befand und wer sterbend vor ihm lag. Denn Vespiriani, dessen Geist sich zu verwirren begann und der vergessen hatte, daß Clemens kein Priester war, beichtete. Erschrocken machte Clemens eine Bewegung mit der Hand, ihn zum Schweigen zu bringen, aber zog die Hand wieder zurück. Warum nicht? Wenn es seine Seele erleichterte zu sprechen, so mochte er in Gottes Namen sprechen, und er, Clemens, würde indessen sich auf seine eigenen Sünden besinnen und zum Himmel um Gnade für sie beide flehen. Während er so bei sich inbrünstig betete, schenkte er zunächst den leisen, wirren Worten des Sterbenden wenig Aufmerksamkeit. Zunächst. Denn plötzlich lauschte er aufmerksam und mit Entsetzen, starr wie eine Statue kniend und von Eiseskälte durchschauert trotz des Feuers in seinem Rücken, denn Vespiriani sprach flüsternd davon, wie er die Frau eines anderen Mannes verführt, wie er mit seinem stärkeren Willen den ihren besiegt und so die Seele einer im Grunde guten Frau mit Sünde beladen hatte, die ohne diese Versuchung ihr Leben lang ihrem Gatten treu geblieben wäre. Er erzählte, wie er den Plan gefaßt hatte, sie in Abwesenheit ihres Gatten zu besuchen, und wie der Ausbruch der Pest in der Stadt, wo er lebte, ihn nicht von seinem Vorhaben abgebracht, ja im Gegenteil zu größerer Eile angespornt habe, damit er selbst der

Gefahr entgehe. Wie er mit keinem Gedanken die Gefahr, die ihr dabei drohte, in Betracht gezogen habe und sogleich nach Befriedigung seiner Lust weggeritten sei, um vor der Rückkehr des Gatten wieder auf dem Wege zu sein. Wie er später, dieser Vergehen beschuldigt, sie alle abgeleugnet und so zu seiner früheren Schlechtigkeit die Sünde des Meineids hinzugefügt habe. Dann sprach er noch murmelnd von anderen Dingen, anderen Ausschweifungen und hartherzigen Taten der Selbstsucht, aber Clemens hörte nichts mehr. Er war gefangen wie in einer Falle, in dem Wissen, das er nun besaß, daß aller Verdacht, den er je in bezug auf Vespiriani und seine Frau gehegt hatte, vollständig richtig gewesen war. Jeglicher Haß war nun in ihm erstorben, ausgetilgt durch das Bewußtsein seiner eigenen Sündhaftigkeit; doch er empfand eine grenzenlose Trostlosigkeit, die nicht weniger schrecklich war als alle Qual, die er bisher gekannt hatte. Katharina hatte gesündigt, Vespiriani hatte so niedrig gehandelt, wie ein Mann nur handeln kann. Eine Schlechtigkeit war auf die andere gehäuft wie eine schwarze Mauer, die alles Licht ausschließt, und dazu die Angst des sterbenden Mannes, die zur Finsternis noch das Grauen fügte. Er wußte nicht, wie er es ertragen sollte. Katharina! Katharina! Es war ihm, als bräche sein Herz in zwei Stücke. Nirgends, so schien es, nirgends Trost ...

Etwas drückte gegen seine Beine, er blickte hinunter und sah den Hasen, der sich an ihn schmiegte, Wärme und Behaglichkeit suchend in der Kälte und Finsternis der Nacht. Er bückte sich und streichelte die seidenweichen Ohren, und sein Elend lastete nicht mehr so schwer.

Auf einmal bemerkte er, daß es still geworden war in dem Raum und daß Vespirianis Augen flehentlich auf ihn gerichtet waren, um die Lossprechung bettelnd an der Schwelle des Abgrunds. Die Worte des Priesters, die von ihm erwartet wurden, konnte er nicht sprechen, aber er konnte etwas sagen, und er sagte es: «Bruder, die, welche einander vergeben, denen wird vergeben werden. Dieser

Clemens hier, den du vor dir siehst, hat gegen dich gesündigt, und du hast gegen ihn gesündigt und beide gegen den Herrn, unsern Gott. Aber wenn du ihm vergibst, so kann ich dir versichern, daß er dir vergibt und Gott beiden. Bruder, sag laut mit mir: ‹Ich vergebe.›» Er hielt inne, und Vespiriani flüsterte die Worte mit ihm. Dann fuhr Bruder Clemens mit fester Stimme fort: «Jetzt ist uns vergeben, die wir vergeben haben, wir zwei alten Männer, die wir die Krankheit und die Drangsal des Alters und des Todes erleiden als gerechte Strafe für unsere Sünden. Geduldig wollen wir tragen, was noch kommen mag an Läuterung in dieser Welt oder in jener, denn denen, die ausharren bis zum Ende, wird der Herr die Krone des Lebens schenken.»

Vespiriani schien beruhigt zu sein, und seine Augen schlossen sich friedvoll, und der Ausdruck des Entsetzens schwand aus seinem Gesicht. Clemens kniete neben ihm und sprach die Gebete, an die er sich vorher nicht hatte erinnern können und die ihm jetzt ganz von selbst kamen. Als er damit zu Ende war, dachte er daran, wie spät es wohl sein mochte. Es mußte schon gegen Mitternacht gehen. Jetzt war er also doch nicht in Assisi, und unwillkürlich überkam ihn ein Gefühl bitterster Enttäuschung. Er stand auf und schürte das Feuer, denn da der Sturm draußen, außerhalb des geschützten Grabens, an Heftigkeit zunahm, nahm auch die Kälte zu. Dann kniete er abermals nieder und betete weiter. Vespirianis Antlitz hatte sich verändert. Er war jetzt wieder bewußtlos. Lange würde es wohl nicht mehr dauern, bis seine Seele den sterblichen Körper verließe. Bruder Clemens nahm seine Hand und betete mit Inbrunst um Gnade für seine Seele. Er mußte wohl länger gebetet haben, als ihm vorkam; als er ihn wieder ansah, entfuhr ihm ein leiser Schrei, denn das Leben war schon aus dem Körper gewichen. Das Antlitz war nicht mehr das eines alten Mannes, sondern es war das eines jungen geworden.

Bruder Clemens blieb lange auf den Knien liegen und

betrachtete den Toten mit ehrfürchtigem Staunen. Er konnte sich nicht genug darüber verwundern, daß eine solche Schönheit im Tode in das Gesicht eines Mannes gekommen war, der im Leben so schwer gesündigt hatte. Zweifellos war dieser Mann nicht im Stande der Todsünde gestorben. Er hatte am Ende bereut und seinen Willen dem Willen Gottes unterworfen. Der Hase kam wieder und drückte sich an Clemens, und die Krähen flogen vom Dach herunter, um auch zu schauen. Clemens aber hatte nicht das Gefühl, einen Toten vor sich zu haben. Es war Weihnachtsabend, und er kniete hier im Stroh und war nicht Zeuge eines Sterbens, sondern einer Geburt. Eine Seele war in dieser Mitternachtsstunde neu geboren worden, und er lobte Gott.

«Gepriesen seist du, Herr, in unserem Bruder, dem leiblichen Tod, dem kein Mensch entrinnen kann. Weh aber dem, der in schwerer Sünde stirbt. Selig sind die, die in deinem heiligen Willen sterben, denn der zweite Tod wird ihnen kein Leid zufügen.»

Er faltete die Hände des Toten auf dessen Brust und bedeckte sein Antlitz mit dem Mantel, warf frisches Reisig auf das Feuer und kniete wieder zum Gebet nieder. Doch jetzt kam ein unerträgliches Gefühl der Einsamkeit über ihn. Der Hase war in einer Falte von Vespirianis warmem Mantel eingeschlafen, die Krähen hatten sich in ihre Behausung auf dem Dach zurückgezogen. Er war ganz allein in der Tiefe der Nacht, der bitteren Kälte und der Gewalt des Sturmes. Jetzt war es Mitternacht, ganz sicher, und er nicht in Assisi. Bei dem Gedanken an die strahlenden Lichter auf dem Hochaltar, den lieblichen Gesang, die knienden Menschen hätte er weinen mögen. Er war ein alter Mann, und vielleicht würde er jetzt nie mehr zu einer Festzeit in der großen Kirche des heiligen Franziskus sein und sich dem Geist des Heiligen nahe fühlen. Es fiel ihm schwer, nicht vor Enttäuschung zu weinen. Vielleicht weinte er auch einige Tränen, denn er schmeckte Salz auf seinen Lippen.

«Vergib mir, mein Gott», flüsterte er, denn er empfand es als sündhaft, sich eine Enttäuschung in so kindischer Weise zu Herzen zu nehmen. Entschlossen tat er diesen Kummer von sich ab, unterwarf seinen Willen dem Willen Gottes und begann die Gebete zu sprechen, die in diesem Augenblick vor dem Hochaltar in Assisi gesprochen wurden. Eine Weile später, als er ganz untergetaucht war in den schönen, langsam gesprochenen Sätzen, als seine ganze Seele sich in Anbetung vor der Krippe neigte, kam ihm zu Bewußtsein, daß er nicht mehr allein sei. Er öffnete nicht die Augen, denn er wußte, daß er nichts sehen würde, er streckte nicht die Hand aus, denn er wußte, daß er nichts berühren würde, er unterbrach nicht einmal seine Gebete, er neigte seine Seele nur noch tiefer in Anbetung und Dankbarkeit für das Wissen, das während des Betens über ihn gekommen war ...

Er hatte sich geirrt, als er dachte, daß der Geist des heiligen Franziskus in der Christnacht in seiner großen Kirche in Assisi sein würde, denn der Geist des Franziskus war hier.

Als er sich später neben dem leblosen Körper Vespirianis zum Schlafen niederlegte und eine Falte seines reichen Mantels über sich zog, um sich zu wärmen, fühlte er sich so vollkommen glücklich wie noch nie in seinem Leben, und er dankte Gott.

«Lobet und preiset den Herrn und danket und dienet ihm mit großer Demut!»

Urheberrechts- und Quellenverzeichnis

VORWORT
aus: Elizabeth Goudge, «Neue Weihnachtserzählungen»
Verlag Herder, Freiburg im Breisgau 1976
Übersetzung: Gabriele C. Pallat

DER LOHN DES GLAUBENS
aus: Elizabeth Goudge, «Drei Weihnachtserzählungen»
Verlag Herder, Freiburg im Breisgau 1963
Originaltitel der Erzählung: «The Reward of Faith»
Übersetzung: Lotte von Schaukal

WEIHNACHTEN IN BON REPOS
aus: Elizabeth Goudge, «Inselzauber», Roman
Verlag Herder, Freiburg im Breisgau 1966
Originaltitel des Romans: «Island Magic»
Vom Herausgeber gekürzter Auszug des Kapitels 7;
Überschrift wurde vom Herausgeber gewählt
Übersetzung: Matthias Holstein

DIE DREI GRAUEN MÄNNER
aus: Elizabeth Goudge, «Drei Weihnachtserzählungen»
Verlag Herder, Freiburg im Breisgau 1963
Originaltitel der Erzählung: «The Three Grey Men»
Übersetzung: Lotte von Schaukal

DER BAMBINO
aus: Elizabeth Goudge, «Neue Weihnachtserzählungen»
Verlag Herder, Freiburg im Breisgau 1976
Originaltitel der Erzählung: «Christmas in the Village»
Übersetzung: Gabriele C. Pallat

DIE WEIHNACHTSFEIER DER CHORKNABEN
aus: Elizabeth Goudge, «Die Stadt der Glocken», Roman
Verlag Herder, Freiburg im Breisgau 1966

Originaltitel des Romans: «City of Bells»
Vom Herausgeber gekürzter Auszug des Kapitels 9 (I-IV); Überschrift wurde vom Herausgeber gewählt
Übersetzung: Gertrud von Stotzingen

DER HAHNENSCHREI
aus: Elizabeth Goudge, «Neue Weihnachtserzählungen»
Verlag Herder, Freiburg im Breisgau 1976
Originaltitel der Erzählung: «Christmas in the Moor»
Übersetzung: Gabriele C. Pallat

DIE LETZTE PREDIGT DES MR. ADAM
aus: Elizabeth Goudge, «Das Testament des Mr. Adam», Roman
Verlag Herder, Freiburg im Breisgau 1962
Originaltitel des Romans: «The Dean's Watch»
Vom Herausgeber gekürzter Auszug des Kapitels 17 («Weihnachten»); Überschrift wurde vom Herausgeber gewählt
Übersetzung: Lotte von Schaukal

AN DEN WASSERN BABYLONS
aus: Elizabeth Goudge, «Neue Weihnachtserzählungen»
Verlag Herder, Freiburg im Breisgau 1976
Originaltitel der Erzählung: «By the Waters of Babylone»
Übersetzung: N. O. Scarpi

DER SONNENGESANG
aus: Elizabeth Goudge, «Drei Weihnachtserzählungen»
Verlag Herder, Freiburg im Breisgau 1963
Originaltitel der Erzählung: «The Canticle of Sun»
Übersetzung: Lotte von Schaukal

Inhaltsverzeichnis

Vorwort
5

Der Lohn des Glaubens
8

Weihnachten in Bon Repos
25

Die drei grauen Männer
51

Der Bambino
77

Die Weihnachtsfeier der Chorknaben
99

Der Hahnenschrei
111

Die letzte Predigt des Mr. Adam
136

An den Wassern Babylons
152

Der Sonnengesang
175